오늘도
마지막
처럼

/ 김지수 에세이 /

청어

오늘도 마지막처럼

김지수 지음

발행처 · 도서출판 **청어**
발행인 · 이영철
영 업 · 이동호
홍 보 · 최윤영
기 획 · 천성래 | 이용희
편 집 · 방세화 | 이서윤
디자인 · 김바라 | 서경아
제작부장 · 공병한
인 쇄 · 두리터

등 록 · 1999년 5월 3일
(제321-3210000251001999000063호)

1판 1쇄 인쇄 · 2015년 3월 20일
1판 1쇄 발행 · 2015년 3월 30일

주소 · 서울특별시 서초구 효령로55길 45-8
대표전화 · 586-0477
팩시밀리 · 586-0478

홈페이지 · www.chungeobook.com
E-mail · ppi20@hanmail.net
ISBN · 979-11-85482-79-8(03810)

이 도서의 국립중앙도서관 출판시도서목록(CIP)은 서지정보유통지원시스템 홈페이지
(http://seoji.nl.go.kr)와 국가자료공동목록시스템(http://www.nl.go.kr/kolisnet)에서 이용하
실 수 있습니다.(CIP제어번호: CIP2014036749)

오늘도
마지막
처럼

작가의 말

　입양인이라는 이름과 존재는 이제 더는 놀랄 일은 아니지만, 아직도 이혼에 대한 이해가 부족한 가부장적인 제도 속에서 이혼한 입양인으로서 살아온 한국 태생인 나는, 나보다 더 힘겹게 살아가고 있는 도움이 필요한 사람들을 돌보는 사회복지 일을 직업으로 삼고 살아왔습니다.

　넓고 넓은 이 세상에 똑같은 삶이 없겠지만 남다른 삶의 시간들을 통해 나처럼 세상에서 천대받기 쉽고 멸시받기 쉬운 사람을 택하신 (고린도전서 1장 28절 말씀) 하나님의 특별한 뜻이 있음을 알게 되는 큰 믿음을 가지게 되었습니다.

　주부로서 직장인으로서 경제활동도 충분히 하고 친정의 도움도 받았지만 나 자신과 자녀들의 가치에 대한 형편없는 평가로 단돈 일원의 위자료도 돈이 없어서 못 주겠다던, 지옥 같은 사기결혼에 종지부를 찍었습니다. 그리고 돈 만 원이 없어서 쩔쩔매던 우리 세 모자만의 차갑고 무서운 긴 인생의 겨울이 시작되었습니다. 새벽 기도의 힘으로 매일 일어났었지만 아침이 열릴 때마다 두렵고 떨리는 마음으로 맞은 시간들은 차마 말로 다 표현할 수가 없었습니다. 하늘에서 주시는 매일의 말씀이 아니었더라면 연속된 고통과 반복적인 좌절 속에 이미 주저앉아 버렸을 것입니다. 그리고 두 아들이 없었더라면 너무나 길고도 긴 앞이 안 보이는 캄캄한 삶조차도 포기했을 것입니다.

　금방 끝날 것만 같아 보였던 고난과 가난의 시간은 너무나 길고 긴 여정 속에 이어졌습니다. 그 가난을 통과하기 위하여, 그리고 두 아들을 지켜내기 위하여 어미로서의 모성애를 지닌 채 믿음을 지키며 살아왔습니다. 아직도 우리 세 모자의 의식주가 보장되지 않은 불안정한 상태에 있지만 여러 가지 다양한 경험 속에서 나보다 더 힘들고 어려운 소외 이웃들을 돌아보려는 소중한 가치를 지니고 살아가고자 애쓰고 있습니다. 진심으로 함께 울고 웃으며 동참할 수 있었던 나만의 삶의 시간에 감사하고 있지만, 아직도 남아있는 함께 울어야 할 여러 삶의 앞날의 고통을 보면 마음이 시리고 아프기만 합니다.

지금 이 시간에도 아프리카의 굶주린 이웃들을 위하여, 그리고 병약하지만 약이 없어서 치료를 못 받고 있는 사람들을 위하여, 오늘도 지구촌 구석구석에서 일어나는 여러 사건과 사고를 겪는 사람들의 생명을 위하여, 진심으로 간절히 기도하며 날마다 죄인인 나를 위하여 돌아가셨다가 다시 살아나시고 부활하신 예수님의 삶 앞에 머리를 숙이며 죄인 된 겸손함으로 정직하게 살아가길 늘 원합니다.

비록 어두움 속에서 빛을 바라는 간절한 간구들이 나의 영혼을 가득 메우고 있지만 어느 누군가에게는 내 삶의 시간과 생각들이 작은 울림이나 감동을 줄 수 있길 간절히 바라며 오래전 전능자의 계획 속에 예정된 이 글을 적기로 결단 내렸습니다. 글을 준비하면서 잊혀진 시간들을 다시 기억해내느라 눈물을 흘리며 또다시 아픔을 겪었으나, 나를 신뢰하고 지지해준 생명의 은인인 사랑하는 두 아들과 그 외 응원하고 사랑해주는 많은 분들로 인해 글의 마침표를 찍을 수 있었습니다.

밝은 미래를 간절히 소망하고 꿈꾸며 새로운 역사가 열리는 그런 앞날이 될 것을 믿고 보잘 것 없는 작은 내용이지만 시대적·역사적으로 쓰임 받는 도구가 되기를 바라며, 우리나라에서 태어나 자라나는 어린 생명들을 귀하게 여기사 노벨상을 타는 인재도 나올 수 있는 앞날이 되길 간절히 바라는 마음으로 이 책을 출판하게 된 것에 감사를 드립니다.

김지수 드림

1부 : 충격, 실망, 핍박과 학대

contents

2부 ● 이혼녀로서 세계 사회복지의
   ● 필요성에 함께 울다

사랑과 미래의 꿈을 향하여 **3부**

1부

충격, 실망, 핍박과 학대

어린 시절의 추억

부모님의 특별하신 사랑

시골에서 유일하게 구제 옷과 외제 장난감을 가지고 놀 수 있었던 나는 흙과 돌멩이가 장난감의 전부인 시골 친구들에겐 부러움의 대상이었습니다.

시골에서 살아가기엔 너무나 아까우신 부모님은 시골 사람들과 달리 일찍이 자수성가하여 공부도 많이 하시고 개화하신 분들로, 특별하신 사명감과 책임감으로 살아가셨습니다. 우리나라 정부가 너무나 가난하여 6·25 이후 발생된 전쟁고아들과 장애인들을 미처 돌보지 못하던 시절에 두 분은 돌봄이 필요한 그들을 당신의 가족으로 삼으시고 돌보시며 지극한 하나님의 사랑으로 격려와 용기를 퍼부으셨습니다. 당신들의 먹을거리도 부족한 상황임에도 그들과 함께 나누어 드시고 생계유지에 부족한 부분을 채워주기 위하여 밤낮없이 노력하셨습니다. 부모님의 지극정성으로 가난하고 불쌍한 이들이 지치고 힘든 세상에서 행복한 삶을 살아갈 수 있었던 것이었습니다.

부모님으로부터 많은 사랑을 받은 이들은 세월이 흐른 뒤에도 부모님이 베푸신 사랑과 은혜를 기억하고 감사해 하고 있으며, 해마다 그 사랑에 감사하는 마음으로 모이기도 합니다. 나도 그중의 한 사람으로서, 부모님의 특별한 사랑을 받으며 살아올 수 있었던 지난날을 돌아봅니다.

특별한 부모님과 함께 살아온 나에게는 앞을 보지 못하는 시각장애인들과 귀가 잘 안 들리고 말을 못하는 청각, 언어장애인들이 첫 번째 친구이자 가족처럼 여겨졌습니다. 그들과 함께 살면서 미국에서 원조되어 온 장난감을 가지고 놀 수 있었고 구제 옷을 입고 학교에 다닐 수가 있었습니다.

그리하여 시골에서 보기 힘든 예쁜 구제 옷을 입고 다니는 내 모습을 보는 또래의 친구들은 아무런 영문도 모른 채 겉모습만 보고 나에게 말도 제대로 걸지 못한 채 부러워만 한 모양입니다. 부모님께서 경제적 여유가 많아서 나로 하여금 친구들의 부러움의 대상이 되게 하신 게 아니라, 장애인 친구들이 입는 옷을 똑같이 입히고 학교에 보낸 것이었는데 그것을 친구들이 오해한 것이었습니다.

부모님께서는 시각장애인과 청각장애인들의 스승이 되어 매일 직접 지도하시고 꿈을 키워 주셨습니다. 난 그런 부모님의 모습을 보며 자랐습니다. 남다른 교육 철학을 가지고 계신 부모님 덕분에 시골의 평범한 아이들과 달리 남다른 사랑과 환경 속에서 자랄 수 있었습니다. 남다른 교육으로 나를 양육하시고자 노력해 오신 특별한 두 분의 사랑 덕분에 시골에선 가장 먼저 피아노 교습을 어머니로부터 받고, 이어서 더 나은 지도 선생님을 만나느라 도회지로 혼자 나가서 교습을 받고 돌아올 수 있었습니다. 버스를 타고 오갈 때는 여러 사람들의 다양한 삶을 구경하면서 도회지의 화려한 환경도 일찍이 엿볼 수 있었습니다. 이는 모두 부모님의 각별한 교육이셨습니다.

"얘들아, 오늘 우리 딸 생일 축하해 주러 와서 참 고맙다. 앞으로도 좋은 친구가 되어줘!"

바쁘신 어머니께서는 해마다 내 생일마다 시골에서는 감히 상상도 할 수 없었던 파티를 열어주셨습니다. 내 친구들을 불

러서 음식을 나누셨습니다. 축하파티가 끝나는 시간에 맞추어
서는 어김없이 친구들에게 일일이 비닐봉지에 약간의 과자를
넣어서 나눠 주시곤 했습니다. 난 겨울의 추위로 불그스레하게
익은 볼에 휘둥그레한 눈으로 기뻐하는 순박한 시골 친구들의
모습을 볼 수가 있었습니다.

"와! 이게 뭐꼬?"

"너무 맛있겠데이."

"뭐꼬? 보자, 보여도! 니 것도 내 거랑 똑같네."

아이들은 입술에 내내 침을 발라가며 당장이라도 꺼내어 먹
으려는 자세를 하고 있었고, 또 서로의 선물을 비교해가며 새
로운 세상을 누리는 듯한 기분 좋은 얼굴을 하고 있었습니다.
나도 예상치 못했던 어머니의 선물로 기분이 덩달아 좋아졌으
며 그날 이후 친구들의 또 다른 관심을 받을 수 있게 되었습니
다. 어머니의 모습을 기억하는 친구들은 어머니의 서구적인 세
련된 인자함과 우아함을 떠올리며 지금도 가끔 당시의 어머니
의 모습을 이야기합니다.

어릴 적 아버지께서는 허약했던 나를 위해 직접 우리 집 재
산 중 일부인 자전거에 태워서 등·하교를 시켜주셨습니다. 이
러한 일은 고등학교 졸업 때까지 이어졌습니다. 돌아보면 나는

참으로 행운아였으며, 부모님 두 분으로부터 받은 특별한 사랑이 너무나 크고 위대합니다.

하지만 성격이 아주 소심하고 내성적인 탓에 두 분께 감사한 마음의 표현을 제때 전하지 못하였고 특수사업을 하시는 두 분의 삶이 나로 인해 조금이라도 어려움을 겪어선 안 된다는 생각만으로 살며, 일찍 철이 든 조숙한 상태에서 성장하였습니다.

학교에 가는 시간이 항상 즐거웠음에도 불구하고 내성적인 성격으로 수업시간마다 긴장 상태로 선생님의 지도에 집중하였고, 시간마다 내 이름이 불릴까 늘 노심초사했던, 자신감이 없는 학생이었습니다. 가령 국어시간에 선생님이 몇몇 학생들을 지목하여 책을 읽어보라고 할 때마다 행여 나의 이름이 불리지는 않을까 하는 심장이 멎는 듯한 불안한 심정으로 수업시간을 보냈고, 산수시간에는 칠판 앞으로 나가서 문제를 풀어보라고 할까 봐 두렵기까지 한 그런 심약한 마음을 가진 학생이었습니다. 이러한 성격인 제가 유일하게 자신 있게 할 수 있었던 것은 피아노연주였습니다.

피아노 앞에 혼자 앉아서 악기와 대화를 할 때가 최고의 순간이었습니다. 피아노를 칠 때는 이런저런 나만의 꿈 이야기를 하며 온갖 감정을 반영하기도 하는 가장 즐거운 시간인데, 어머니의 엄한 규율에 따른 강요가 들어갈 때는 그 피아노가 아주 지긋지긋한 물건이 되기도 하였습니다. 그리하여 피아노 연습을 두고 어머니와 아버지 간에 심한 언쟁이 오가기도 했습니다. 무리하게 교육시키지 말자는 아버지와 달리 어머니는 목표를 정해 놓고 그 안에서 성취하도록 인도하셨습니다. 그리하여 지역 내 피아노 경연대회 준비를 위하여 조기하교를 하여 특별한 연습 과정을 가지기도 하며 특기생으로서 특별한 사명을 가졌음을 뒤늦게 알게 되었고, 좋은 성적을 여러 번 내어 어머니에겐 자랑거리가 되었습니다.

1969년 부모님과 함께

어릴 적 나는 비위가 상하는 음식을 잘 먹질 못하고 주변 환경이 안정적이지 못할 땐 구토도 자주 하는 등 건강이 좋은 편이 아니었습니다.

　시골의 농번기 때는 학교에서 1주일씩 임시방학을 주어 농사일을 돕도록 하는데, 부산 영도에서 20대에 과부가 되어 혼자 사시는 친할머니 댁으로 가게 되었습니다. 그런데 그만 그곳에서 연탄사고가 나서 연탄중독으로 쓰러져 병원으로 실려 가게 되었습니다.

　그 소식을 듣고 달려온 어머니와 아버지께선 다투기 시작하셨습니다. 행여 내가 깨어나지 못할까 봐 불안해서 말입니다. 병원에서 오랜 잠에서 깨어난 나는 먼저 '엄마'를 불렀습니다. 아마도 그 당시에 깨어나지 못했었더라면 어머니께선 아버지와 할머니에 대해 두고두고 원망을 하셨을 것입니다.

　당신의 딸을 지키고 싶으셨던 어머니로선 시어머니에 대한 원망스런 마음의 화풀이를 아버지한테 하느라 집으로 돌아오는 시간 내내 난 아무런 말도 하지 못했습니다. 나를 걱정하시는 두 분으로 인하여 말을 잘 하질 못하는 나로서는 아주 불편한 입장이 된 일이었습니다.

소극적인 성향

가끔 여자애들 중엔 목소리가 유별나게 크거나 자기주장이 강한 아이들이 있었으나 나는 항상 말이 없고 조용하고 내성적인 성격으로, 있는 듯 없는 듯 자신의 존재를 두드러지게 표현하는 능력이 없었습니다. 이런 나의 여린 모습은 주변 사람들의 사랑과 관심을 받게 만들기도 하였습니다.

"너 말할 줄 아냐?"

"어……."

"말을 하네? 벙어리 아니었나?"

더러 짓궂은 남자애들은 가끔 내 주변을 서성이며 이런 말로 놀려대고 도망가기도 했습니다. 집이라고 출입하는 곳이 기관이다 보니 기관에서 자라는 아이로 오해하는 친구들도 있었나 봅니다.

피아노 연습을 이유로 학교에서 돌아온 후 다른 아이들처럼 맘껏 뛰놀지 못한 시간들. 평범하지 않은 부모님의 영향으로 조금은 다른 삶을 살아야 했던 특별한 운명이 친구들에게 특별한 아이로 기억된 것 같습니다. 하지만 학교생활은 아주 평범했고, 친구들과도 사이좋게 지냈던 어린 시절이었습니다.

1970년 초등학교 3학년 시절 저재(왼쪽 첫 번째)와 친구들

　초등학교 1학년 때의 일입니다. 난생 처음으로 비행기를 탈 수 있었습니다. 아버지의 바로 아래 동생이신 삼촌께서 공군에서 일하는 군인이었기 때문입니다. 삼촌 덕분으로 또래 친구들은 아무도 타보지 못했을 비행기를 타볼 수 있었습니다. 몇 명만이 타는 헬기에 몸을 싣고 친척집으로 향했습니다.

　삼촌 댁은 따뜻하고 사랑의 온기가 느껴지는 평범한 가정이었기에 늘 바쁘게 불우한 사람들을 돌보며 사는 부모님의 집과는 너무나 큰 차이가 났습니다. 딸이 없는 삼촌 댁에서는 내가 무슨 음식을 좋아하는지 말만 하면 만들어 주신다며 친딸처럼 대해주셨습니다. 사촌이라지만 자주 만나 이야기해보지 못한 탓에 말도 잘 못하며 서로 부끄러워 눈치만 보던 기억도 납니다.

"엄마 보고 싶지?"

저는 고개를 힘없이 끄덕이다 가족에 대한 그리움으로 그만 참았던 눈물을 쏟고 말았습니다. 어린 나이에 구구절절 여러 표현을 하지 못한 채 말입니다. 이렇게 생애 최초의 친척집 방문을 한 셈입니다.

초등학교 5학년 때에는 처음으로 서울 나들이를 함께 가자며 어머니께서 새 옷에 새 신발을 사 입혀주셨습니다. 어머니와 나 단둘이서 서울행 기차에 몸을 실었습니다.

"고개 들고 창밖을 좀 봐. 볼 게 얼마나 많은데."

"네……."

내성적인 성격으로 사람들이 많은 곳에서는 행여 사람들과 눈이라도 마주칠까 봐 눈을 아래로 고정하고 긴 시간을 기차에 앉아 있었더니 어머니께서 답답하게 여기시고 창밖 구경을 하라고 일러주셨습니다. 어머니와 여행할 때뿐만이 아니라 친구와 버스를 타고 시내를 오가며 피아노 교습을 받을 때도, 친구가 차 안에서 장난기 있는 모습을 보여주어도 난 시선을 한군

데만 고정하고 흐트러짐 없는 자세를 하는 것이 습관처럼 되어 있었습니다. 그래서 어머니의 말씀에 잠시 창밖을 힐끗 쳐다보고는 다시 고개를 숙인 채 시선을 바닥에 고정했습니다.

이런 수줍음이 많은 성격은 버스 정류장이나 버스 안에서도 드러났습니다. 사람들의 눈과 마주칠까 봐 항상 눈을 아래로 고정했습니다. 지나치게 부끄러움을 타는 성격은 대학졸업 후 힘든 결혼생활을 하면서 많이 바뀌게 되었지만 소극적이고 내성적인 성향은 지금도 마찬가지인 것 같습니다.

한번은 군인에게 보낸 위문편지에 답장을 받은 일로 생긴 에피소드도 있습니다.

"우리 학교에 국군아저씨로부터 답장을 받은 친구가 딱 한 명 있습니다. 그 친구는 지금 앞으로 나와서 답장 내용을 모든 친구들 앞에서 읽어 주세요. 안 나오고 뭐해요? 빨리 나오세요."

"네? 알겠습니다……."

나는 내 자리에서 일어나 책을 읽는 것도 다리가 후들거려서 제대로 읽지 못하는데, 친구들 앞에서 편지를 읽으라고 하시니 너무나 놀라고 부끄러웠으며 난감하였습니다. 유일하게 나 혼자 답장을 받은 것은 기쁜 일인데도 말입니다.

나도 어떤 군인이 어떤 내용으로 편지를 보내었는지 모르던 터라 선생님과 친구들 앞에서 봉투를 뜯는 내 손은 마치 연애하다가 들킨 사람마냥 떨리고 있었습니다. 혹시 내용 중에 선생님과 친구들이 알면 안 되는 내용이 있을까 봐 걱정이 되었던 것이었습니다. 잠시 선생님을 의식하며 조용히 하얀 편지지를 꺼내어 친구들 앞에서 읽기 시작하였습니다. 서두의 호칭을 읽고는 나도 모르는 사이에 자신감이 생겨서 아주 조금씩 목소리가 커지고 있음을 느낄 수 있었습니다. 순식간에 친구들은 마치 코미디 단막극을 본 듯한 표정으로 박장대소를 하였고 편지를 다 읽은 나의 얼굴은 홍당무가 되었으며 내 자리로 들어가서 앉고는 나도 모르게 책상에 얼굴을 파묻고 말았습니다.

그 내용인즉 나의 이름이 남자 학생인줄 알고 나에게 본인처럼 씩씩한 군인이 되어 우리나라를 잘 지켜달라는 것이었습니다. 그러기 위해 지금부터 공부도 열심히 하고 건강을 잘 유지해야 한다는 글이었습니다. 짓궂은 남학생들은 당장 나에게 함께 군대에 가자며 책상을 치며 놀려댔습니다. 선생님은 답장을 다시 보내면 '국군 아줌마'라는 호칭으로 시작하라고 말씀하셔서 교실 안은 다시 한 번 웃음바다가 되었습니다. 얼마나 기발하고 명쾌한 조언이었던지 지금도 웃음이 나옵니다. 그리하여 나는 또 답장을 적어나갔습니다. 국군 아줌마에게 말입니다. 이후 국군 아줌마로부터 내가 여학생인 줄 알고는 긴 글의 답장이 오기도 했지만 서로 바쁜 일들로 그 이후 연락이 끊기게 되었습니다. 다른 친구들이 경험해보지 못한 일이라 잊을 수 없는 나만의 소중한 기억으로 남았습니다.

이후 시골학교보다 나은 상급학교 진학을 위한 부모님의 배려로 초등학교 6학년 때 전학을 하여 독립된 생활을 시작하였습니다. 낯선 도회지의 환경들과 학교에서 만난 따뜻한 친구들과의 우정은 아직도 잊히지 않습니다.

어린 시절은 아무것도 아닌 것으로도 즐거웠던 때라서 무슨 대화를 나누었는지 기억은 나지 않지만 지금도 한 조각의 즐거운 장면으로 남아있다는 것이 참 행복합니다. 비록 어린 마음이었지만 우리 나름대로는 낭만을 찾고 있었고 그것을 누리려 했던 것만은 솔직한 감정이었습니다. 사심 없이 깔깔거리고 웃던 시절이었습니다. 허물없는 소꿉친구들과의 우정은 그렇게 쌓여가고 있었습니다.

누구든지 외롭고 힘든 시기가 있습니다. 어린 시절부터 부모, 형제, 가족 이외에 누군가를 의지하며 힘을 얻는 것은 참으로 소중한 일입니다. 왜냐하면 우리 모두는 영적인 존재로 기도하며 문제를 해결하며 살아가야 하는 존재이기 때문입니다. 교회의 주일학교에서 성경 말씀을 배우고 찬양하는 나의 눈은 늘 반짝였으며 항상 대답을 잘하여 교회 어른들로부터 칭찬을 많이 받았습니다. 어릴 적부터 어떠한 내용이든지 좋은 말씀을 경청하며 배움에 대한 관심이 많았으며 주일이 가장 즐거웠습니다.

주일을 준비하는 날이면 시골집의 방 한쪽 구석 작은 욕조는 쉴 겨를이 없었습니다. 주일예배 참석을 위한 준비로 늘 아버지께서 수고를 전담하시곤 하셨습니다. 불을 지펴 물을 끓여서 아버지, 어머니부터 목욕을 하시고 나면 나의 차례가 돌아옵니다. 따뜻하게 몸을 담그고 목욕을 하면 날아갈 듯이 기분 좋은 밤을 보낼 수 있었습니다. 그리고 주일예배에 드릴 헌금으로 부모님께서는 깨끗한 새 돈을 미리 준비하여 주셨습니다. 깨끗이 몸을 씻은 후 새 돈과 함께 예쁜 옷을 입고 교회에 나갔습니다. 몸도 마음도 정결하게 준비하며 살았습니다.

부모님의 가정교육, 신앙교육은 자유로우면서도 엄하셨습니다. 이러한 가정 내 신앙교육을 바탕으로 어릴 적부터 기도하는 습관이 생겨 무엇을 하든 어디를 가든 염려하지 않았고 두려워하지 않았습니다. 순수한 마음으로 평안한 삶을 유지할 수 있었습니다. 어떤 친구와도 다퉈본 적이 없었으며 동네 친구들을 교회로 전도하는 입장에 있었습니다.

따뜻했던 중·고등학교 시절

중·고등학교 진학과 함께 나의 신앙도 깊어만 갔습니다. 기독교 재단에서 설립한 학교에 입학하게 되어 자연스럽게 신앙을 가진 친구를 가까이 하게 되었으며 고등학교 시절엔 종교부 활동도 하게 되었습니다. 나와 같은 순수한 친구가 없다고 말하던 친구 은희, 언제나 옆에서 내가 다른 친구들과 대화하는 것조차 싫어하며 나를 엄청 좋아해주던 현주…… 모두 같은 대학 동창들이자 다정한 친구였습니다.

중학교 입학 후 사립초등학교를 나온 친구가 반장이 되고 나는 부반장이 되어 서로 친하게 지낼 수 있었습니다. 어느 날 그 친구가 자기 집으로 나를 초대하였습니다. 마치 드라마에서나 볼 법한 서구화된 세련된 집이어서 눈이 휘둥그레졌습니다. 친구의 부모님도 외국 사람처럼 잘생기고 세련되어 입구에 들어서는 순간부터 주눅이 들었습니다. 친구 방에 들어가는 순간 나를 놀라게 한 것은 침대였습니다. 하얀 침대보가 얼마나 눈에 부시던지 아무런 말이 나오지 않았습니다. 만화책에 나오는 궁궐 같은 집에 사는 여자 주인공처럼 보여 친구가 너무 부러웠습니다.

그것도 모자라서 부엌에서 일하시는 아주머니가 만들어주신 음식들은 평소 먹어보지 못했던 서양식 음식이었습니다. 빵, 수프, 샐러드, 스테이크……. 친구 부모님은 맛있게 잘 먹고 가라는 인사와 함께 먼저 자리를 떠나셨고 친구와 나는 준비해주신 음식을 먹었는데 하마터면 기절할 뻔했습니다. 생전 처음 맛보는 너무나 맛있는 음식이기 때문이었습니다. 가끔 이런 음식을 먹고 사는 친구가 새롭게 보이고 부러워 보였습니다.

어린 나이에 만화책에나 나올 법한 집과 음식이 세상에 있다는 것을 처음으로 경험하였습니다. 늘 대하던 나의 작은 울타리에서 조금씩 벗어나 넓은 세상을 보는 눈이 조금씩 열리게 된 계기가 되었습니다. 세상은 참으로 아름답구나 하는 생각과 함께 말입니다.

이후 친구와 나는 단짝이 되어 우정을 쌓아 나갔지만 학반이 바뀌면서 더는 이전과 같은 우정은 가질 수 없게 되어 안타까웠습니다.

중학교보다 좀 더 다양한 친구들이 모이게 된 고등학교에서는 모두 대학 입시를 염두에 둔 지라 입학과 동시에 경쟁을 시작하였습니다. 키가 더 자라지 않은 나는 중학교 때는 중간 정도 자리에 앉았지만 고등학교에서는 아예 맨 앞줄에 앉게 되었습니다. 그런 탓에 키가 커서 뒷자리에 앉은 친구들에게는 말도 한 번 제대로 붙여보지 못했습니다.

기독교재단의 중·고등학교를 다니게 되어 1주일에 한 번씩 예배를 드릴 수 있는 환경이었습니다. 여러 부서들 중에 종교부가 있었는데 학교의 교목께서 어느 날 나에게 종교부장을 맡아 달라고 부탁하셨습니다. 종교부는 학생들에게 일주일에 한 번씩 복음의 말씀과 신앙의 가치를 심어주고 종교적인 삶의 중요성에 대하여 인지하도록 지도하는 중요한 부서였으며, 종교부장의 역할은 아주 중요하였습니다. 그리하여 목사님께 거절의 의사를 밝혔더니 내 앞에서 눈물을 보이시며 다시 생각해 보라고 하셔서 더는 거절하지 못하고 종교부 활동에 동참하게 되었습니다.

전교생은 교실에 앉아서 방송으로 들리는 채플시간에 귀를 기울이기만 하면 되는 것이었고 특별히 신앙적인 강요는 없었습니다. 내가 맡은 부서인지라 나 나름대로 부서를 활성화시키기 위하여 신앙이 있는 학생 몇몇을 모아 찬양도 드리며 신앙에 더욱 열심을 내는 시간이 되게끔 했습니다. 친구들과 같은 신앙인으로서 서로의 삶을 존중하고, 친구가 나가는 교회에서 부흥회가 열릴 때는 참석도 하는 등 서로를 도닥이는 시간을 보냈습니다. 입시를 앞둔 상황에서 서로에게 많은 위로와 용기를 줄 수도 있었고, 같은 신앙인으로서 친구의 믿음을 존중하고 지켜주며 입시준비로 스트레스 속에 있는 입장임에도 기운을 내 학교생활을 잘 해나갈 수 있었습니다.

등하교 버스를 탈 때마다 재밌는 일들도 많이 있었습니다. 그중 지금도 떠올리면 미소가 지어지는 에피소드가 있습니다. 아침 등교 시 꽉 찬 버스 안의 사람들 때문에 문을 닫기 위해서는 차가 살짝 기울여져야 하는데, 그때는 차 안이 마치 놀이기구를 탄 것처럼 순식간에 사람들의 괴성으로 잠시 아수라장이 되기도 하였습니다. 좁은 차 안에 한 사람이라도 더 태우기 위하여 가방은 미리 종점에서 버스를 타고 온 친구에게 차창으로 던져 짐을 줄이는 등 비좁은 버스를 타고 통학을 하던 학창시절 친구들 간의 우정은 말로 다 표현할 수가 없습니다.

그리고 이른 새벽에 일어나 피아노 연습을 마치고 버스를 두 번 갈아타고 수많은 계단을 올라 학교에 등교하느라 도착한 이후부터는 긴장이 풀려 수업시간에는 거의 녹초가 되어 있을 때가 많았고, 간혹 졸 때는 어김없이 선생님의 감시망에 걸려서 무거운 눈꺼풀을 다시 떠야만 했던 기억이 지금도 생생합니다.

그 당시에 대학입시를 앞둔 수험생은 나였지만 부모님께서는 나보다도 더 힘든 시간을 보내셨습니다. 새벽 내내 기상시간을 놓칠까 봐 노심초사 조바심으로 밤새 제대로 잠을 주무시지 못하였고, 새벽마다 고요한 정적을 깨는 시끄러운 피아노 소리에 숙면을 취하실 수도 없었습니다. 여느 가정처럼 수험생을 둔 가정으로서 피곤하고 힘든 시간들이었습니다.

집으로 돌아가는 길에는 하루 종일 공부하느라 심신이 파김치가 된 듯 어깨는 축 늘어지고 힘없이 걸었습니다. 하지만 지친 하굣길에 행복을 주는 곳이 있었습니다. 종점에서 버스를 타려면 어쩔 수 없이 지나쳐야 하는 곳이 있는데 요즘 말로 '먹자골목'입니다. 그곳엔 여러 아주머니들께서 막 따끈따끈하게 준비한 다양한 간식들을 만들어 놓고 지나가는 사람들을 유혹했습니다.

식욕이 왕성한 사춘기 시기라서 식욕을 억제할 수 없었습니다. 새벽에 일어나 아침을 먹는 둥 마는 둥 했었고, 학교까지 가는 데 많은 시간이 걸렸고, 여러 과목의 수업을 듣느라 책상에 오래 앉아 있다 보면 가끔씩 머리에 간식거리가 떠다니기도 했었습니다. 하굣길에 가끔 들르던 먹자골목의 간식들은 그날의 모든 스트레스를 풀어주었으며 기분 좋은 귀가를 만들어주었습니다. 어묵, 떡볶이, 파전 등……. 특히 어묵 국물로 마무리를 할 때는 저녁식사를 마친 것처럼 포만감이 들어 차 안에서 곯아떨어져 내려야 할 정류장을 지나치는 경우도 종종 있었습니다. 버스에서 졸고 있는 내 모습을 본 이웃 사람들은 차창에 머리를 부딪쳐 제법 아플 만도 한데 눈 한 번 뜨지 않는다며 놀리기도 했습니다.

대부분 학창시절의 여학생들은 드라마나 한창 유행하는 유명 연예인들에 대한 관심이 커 그 당시에도 연예인의 사진을 들고 다니며 이름을 외우기도 하고 호감을 표시하기도 했습니다. 하지만 나는 그런 대화들이 오갈 때 아는 연예인 이름이나 좋아하는 사람이 없어서 늘 왕따 아닌 왕따가 되기도 했습니다.

1978년 고2 시절 저자(왼쪽 두 번째)와 친구들

여고생 시절 중에서 특히 지금도 떠오르는 기억 중 하나는 수학여행의 추억입니다. 단풍이 알록달록 멋지게 수놓은 아름다운 계절 가을! 주왕산으로 수학여행을 떠난다는 기쁨에 친구들은 그곳 여행지에서 일어날 만한 일들을 상상하며 들뜬 설렘으로 연일 함박웃음을 짓고 있었습니다. 사춘기 소녀들에게는 우연히 남학교 학생들을 여행지에서 만나게 되지 않을까, 단체 식사를 하는 식당에서 얼굴을 마주치게 되지 않을까 하는 기대가 있었습니다. 또 더러는 짝사랑하던 남자 선생님과 이번 기회에 재밌는 추억거리를 만들 것이라며 기대에 부풀어 있기도 했습니다.

여행지로 향하는 학생들의 얼굴에는 기대로 며칠간 밤잠을 설친 기운들이 역력하였고 관광버스 안에서는 급기야 환호성이 터져 나왔습니다. 처음으로 지긋지긋한 교실을 벗어나 다른 곳에서 며칠간 지낼 수 있다는 생각에 얼굴에는 생기가 돌았습니다.

학교를 출발하여 목적지로 향하며 휴게소에 차를 잠시 주차하는 경우엔 다른 학교 학생과 마주치기도 했는데 남학생과 눈 인사라도 한 경우엔 그 이야기가 화제가 되어 차 안은 떠들썩해졌습니다. 잠시도 쉬지 않고 재잘거리는 차 안의 이야기꽃은 시들지도 않고 더 피어나서 즐겁기만 하였습니다. 끊이지 않은 길고 긴 수다로 인하여 지칠 만도 한데 목적지에 다다라서는 정차하기도 전에 모두들 들뜬 모습으로 뛰어 내릴 기세들을 하고 있었습니다. 체력이 약했던 저는 도무지 엄두가 나지 않아서 대신 차 안에 남아서 친구들의 짐을 지키기로 하였습니다.

수학 여행지의 첫날 밤은 친구들이 준비한 이벤트로 깜짝 쇼들이 일어나고 있었습니다. 아무도 귀띔을 해주지 않았던 터라 나는 평일과 다름없이 곤한 잠에 빠져 있었습니다. 곯아떨어져 자는 동안 갑자기 누군가가 나의 얼굴에 밀가루를 반죽하여 발랐던 것입니다. 곤한 잠에 빠져 아무것도 모르던 나는 친구들의 깔깔 넘어가는 웃음소리에 겨우 깨어 웃고 있는 친구들의 얼굴을 살필 수 있었습니다. 친구들의 장난으로 또 하나 즐거운 추억을 남길 수 있었습니다.

여행지에 대한 역사 소개를 듣고 아름다운 풍경을 기억에 담고 사진으로 남기는 등 오랫동안 기억에 남을 즐겁고 기쁜 여행이었습니다. 다시 돌아가지 못할 여고 시절의 2박 3일의 수학여행 일정은 너무나 짧게 지나가 버렸습니다. 너무나 빨리 지나가 버린 그 시절, 친구들이 보고 싶습니다.

part.2

방황과 대학시절

진실과의 대면

"뭐? 편지를 몇 번째 보낸 것이라고?"

"도대체 애들 교육을 어떻게 시키기에 이런 말이 나오는 거요?"

학교에서 돌아온 후 가방을 채 놓기도 전에 언성을 높여 통화하는 아버지의 목소리를 듣고는 나도 모르게 숨을 죽여 통화내용을 엿듣게 되었습니다.

청천벽력 같은 아버지의 통화 내용에 하늘이 여러 색깔로 변하다가 앞이 캄캄해졌습니다. 아무런 말이 나오질 않았고 현관에 그만 풀썩 주저앉고 말았습니다. 기가 막히면 아무런 말을 할 수가 없다는 말을 실감했습니다. 말문이 막히고 무엇을 해야 할지 몰라 정신과 육체 모든 것이 굳어버렸습니다.

'내가 이 집 딸이 아니라니, 나의 부모님이 나를 직접 낳지 않으셨다니, 내가 부모님의 입양 딸이라니! 나를 길거리에서 주워서 지금까지 숨기고 키우신 것이라니…….'

사춘기 나이인 고2 가을날에 들은 감당하기 힘든 가혹하고도 처참한 현실이었습니다.

지금까지 아무 의심도 하지 않고 그저 부모님을 믿으며 살아왔는데, 아무런 준비 없이 알게 된 사실은 마음 여린 고2 여학생이 감당할 수 있는 것이 아니었습니다. 친척이 내게 알려주려고 사실을 적은 편지를 보냈고, 그 편지를 내게 전달하지 않은 아버지, 무엇 하나 제대로 이해할만한 상황이 아니었습니다. 왜 하필이면 친척이, 무슨 의도를 가지고 사실을 지금 내게 전해주려고 했던 건지…….

내가 친딸이 아니라는 사실을 받아들이고 싶지 않은 마음에 뇌는 정지 상태였습니다. 나도 모르게 흐르는 굵고 서러운 눈물과 함께 내 삶이 저주받았음을 알았습니다. 친부모가 아님에도 친부모인 척하는 부모님이 보기 싫어졌습니다. 이 집에서 더는 친딸인 척하며 살아갈 수 없다는 것을 알게 되었습니다.

왜 부모님이 이러한 사실을 직접 나에게 말씀해 주시지 못하였는지에 대하여, 그리고 나를 버리신 친부모에 대하여 아무도, 아무것도 이해할 수 없었습니다.

왜 친부모는 나를 버렸는지, 자식을 버리고도 아무런 양심의 가책 없이, 찾을 생각도 없이 어른의 행세를 하며 살아가는지에 대한 의문이 들었습니다. 자식을 버린 양심 없고 잔인한 사람이 진짜 나의 친부모이며, 버려진 생명을 거두어 보살피는 특수사업을 하시는 분들이 양부모이신 사실을 알고, 나의 뿌리에 대한 분노만 들었습니다. 친부모의 친딸임이 부끄러웠습니다. 차라리 모든 것이 꿈이라고 여기고 부정하고 싶었습니다. 이런 사건이 발생한 후 나도 모르게 점점 예민하고 날카로워졌고, 부정적인 성향이 생겨 반항적인 행동을 하며 주체할 수 없이 방황하기 시작하였습니다.

'모든 것이 사실이 아니었으면 얼마나 좋을까, 왜 나만……
왜 나에게만 이런 고통을 주는지……. 양부모님은 왜 이제야 이 모든 사실을 내가 알도록 하셨는지…….'

아무런 예상도, 준비도 없이 맞이한 고통스러운 사실. 이런 현실을 만든 친부모님, 양부모님을 원망하며 소리 질러 울었습니다. "왜 그랬냐고요. 왜 진작 그런 말을 안 해주셨냐고요!" 하며 소리만 질렀습니다.

아무것도 보이지 않았습니다. 신발도 신지 않은 채 헝클어진 머리로 울음 범벅이 된 내 모습. 그대로 친딸도 아닌데 이 집에서 나가야 되겠다는 생각만으로 동네에서 가까운 낙동강 지류로 달려갔습니다. 그곳엔 나의 서러움과 아픔을 받아주는 커다란 강이 흐르고 있었습니다. 강은 주체할 수 없는 슬픔을 당한 나를 너무나 잘 알고 왜 이제야 왔냐며 안아줄 듯 크게 팔을 벌리고 있었습니다. 그 안에 안기고 싶었습니다. 나도 모르는 과감한 태도가 있었음을 처음으로 알게 되었습니다. 나의 서러움을 받아주는 강 안으로 하염없이 걸어 들어가고 있었습니다.

"수야, 안 돼! 멈춰 서!"

친구 경희가 어떻게 알았는지 멀리서 뛰어오며 나를 찾고 있었습니다.

"너 미쳤나? 바보같이! 그렇다고 물 안에 들어가나? 죽으려고? 물 안에 들어간다고 다 죽는 건 줄 아나?"

친구의 팔에 기대어 펑펑 울었습니다. 맘대로 죽지도 못하는 삶임을 알았습니다.

어머니가 나를 찾고 있다며 낙동강 근처 가까이 사람을 보내왔습니다. 어머니는 어머니대로 내가 겪을 상처와 아픔을 걱정하다 쓰러져 병원에 실려 갈 정도가 되었다고 합니다. 그러니 집으로 속히 돌아오라고 합니다. 그리고 내가 아무것도 모른 채, 없었던 일로 여기며 이전처럼 살아주길 바란다는 당부도 하셨습니다. 당신 딸로서 말입니다. 또다시 울었습니다. 어머니도 울고 계셨습니다. 옆에 계시던 아버지께서도 힘없이 나를 어루만져 주시며 함께 눈물을 흘리셨습니다.

"끝까지 네게 알려주지 않으려 하였건만…… 네가 결혼하여 자녀를 둘쯤 낳고 난 후에 알려주려 하였었건만……. 못된 놈이 무슨 그런 장난을 해가지고서리…….

너는 영원히 우리 집 딸이다. 그러니 엉뚱한 딴생각은 아예 하지 말길 바란다. 그리고 널 이렇게 만든 네 부모도 원망하지 마라. 다 이유가 있어서 그러지 않았겠니? 친부모가 나쁜 사람도 아니고, 형제들도 많고 어렵게 살다 보니 그런 결정을 하셨다고 하니, 네가 이해해라."

나를 버린 친부모를 이해하기 전에 이런 사실을 받아들여야 하는 내 입장과 현실이 참으로 수치스러웠습니다. 할 수만 있다면 쥐구멍에라도 숨고 싶은 마음이었습니다. 나에게 무슨 잘못이 있다고 이런 고통을 주는지……. 하염없이 울고 또 울었습니다.

가난하면 자식을 버려도 괜찮은 건지……. 그리고 그런 사실을 버림을 받은 자가 이해를 해야 한다니…….

도무지 무엇이 사실이며 진실인지 궁금하고 또 헤아릴 수 없었습니다.

　이후 모범적인 학생에서의 이탈을 결심하였습니다. 다르게 살기로 결단하였습니다. 부정적인 성향을 가지고 조건 없이 내 맘대로 결정하며 살기로 하였습니다. 왜냐하면 내가 아는 사람들 중 아무도 믿을 수 있는 사람이 없다고 여겨졌기 때문입니다. 모두가 나의 입장을 잘 알고 있었으면서도 모른척하였기 때문입니다.

　내가 아는 모든 사람들이 위선자로 보였습니다. 이중인격자로 여겨졌습니다. 지금까지 나만 속아서 살아온 느낌이 들면서 아주 불쾌해졌으며 앞으로 어떻게 살아야 할지에 대한 고민이 시작되었습니다. 결코 이전의 내 모습과 같을 수 없었으며 아무 일도 없었다는 듯이, 나 자신도 잘 모르는 듯이 살면 큰일이 날 것만 같은 생각이 들었습니다. 그리고 내가 원하지도 않는 양심 없는 친부모의 유전인자 모습을 보이며 살아갈지도 모른다는 생각에 치가 떨리도록 싫고 무서웠습니다. 이전의 나의 모습과는 전혀 다른 뻔뻔한 모습으로 바뀌어야 나를 버린 친부모에 대한 복수가 될 것만 같았습니다. 그리고 그런 불쾌한 핏줄을 이어받은 사실을 되도록이면 숨기고 살고 싶은 마음뿐이었습니다.

　여러 가지 생각에서 생겨나는 주체할 수 없는 증오와 미움이 어른들에게로 향하였습니다. 내가 할 수 있는 것은 아무것도 없음을 매일매일 깨닫고, 철저하게 나 자신을 밑바닥으로 끌어내리고 있었습니다. 형편없는 자들의 친자녀로 말입니다. 양부모님이 사랑을 쏟아주셔도 아무것도 이해되지 않았고 용서되지도 않았습니다. 매일 자학 속에서 어른들이 그런 선택을 한 이유와 진실을 알아내지 못해 미칠 것만 같았습니다.

어떤 날들은 평안한 상태로, 또 어떤 날들은 아주 예민해져 무척 괴로웠습니다. 아무리 신앙이 있다고 하지만 내 마음을 스스로 헤아릴 수 없었습니다. 조울증이 생겼습니다. 아무 일 없이 갑자기 슬퍼져서 울기도 하고, 아무 이유 없이 모든 것들이 싫어질 정도로 아무것도 하기 싫어지기도 하였습니다.

'버려진 아이!' 라는 어머니의 말씀만 귀에 계속해서 들릴 뿐!

도의적인 책임을 회피한 무책임한 친부모가 아주 싫었지만 동시에 궁금해지기 시작했습니다. 진달래 꽃잎마냥 수줍고 꿈이 많아야 할 나의 사춘기 시절은 그렇게 흘러가고 있었습니다. 겉모습과 속마음이 전혀 별개로 말입니다.

그럼에도 아침마다 자전거로 등하교를 책임지며 나를 지켜주신 아버지께서는 한결같이 조건 없는 사랑을 실천하고 계셨습니다.

대학 진학을 앞두고 지도 선생님은 나의 개인적 사정도 모른
채 기어코 지역에 남길 바라셨지만 나는 오로지 친부모를 찾아
내어 따지고 싶은 마음뿐이었습니다. 나를 이토록 초라하게 만
든 어른들에 대해서도, 그 외 만나는 사람들에 대해서도 자신
감은 갈수록 없어졌습니다. 어깨에 너무나 무거운 짐을 지게
되었음을 잘 알고 느낄 수 있었습니다.

"이게 무슨 음악이야? 제대로 악보를 보고 온 거야? 감정도
하나도 없이……. 다시 해 봐!"

"도대체 왜 이렇게 엉망이야? 못 듣겠어. 그만해!"

악보 책을 바닥에 내동댕이치며 벌컥 화를 내서서 정신이 번
쩍 들게 해주신 교수님!

내가 현재 어떤 고통을 겪고 있는지 알 턱이 없으시니 평소
와 다른 나의 무성의한 태도에 화를 내는 것이 당연한 일임에
도 태도를 고치고 싶지 않았습니다. 할 수만 있다면 더 큰 사고
라도 내고 싶은 마음만 자꾸 생겼습니다. 비밀 입양에 대한 사
건 이후 갈수록 나의 태도와 실력은 바닥을 향해 갔고, 마침내
지도교수로부터 크게 꾸지람을 받게 된 것이었습니다.

"꼭 서울로 가고 싶습니다. 보내주세요. 열심히 해 보겠습
니다."

부모님 앞에서 서울에 있는 대학진학에 대한 꿈을 밝히면서

속으로는 부모님으로부터의 탈출에 대한 꿈을 가지게 되었습니다. 양부모님께서 부담하실 나의 대학진학 등록금에 대해서는 전혀 생각하지 않았습니다. 막연히 서울로 간다는 결심뿐이었습니다.

양부모님의 경제적 사정은 아랑곳없이 나의 개인적 사정만을 이유로 대며 서울로의 대학진학 결심을 한 후 이상하게도 이전의 내 모습을 찾은 듯 평안한 마음이 들었습니다. 꿈을 이루기 위해 내가 원하는 삶을 선택하게 되자 그제야 양부모님의 자녀로, 나다운 모습을 회복한 것 같았습니다. 하루 속히 부모님으로부터 독립을 하고 싶었습니다. 하지만 매사에 분명한 것이 없어 보였습니다. 누구를 믿어야 하고 또 누구를 믿지 말아야 할 것인지에 대한 이중적인 잣대를 가져야 한다는, 나답지 못한 불편한 면을 가지고 살아가야 한다는 사실. 또 다른 자아가 내면에 있는 그런 상태!

엉킨 실타래같이 풀기 힘든 복잡한 사람들의 상황들과 시간들을 대하며 앞날에 대한 깊은 생각을 떨쳐버리고 본능과 직감이 지시하는 대로 물 흐르듯이 따라가기로 결정하였습니다. 그렇게 결정하고 나니 더는 고민을 할 필요가 없어졌습니다.

대학입학과 대학생활

대학 진학에의 꿈을 안고 서울로 향한 나의 마음은 온통 설렘뿐이었습니다. 만나는 사람들 모두가 멋있고 훌륭해 보였으며 나와는 비교가 안 될 정도의 대단한 위세를 가진 것처럼 보였습니다. 그들의 모습에 가끔씩 주눅이 들기도 하였으며 촌티를 벗어보려고 애도 써보았습니다.

하지만 무엇보다도 최선을 다하여 공부하려는 다짐과 좋은 교수님을 스승으로 만나 지도를 잘 받는 일을 중요하게 여겼습니다. 감사하게도 나의 스승님은 스승이라기보다는 인생의 멘토 같으신 분으로 어머니 같은 푸근함을 지니고 계셨습니다. 사랑으로 인생의 길잡이가 되어 주시고 지도해 주셨습니다. 스승님에 대한 은혜는 잊을 수 없고, 지금도 감사한 마음뿐입니다.

그리하여 꼭 입학을 하겠다는 의지 하나만으로 아무것도 내세울 것 없는 나는 스승님의 지도하에 최선을 다하여 준비하였습니다. 서울의 친척들도 모두 신경을 써주시며 최선을 다하여 도와 주셨습니다. 하루하루 얼마나 열심히 준비하였는지 모릅니다. 아침에 눈을 뜨면 저녁에 눈을 감을 때까지 피눈물 나는 연습을 하고 또 하였습니다. 서울 학교로 입학하는 일만을 생각했습니다. 함께 준비하던 친구들도 열심히 준비해온 나에게 당연히 합격의 기쁨을 안게 될 것이라며 염려 말라고 하였습니다. 지방에서 인정받은 실력이었습니다. 당연히 합격을 기대하였습니다.

하지만 소심한 성격 탓에 실기시험 날 지나치게 긴장한 나머지 첫해 대학입학 실기시험은 실패하고 말았습니다. 너무나 큰 좌절을 맛보았습니다. 이불을 뒤집어쓰고 며칠 동안 울면서 식사도 걸렀습니다. 나도 나지만 나를 돕기 위하여 최선을 다하신 분들을 뵐 면목이 없어서였습니다.

실수 없이 연주를 했음에도 불구하고 낙방한 상처가 오래갔습니다. 불합격한 사실을 받아들일 수 없었고 억울한 심정이었습니다. 하지만 실패를 안고 살아가긴 싫었습니다. 실패를 인정하고 다시 도전하기로 마음을 먹고 일어섰습니다. 그 결과 2차 대학에서는 아주 좋은 실력으로 인정받아 대학 생활을 시작할 수 있었습니다. 그토록 희망하여 가고자 하던 대학이 아니어서인지 시간이 천천히 가는 것 같았지만, 그 대학에서 만났던 친구들은 모두 따뜻하고 좋은 친구들이었습니다.

대학입학 후 머리를 길러서 라면처럼 파마를 한 나는 늘 청바지 입는 것을 좋아하여 친구들로부터 청바지를 즐겨 입는 눈이 큰 아이로 통하고 있었습니다. 유행가 가사처럼 말입니다.

어느 날 공강 시간에 친구들 중 한 명이 제안하여 차를 마신다는 이름으로 호프집에 가게 되었습니다. 지방에서 서울로 올라와서 지낸다는 것이 공부를 특별히 잘해서라는 의미는 아니지만, 서울의 문화 정도는 다른 학생들처럼 누릴 줄 알아야 한다면서 친구들과 함께 치킨과 호프를 번갈아 먹고 마시며 흥겨움에 젖었습니다. 그런데 그때 나도 모르게 갑자기 정체성에 관한 슬픔이 몰려왔습니다. 어느새 나도 모르게 술기운에 서러움이 몰려와서 눈물을 왈칵 흘렸습니다.

이유 없이 문득 찾아오는 나만의 정체성과 관련된 의문이 드는 그런 순간엔, 나도 모르게 울적해지거나 참을 수 없는 분노에 빠져 주체할 수 없는 서러움에 기운이 다 빠질 정도로 울어대고는 그것을 술기운의 핑계로 돌리기도 하였습니다. 남들은 술기운에 취해 기분이 좋아진다고도 하는데 나는 슬프기만 하였습니다.

한 학기 동안의 2차 대학에서 대학생활을 누린 나는 2학기 등록을 하지 않은 채 재수를 위해 광화문 성공회 수녀들이 지내는 곳에서 하숙생활을 시작하였습니다. 엄격한 규율이 있는 곳에서 사회생활을 처음 시작하게 된 것입니다. 그곳엔 고시생들처럼 공부를 하기 위한 학생들이 있었습니다. 그곳에서 만났던 학생들 중에는 지방에서 수재 소리를 듣는 언니도 있었고 또래 친구들도 있었습니다. 그곳에서 좋은 인연들을 만날 수 있었습니다. 서울로 올라오길 참으로 잘했다는 생각이 들었습니다. 매일매일이 행복했던 시간이었습니다. 항상 웃을 수 있었던 시간들이었습니다. 비록 고요한 정적을 깨는 시끌벅적한 일상을 만들어 내어 수녀님께 조용히 해 달라는 당부와 지적을 받기도 했지만 말입니다. 그리곤 항상 환히 웃어 주시던 수녀님들! 잊을 수가 없습니다. 수녀님들의 그 고요하고도 따뜻한 사랑이 참으로 그립습니다.

그곳의 마당 화단에 심겨진 꽃들도 너무나 아름다웠습니다. 매일 아침마다 문을 열면 보이는 여러 이름의 꽃들은 항상 밝게 웃고 있었습니다. 언제나 변함없이 말입니다. 나도 그 꽃들처럼 아름다운 이름을 가진 존재가 되어 아름답다는 말을 듣고 싶다는 생각을 하게 되었습니다.

언니들과 친구들을 근처 교회로 초청하여 함께 예배도 드리고, 허물없이 비밀도 공유하고 지내며 사랑을 독차지하게 된 것 같았습니다. 언니들이 너무나 좋았습니다. 얼마나 즐겁고 행복한 시간이었던지 대학생인지 입학을 준비하고 있는 재수생인지 현실의 상황을 분간하지 못한 채 구분이 안 갈 정도로 낙천적인 마음으로 지냈던 시절이었습니다.

그러다 시험일이 다가오자 발등에 불이 떨어졌습니다. 그토록 자신만만하던 마음에 불안함이 생기기 시작하였습니다. 하숙생활을 하며 즐겁게 지내느라 긴장을 완전히 풀고 있었다는 늦은 후회가 밀려왔습니다. 그때부터 며칠간 눈이 빨갛게 될 정도로 벼락공부를 시작하였습니다. 급할 때는 암기도 잘 되기에 암기과목은 크게 걱정하지 않았습니다. 하지만 시험 당일 문제지를 받은 나는 내 눈을 의심하지 않을 수 없었습니다. 제대로 공부하지 않은 지난 시간들에 대하여 얼마나 후회를 했는지 모릅니다.

하지만 운이 좋게도 이번에는 그토록 가고 싶었던 대학에 입학할 수 있었습니다. 기적이었습니다. 참으로 감사한 일이었습니다. 가족들과 친구들도 함께 기뻐해 주고 축하해 주었습니다. 드디어 꿈을 이룬 것입니다. 고향에선 개천에서 용이 났다고 난리가 났습니다. 서울의 일류 대학을 목표로 삼고 함께 공부해 온 친구들도 모두 합격을 하여 더욱 기뻤고, 무엇보다도 고등학교 동창 친구 3명이 같은 대학에 입학할 것에 대한 약속을 이루게 된 일은 기도의 응답 체험이었습니다. 모두 이를 악물고 열심히 준비한 보람과 기쁨을 함께 누리고 있었습니다.

하지만 대학에서 만나게 된 과 친구들과 나를 비교해 보니 용의 꼬리처럼 실력에서 많은 차이가 났습니다. 교육환경이 얼마나 중요한지 알게 되었습니다. 이미 수많은 경쟁과 경험에 익숙한 서울의 학생과, 이제 갓 경쟁다운 경쟁을 알게 된 나 사이에 차이가 많음을 알고 자존심이 상했습니다. 그래서 호기심과 불안함, 촌스러운 티를 벗어야 한다는 막연한 자존감으로 가득 차 있었습니다. 나의 대학생활은 이렇게 시작되고 있었습니다. 앞으로 숱한 경쟁이 있을 것이라 느껴졌습니다. 예술가의 경쟁이라는 말이 그다지 좋지 않게 생각될 수도 있겠지만 그것이 엄연한 현실이었고, 그 현실은 냉혹하였습니다.

기숙사에 합격한 나는 배정된 기숙사 방에서 대학생활을 시작하게 되었습니다. 어린아이를 물가로 보낸 심정으로 바라보시던 어머니께서는 기숙사 방 식구들에게 지망했던 대학에서 많은 꿈을 꾸고 대학생활을 잘 하길 당부하시고는 다시 지방으로 돌아가셨습니다.

기숙사에서의 생활은 생각 이상으로 평안하였습니다. 이미 성공회 수녀원에서의 하숙생활로 단체 생활을 해 보았던 터라 무리 없이 시간 관리를 할 수 있었으며, 방 식구들과도 즐거운 생활을 할 수 있었습니다. 기숙사 내 정해진 시간은 엄격하였습니다. 하지만 가끔씩 재미있는 이벤트를 만들기도 하였고, 생일을 맞이한 친구를 위하여 형광등에 보자기를 싸서 조명을 내는 기분전환도 하였고, 기숙사 친구들과 나이트클럽에 가 보기도 했습니다. 이전에 경험하지 못한 일들을 접해보는 시간이었습니다.

기숙사의 통금 시간은 밤 10시라서 외출 시에는 그전에 서둘러서 들어가야만 했습니다. 남자친구가 있는 친구들은 정문 앞에서 헤어짐의 아쉬운 작별인사를 하느라 1분이라도 늦어서 기숙사 점호를 놓치게 되면 벌점을 받기 때문에 육상선수처럼 뛰어야 했습니다. 겨우 시간에 맞추어 도착하면 어김없이 사감 선생님이 뒤이어 들어와 문을 열고 확인을 하십니다. 다급함에 숨도 제대로 못 쉬다가 큰 숨을 내쉽니다.

가장 늦게 돌아온 방 식구는 빈손으로 들어와선 안 된다는 방장의 엄한 규정(?)하에 간단한 간식거리를 풀기도 합니다. 기숙사 방은 언제나 화기애애하였지만 가끔은 고향 지역이 다른 것에서 비롯되어 작은 갈등이 생기기도 했습니다. 슬슬 자리를 피해 먼저 자버리는 게 가장 좋은 해결방법이어서 일찍 잠자리에 들어버립니다. 기숙사 생활은 참 즐겁고도 행복한 기억들뿐입니다.

기숙사에는 피아노 연습실이 없어서 항상 기숙사 내 학생들 중에서 제일 먼저 일어나서 연습실의 제일 좋은 피아노를 찾아 연습을 하였으며, 그러한 이유로 아침 식사는 항상 연습실에서 했습니다. 주말에 수업이 없는 날이면 다들 외출을 하는데, 나는 주일날 학생들의 지도 준비로 들떠 있었습니다. 서울로 대학입학이 결정된 후 대학생활에 잘 적응하기 위하여 피아노 교습을 시작하여 용돈을 벌었습니다. 그리고 참으로 예쁜 모습으로 대학생활을 할 수 있었습니다. 나를 사랑해 주는 가족들과 친구들이 있었기에 가능한 일이었습니다.

서울에서 혼자 지낼 때 자신을 사랑하고 지키지 않으면 안 되기에 믿음생활에 매달렸습니다. 그리고 대학생활 4년 내내 주일마다 가장 예쁜 옷을 입고 가장 예쁜 마음으로 새벽마다 아침 일찍 달려가는 곳은 교회였습니다. 주일이 가장 기쁘고 즐거운 날이었습니다. 일반적으로 대부분의 학생들은 주말이 되면 늦잠도 자고 개인적으로 휴식을 하지만 나에게 주일은 가장 기다리고 기다리던 날이었습니다. 참으로 행복하고도 기쁜 날이었습니다.

평일에도 매일 새벽마다 가장 먼저 일어나 기숙사의 아침메뉴를 줄 서지 않고 받아와 연습실로 향하던 나는 주일도 주중처럼 즐거운 마음으로 아침메뉴를 받고 교회로 달려갔습니다. 내가 할 일이 있었기 때문입니다. 나를 기다리고 있는 초롱초롱한 눈망울의 아이들에게 준비한 하나님의 말씀을 재미있게 알려주었습니다. 학생들은 늘 진지하였기 때문에 단 한 주도 빠짐없이 교회에 나가느라 주중보다 주말이 더 바쁜 대학 시절을 보내게 되었습니다.

교회에서 여러 사람들의 진심 어린 사랑을 많이 받았습니다. 그래서 졸업을 앞두고 다시 지방으로 내려오게 되었을 때에는 그동안의 깊은 하나님의 사랑에 눈물이 많이 나왔습니다.

유난히 학교정경이 아름다운 계절이면 건물과 어우러진 계절의 운치가 고풍스러웠고, 해마다 봄의 여왕을 뽑는 축제가 있는 날이면 전 학년 학생들이 동분서주 시끌벅적한 행사가 되기도 하였습니다.

교정에서 친구들과 웃고 사색하며 거닐던 학창시절은 아름답기도 하였지만 나에게는 내 안의 슬픔으로 인하여 자유롭지 못한 시간이기도 하였습니다. 하지만 여러 선배들과 친구들이 이런저런 재밌는 이야깃거리와 일을 만들어 주어서 오랫동안 기억에 남는 추억이 많습니다.

일찍 자고 일찍 일어나는 습관을 만들어 주신 부모님 덕분에 대학교에서도 규칙적으로 생활할 수 있었으나 대학생활 대부분은 나를 버린 가족 찾기에 온 신경을 집중하고 있었습니다. 누구에게도 나의 정체성에 대한 말을 내뱉지 못한 채 혹시라도 누군가에게 알려질까 봐 조바심과 불안감 속에서 살아야 했습니다. 간간이 나와 닮은 비슷한 면이 있다고 생각되는 사람을 마주치기라도 하면 한 번 더 살펴보는 습관도 생기게 되었습니다. 서울 입성에 대한 목표를 이루기 위하여 잠시도 잊지 않고 살아왔습니다. 친부모님은 도대체 어떤 사람들일까, 너무 궁금했습니다.

나를 잘 알만한 사람에게 여쭈어 봐도 돌아오는 대답은 한결같았습니다.

"그게 말이지…… 알아보니 이사를 가서 알 수가 없다고 하네."

먼저 잘못을 구하며 내 앞에 나타나도 용서가 될까 말까 한데, 버린 자식을 찾지 않는 그들의 비정함과 답답한 현실에 나도 모르는 사이에 친부모에 대한 원망과 부정적인 생각을 키우게 되었고 그럴수록 더 정체성 찾기에 빠져들게 되었습니다.

"애가 내 딸인데 무슨 말을 하는 거야? 내가 가슴으로 낳아 길렀으면 내 딸이지 누구 딸이야. 애당초 친가족을 만나게 해주자는 말은 아예 하지도 말아. 그게 걔한테 좋을 것이라는 말로 주변에서 바람을 넣지 말라고. 지금 와서 무슨 자격으로 염치도 없이……."

어머니는 내가 혹시라도 친부모를 찾아 만나기라도 할까 봐 지인들에게 애당초 나를 만나지 않도록 부탁한 것 같았습니다. 이러지도 저러지도 못하는 나의 신세와 도움을 주지 않는 어른들이 야속하기만 하였습니다.

기숙사 언니들의 소개와 친구, 지인의 소개로 미팅이 시작되었고 그러한 미팅의 시간은 잠깐이나마 예민한 나의 감정을 누그러뜨릴 수 있었으나 지속될 수는 없었습니다. 좋은 분들도 많이 있었으나 나 자신이 입양인이라는 사실이 남들에게 어떻게 보일지 몰라서 스스로 마음을 닫아 놓고 열등의식과 수치심으로 가득 차 있다 보니 지속적으로 만날 수가 없었습니다.

　이유는 한 가지였습니다. 이미 친부모로부터 버림을 받은 경험을 했기에 또다시 누군가로부터 버림받을까 봐 두려움이 앞섰기 때문입니다. 이런 소심한 성격 때문에 부모님이 정해주시는 남자분과 결혼을 할 때까지 더는 상처가 없길 간절히 바라며 조용히 대학 4년은 흘러갔고 어느새 졸업을 앞두게 되었습니다.

졸업연주회와 대학졸업

　졸업을 앞둔 시점에 새로운 지도교수가 배정되었는데 마치 언니와 같은 멘토였습니다. 미국에서 음대를 나온 교수님은 아주 따뜻한 성품을 가지고 계셨습니다. 졸업 연주회를 앞둔 레슨에는 선생님의 열정이 담겨 있었기에 게으름이나 나태함은 피울 수가 없었습니다. 교수님의 열정을 본받고 싶은 마음뿐이었습니다.

졸업 연주회를 앞두고 하루 5시간 이상 피아노 연습을 하다 보니 손가락이 건조해져 건반과 부딪힐 때마다 손가락 마디에서 피가 터져 나왔습니다. 반창고로 감아도 봤지만 소용없어서 아예 건반에 피가 묻어도 그대로 두고 연습했습니다. 갈수록 심해지는 손가락의 건조 증세로 건반에 손을 대기만 해도 아파서 연습에 어려움이 많았지만 결코 포기할 수 없었습니다. 겁이 많아서 소심한 나의 성격 뒤엔 반대로 목표에 대한 성취욕구와 대담한 면이 있었던 모양입니다. 이렇게 졸업 연주회를 잘해내기 위해 온갖 몸부림을 쳤습니다.

졸업 연주회에 많은 지인들이 와서 축하를 해 주었으며, 평소 무대에서 떠는 소심한 나의 성격 탓에 제대로 실력발휘를 못함에도 불구하고 무난히 연주회를 마치게 되었습니다.

기독교 대학이라 성적 이수도 중요하지만 채플 점수가 비게 되면 졸업을 못하게 되는 학교 규정상 채플 시간만큼은 철저하게 관리하고 있었고, 목사님들의 설교 말씀을 듣고 배우며 그들을 존중하는 시간이 되었습니다.

이렇게 학교의 규칙을 따라 무사히 졸업을 할 수 있었습니다. 졸업 때까지 이런저런 도움을 주신 부모님과 친척들께 감사를 드렸습니다. 졸업 당일의 추위는 마치 전국의 차가운 기온을 다 모았다 해도 과언이 아닐 정도로 매섭고 차가웠지만, 그에 아랑곳하지 않고 졸업생들과 가족들은 그동안의 수고를 함께 자화자찬하며 미래를 향한 기대 속에 환한 미소를 사진에 담느라 행복해 보였습니다. 겨울의 매섭고 차가운 기운도 자신감 넘치는 졸업생의 웃음을 가릴 수 없었습니다.

졸업 후 다시 지방으로 내려오게 된 나는 아는 분의 피아노 학원을 도우며 학생들을 지도하게 되었습니다. 경쟁이 심한 학원들이라 최고 대학 졸업생을 강사로 초청하고 홍보하는 데 치열하였습니다. 내 소문을 듣고 직접 찾아와서 나에게 도움을 청한 피아노 학원장의 손에 이끌려 학생들을 지도하게 되었고, 그때 매일 해운대 바다를 볼 수 있는 행운을 가지게 되었습니다. 좀 더 넓은 세

1985년 대학졸업 후

상으로 나가는 기초가 된 셈입니다.

그리고 대학졸업과 더불어 자연스럽게 나오는 말은 '결혼'이었는데 아직 준비된 마음이 아니었기에 자연스럽게 부모님께서 정해주시는 소개에 맡기기로 하였습니다. 거기다가 희한하게도 대학 시절 내내 스스로를 괴롭히며 친부모를 찾아 만나고 싶었던 마음은 나도 모르는 사이에 서서히 사그라지고 있었고, 당장 인생의 앞날에 대한 새로운 고민이 시작되고 있었습니다.

중매결혼

일방적인 소개

"우리 친척이야. 미국에서 공부한대. 한번 만나볼래?"

"아니, 관심 없어."

중매를 선 친구가 내민 사진을 받고 친구 앞에서 그 사진을 찢으며 애당초 관심이 없었음을 보였습니다.

"한 번만 만나보고 결정하면 안 되겠니?"

"아니. 안 만나고 싶어. 아직 학생인데 결혼준비도 안 되어 있을 텐데……."

친척의 소개로 안정된 직업과 수입이 보장된 남자들을 중매로 소개받다 보니 나도 모르게 자연스럽게 현실적인 말들이 나왔습니다. 경제적으로 안정되지 않은 학생이 결혼을 생각한다는 자체가 불안해 보였고, 직접 만나보기도 전에 마음이 가질 않았습니다.

내 삶의 악연은 그렇게 시작되었습니다.

"얘, 받아. 우리 할머니가 너한테 선물하는 거야. 너한테 꼭 전해주라고 말씀하셔서 전해주는 거야."

"이게 뭔데? 왜 나한테 네 할머니가 선물을 하는 건데? 이상하네."

"어, 그냥."

수입 화장품을 구입해본 적이 없는 내가 수입 화장품을 선물로 받고 보니 기분이 묘해졌습니다. '왜 한 번도 뵌 적 없는 친구의 할머니가 선물을 하신 걸까?' 하는 생각은 잠시 잊고 지내던 중 그 친구가 부산에 놀러왔다며 전화를 하여 부산시내 안내를 부탁하였습니다. 부산 구경이 처음이라는 말과 함께 말입니다. 그래서 잠시 시간을 내어 그 친구와 함께 부산의 태종대, 남포동 등 구경을 끝내고 간단히 저녁을 먹었습니다. 그 친구는 그날 할머니 댁에서 머물게 되었다며 할머니 집으로 가는 길을 모르니 같이 가자고 했습니다. 굳이 함께 갈 이유는 없었는데 거절을 못하는 나의 성격으로 같이 가게 되었고, 결국 친구의 할머니 댁에서 차 한잔까지 하게 되었습니다. 친구의 할머니가 예전에 내가 찢었던 사진 주인공의 어머니임을 알게 되었습니다.

친구의 할머니는 차를 마시면서 나를 위아래로 유심히 살피고 있었습니다. 당사자가 빠진 맞선자리인 것을 직감으로 알 수가 있었으며, 미리 사진과 화장품을 미끼로 던지고 부산으로 친구를 유인했다는 사실도 알 수 있었습니다. 내 의사와는 상관없이 당신 집안의 며느릿감으로 살펴보려 했다는 것에 적잖이 자존심이 상했지만, 상대방 남자를 아직 만나보지 않았기에 단지 친구의 할머니라는 생각으로 예의를 갖추었습니다.

그러던 어느 주말 급한 전화를 받았습니다. 친구의 어머니와 할머니께서 나의 어머니께 연락하여 맞선자리로 나오게끔 했다는 것이었습니다. 급하게 달려가니 친구의 할머니는 구면인 나를 아주 자연스럽게 맞이하며 맘에 든다는 표현을 여러 번이나 했습니다. 며느리가 된다면 이런 저런 일들을 해 주겠노라는 말들과 함께 음식을 직접 떠먹여 주는 등 자상히 챙겨주셨습니다. 부산의 대재벌인 것처럼 말씀하셨고, 아들이 미국 유학생으로 경제적인 어려움은 전혀 없다고 했으며, 내게 대재벌의 며느리들에게 하듯이 해 주겠노라고 했습니다.

"자식들 모두 다 일류대학 나와서 다들 잘살고 있고 막내만 결혼시키면 되는데, 내사 남들 아무도 안 부러워요. 우리 집안이 어떤 집안인데요. 뼈대 있는 집안이거든요. 며느리, 사위들까지 다 일류대학만 나왔어요. 내가 보니 막내 며느릿감도 일류대학을 나왔으니 우리 집안사람이 되겠어요. 내 마음에 쏙 들어요. 우리는 일류 아니면 상대를 안 해요. 집안도 좋은 것 같고, 애가 우리 집에 들어오면 하자는 대로 다 할 거예요. 교회에 같이 가자 하면 교회도 따라갈 거고. 며느릿감이 너무 참해서 내 마음이 다 시원합니다."

불교 신자이신 시어머니는 자식을 낳아본 적이 없는 어머니 앞에서 자신감에 넘쳐서 심할 정도로 당신 자식들 자랑과 '일류, 일류' 이야기를 늘어놓으셨습니다. 그 당시에 나와 어머니는 세상 사람들로부터 속아본 적이 거의 없던 터라 혼사 이야기를 첫 만남에 하는 것이 이상하다는 의심도 하지 못했습니다.

돌아보니 그런 내용의 이야기들은 만남이 지속된 후 결혼이 확정된 후 오갈 수 있는 이야기들인데 첫 만남에 시어머니 되실 분이 며느릿감에게 이렇게 저렇게 해 주겠노라는 말씀을 친정어머니 앞에서 한다는 것이 참으로 의외였습니다. 이런 내용의 대화를 전혀 예상하지 못한 어머니와 나는 시어머니 되실 분이 내가 너무 맘에 들다 보니 얼른 결혼이 성사되길 바라는 심정으로 그리 말하셨을 것이라고 이해했습니다. 어머니께서는 오히려 시어머니 되실 분의 말씀에 내가 경제적으로 안정되게 살아갈 것 같아 오히려 안심하는 모습이셨습니다.

하지만 집에 돌아와서 이런 내용의 이야기를 아버지께 말씀드리니 아버지께서는 결혼이 성사되지 않길 바란다고 하셨습니다. 하지만 어머니께서는 시어머니의 말씀을 완전히 믿고는 내가 앞으로 호강하며 부모님께 효도할 것이라 기대하고 결혼 이야기가 잘 성사되기만을 바라셨습니다. 아들이 없다 보니 맞선 자리에서 본 그 남자를 데릴사위로 삼기라도 하고 싶으신지 억지로 성사시키려고 애쓰셨습니다.

하지만 시간이 지나면서 미국에서 공부하는 그 남자는 일류 집안이라는 자기 집으로부터 아무런 도움 없이 고생하며 공부하는 학생이며, 잘살고 있다는 형제들은 부모님과 사이가 좋지 않다는 사실을 알게 되었습니다. 특히 그 남자는 그들 가족들 중에 가장 부끄럽고 알리기 싫은 존재로, 속히 결혼이라는 이름으로 다른 가정으로 책임을 전가하고 싶다는 속사정이 있었던 것이었습니다.

말이 안 나왔습니다. 시간이 흐를수록 시어머니가 말씀하셨던 내용들과 실제 그들의 삶이 달라도 너무나 다르다는 것을 알 수 있었고, 이 만남을 더는 가져선 안 된다는 결정에 도달했습니다. 다들 내게 설득한다 해도 스스로 결정을 내려야만 할 것 같았습니다. 아버지께서는 여전히 그들 가정과 우리 가정의 다른 삶을 이유로, 그리고 그 남자의 됨됨이가 탐탁지 않아 애당초 결혼이 성사되지 않길 바라셨기에 고개를 젓고 계셨고, 어머니도 시간이 흐를수록 속았다는 것을 알게 되어 그와 그만 만나기를 부탁하셨습니다.

그리하여 그와의 만남을 끝내기로 결심하고 만났습니다. 하지만 남자는 자신을 살려달라는 식으로 매달렸습니다. 자기 부모의 허례허식을 용서해 달라며, 자신은 귀공자도 아니고 미국에서 고생하고 있다고 진솔하게 말했고, 나에게 호감이 가니 만나달라고 사정을 했습니다.

처음엔 참 솔직하다는 생각이 들었지만 자신의 부모님과 작전상 나를 그 집안으로 끌어들이기 위하여 했던 거짓말이라고 알고 나니 너무나 실망스러워 괴로워하고 있었습니다. 그때 시어머니께서 직접 나에게 전화를 하여 아들을 제발 만나달라고 애원을 하는 것이 아닙니까.

"아가, 내 아들이 이제 곧 미국으로 들어가면 언제 한국에 나올지 모르니 몇 번 더 만나봐. 네가 전화를 안 하니 내가 답답하여 이렇게 애원한다. 응? 왜 안 만나주고 그래?"

당신들의 속내를 다 들켜서 내가 결혼을 원치 않는다는 걸

눈치 챘는지 결혼을 재촉하기 시작하였고, 나는 입장이 난처해진 부모님을 대신하여 숙모에게 상담을 요청하였습니다.

"참 답답해요. 내가 어떻게 해야 할지 모르겠어요. 꿈에서조차 답답한 마음에 뿌연 안개가 껴 있고, 또 어떤 날은 내게 맞지 않는 아주 작은 옷을 억지로 입으려고 애쓰는 꿈도 꾸니 이 만남은 내 인연이 아닌 것 같아요. 부모님은 그쪽 부모님의 입장을 생각해서 결정을 못 내리고 있으니 제가 더 힘들어요. 중매결혼이다 보니 양쪽 집안 입장까지 고려해야 하는 머리 아픈 일들과 함께 저 혼자만의 결정이 아니라고 말씀하시며, 혼수품 장만은 어머니가 하시는 일이니 제게는 전혀 신경 쓰지 말라고 하시네요."

"참으로 안됐구나. 얼마나 답답하겠니? 어찌하여 네 운명이……. 차라리 대학 다닐 때 서울에서 멋진 남자를 만나 연애나 잘하지, 뭐 했노? 그래서 연애결혼하면 좋았을 걸……. 연애결혼과 중매결혼은 차이가 있어서 두고두고 시끄럽고 그렇더라. 더군다나 네 입장은 특별한데 그쪽에서 네가 친딸인지 알고 있니? 아니면 네가 입양 딸인 것을 알고 있을까?"

"그건 잘 모르겠어요, 아직은요. 내가 대학 시절에 연애를 했었다면 부모님께서 얼마나 실망하셨겠어요. 그래서 못한 건데 지금 와서 보니 후회만 되네요. 그리고 결혼을 서두르는 그들

성격상 내가 친딸이 아님을 알면 난리가 나서 오히려 이 결혼 성사가 안 되어 다행일 수도 있는데 말이에요."

"그러게 말이다. 어찌하면 좋겠노, 좁은 지역 안에서 말이다."

내가 숙모와 고민을 나누느라 자리를 비운 사이, 어머니께서는 비밀이 있어선 안 된다고 생각하셨는지 남자를 조용히 불렀습니다. 그리곤 내가 친딸이 아니라 입양된 딸임을 알리셨습니다. 곧바로 이 소식은 남자의 부모님 귀에 고스란히 들어가 예고된 소동이 일어나고야 말았습니다.

"뭐라고? 걔가 친딸이 아니라고? 입양 딸이라고? 근본도 기본도 없는 주제구먼, 쯧쯧. 어디 감히 우리 집안과 결혼 성사하려고! 거기다가 그쪽 부모는 어디 감히 우리랑 사돈하려고! 어림도 없지. 어떤 핏줄의 자식인지도 모르고 우리 같은 일류를 넘봐? 거기다가 친딸도 아니니 걔 부모님의 재산을 다 물려받는다고 확신할 수도 없잖아. 누가 친딸도 아닌데 주겠어? 알고 보니 거지잖아. 우린 거지 같은 며느리 볼 수 없어. 우리 집안이 어떤 집안인데……."

그러면서 당장 우리 집안의 재산 운운해 가며 그들의 것인 양 욕망을 마구 쏟아내고 있었습니다.

남자의 어머니가 당장 어머니에게 전화를 걸었습니다.

"우리는 근본도 없는 애랑 결혼 못 시킵니다. 이해해 주세요.

그리고 헬기를 가진 여의사 한 명 선을 보기로 했으니 잘 생각해 보시고요."

"네? 그게 무슨 말씀이세요? 우리 애가 무슨 잘못을 한 것이라도 있나요?"

부모님께 대못을 박는 말씀을 아무렇지도 않게 하고 전화를 끊어버리는 바람에 일이 커지게 된 것을 알고 놀라신 부모님께서는 결혼 성사를 위하여 나더러 그냥 조용히 따라와 달라고 말씀하셨습니다. 나는 부모님의 입장을 배려해 드려야 한다고 생각했습니다. 지금까지 나를 양육해주신 양부모님이시기 때문입니다. 결코 실망을 드려선 안 된다는 생각만 가지고 있었습니다. 입양 사실을 모르던 아주 어린 시절부터 말입니다.

일반 가정의 자녀들과는 다른 자세로 살아야 한다는 것을 알고는 더 인내하고 이해해야 한다고 생각해서 무조건적으로 순종하였습니다. 이런 집안만한 곳도 없으니 그냥 결혼을 하는 것으로 정하자고 말씀하셨습니다. 그리곤 나의 의지와 상관없이 중매결혼의 절차가 진행되고 있었습니다.

순탄치 않은 결혼 과정

"사돈, 미국에서 우리 며느리의 시누이가 결혼식 때 온다고 하는데 올 때 며느리 줄려고 명품 브랜드의 시계를 사가지고 온다는데 내 아들도 그 정도는 해줄 수 있지요?"

"네? 그게 무슨 브랜드인데요?"

"피아제요."

"뭐라고요? 피아제요? 그런 시계도 있나요?"

"아니, 피아제라는 명품 브랜드 그런 것도 모르는 천하고 가난하고 무식한 사람들이 어디 있어? 일부러 모르는 척 하는 건 아냐? 정말이지 그 집안과 결혼성사를 해야 되는 건지, 나 원 참."

그 남자가 무슨 말을 했는지 모르겠으나 시어머니까지 합세하여 나와 당신 아들의 결혼성사를 서두르기 시작했습니다. 이미 혼수품으로 미국에서 물건들이 오고 있으니 아들 것으로도 잘 준비해 달라는 말을 시작으로 아예 노골적으로 그들의 속내를 다 드러내고 있었습니다.

실제 그들의 경제적 상황은 넉넉지 않으면서, 또한 우리 부모님의 넉넉지 않은 사정을 잘 알면서도 결혼생활에 필요한 것도 아닌 허례허식의 과장된 혼수품을 요구하고, 분수에 맞지 않는 지참금을 요구하는 등 이해할 수 없는 상황이 이어졌습니다. 더는 참고 지켜볼 수 없어서 과감히 싫다는 의사를 부모님께 밝혔지만 이미 집안 어른들은 그냥 그 집안이 이끄는 대로 따라가고 있었습니다. 심지어 부모님께서는 입양 딸에 대한 부모님의 배려와 사랑을 악용하고 있는 그쪽 사람들의 생각을 전혀 모른 채, 순수한 마음으로 당신 스스로를 결혼풍속과 세상 물정을 모른다고 여기고 오히려 그들을 이해하려고 했습니다. 그들의 요구대로 해주지 않을 때 딸이 지탄받을까 봐 두려운 마음으로 나의 행복을 위해 애를 쓰셨습니다. 그들의 요구를 들어주면 딸이 좀 더 편한 삶을 살지 않을까 하는 부모 된 마음으로 말입니다.

"함이 온답니다. 시댁의 요구사항들이 너무 많습니다. 계단이 많은 우리 집인데, 계단을 오를 때마다 10만 원씩을 달랍니다."

그러잖아도 처음 말과는 달리 부잣집도 아닌 것 같고, 팔려가는 신부처럼 유쾌하지 않은 입장인데 교묘한 방법을 사용하고 있는 그들이 너무나 미워 당장이라도 도망쳐서 결혼을 무르고 싶었습니다. 함이 오는 날에는 한복을 입고 맞이해야 한다고 하여 한복을 곱게 차려입고 있었는데 그대로 뛰쳐나가 그들을 도로 돌려보내고 싶었습니다.

만난 지 몇 번 만에 결혼을 해야 한다는 것, 그것도 상대에 대한 애착이나 애정도 없이 단지 물물교환하는 식으로 혼수용품과 집안을 앞세우는 자들과 가정을 만들어야 한다는 것을 용납할 수 없었지만 이미 불가항력적으로 일이 진행되고 있었고 운명이라는 말로 그냥 떠밀려가고 있었습니다.

"다들 시간 내어 우리 집에 한번 오세요. 우리 딸이 부잣집에 시집가느라 좀 특별한 게 들어있을 거예요. 함 온 것을 같이 구경해 봐요."

어머니는 자랑삼아 주변 지인들을 불러 모으시고 함을 열어 보셨습니다.

"이건 뭔데요? 또 이건 뭐지요?"

다들 어머니 앞에서 솔직한 표현을 감춘 채 피식 웃음을 먼저 던졌습니다. 그리곤 한두 사람씩 적나라하게 그 함을 열어본 느낌을 그대로 표현하였습니다.

"아니, 결혼 혼수품에 이렇게 형편없이 아무렇게나 보내는 경우가 어디 있어? 해도 해도 너무 심했어! 당신들 며느리라면서, 일류 집안이라면서, 도대체 이게 뭐야?"

"그 사람들 정말 양심이 없어도 너무너무 심했구먼. 무슨 사람들이 이 모양이야."

"앞날이 뻔하구먼! 안 봐도 다 알겠어. 하나를 보면 열을 알 듯이 이 사람들 영 엉망이네. 이제 당신 딸은 큰일 났어요!"

"그쪽 사람들 영혼이 불쌍하네요."

어머니가 직접 하지 못한 표현을 지인들이 맘껏 쏟아내자 어머니는 그동안 참았던 울음을 지인들 앞에서 자존심도 버린 채 터트리고 말았습니다.

"아무것도 모르고 그 사람들이 하는 말이 모두 사실인 줄만 알고…… 조금 이상하다고 느끼면서도 딸에게도 이 결혼을 밀어붙여 성사시키자고 말했었는데, 우리가 속은 거구나. 내 딸이 속았구나. 어찌하면 좋지? 이 일을 어찌하면 좋아요? 딸이 불쌍해서 어찌하느냐고요!"

종교가 다르면 애당초 결혼을 전제로 한 만남도 가져선 안 된다는 개인적인 고집을 대학 시절 내내 지켰음에도, 막상 어른들이 개입된 중매결혼에는 어른들 입장을 배려하느라 나의 의견을 펼칠 수 없었습니다. 결혼 전 주말마다 밤새 열방을 품고 선교사적인 마음으로 기도하던 내 모습은 어디 가고, 현재의 불안한 상황에 몸부림치기 시작하였습니다. 지금 와서 돌아보니 종교가 다른 집안과는 애당초 만남 자체를 안 하는 게 더 좋았을 것이라는 생각에 후회만 됩니다. 같은 종교를 가진 사람들과의 만남이 얼마나 소중한지를 다시 깨닫는 기회가 되었습니다.

"내가 그냥 있지 않을 거야. 기자들을 불러서 그 집안을 망신 주고야 말겠어. 정신 나간 사람들이야! 두고 보자."

삼촌은 부모님을 대신하여 부모님께서 사업 운영상 눈치 보느라 차마 못하는 속 시원한 말을 하시면서 시댁부모님의 잘못된 점을 낱낱이 밝히려 하셨고, 어머니는 매일 혼수품을 준비하느라 바쁘셨습니다. 나는 나대로 애정 없는 결혼생활을 어떻게 해야 하는지에 대한 막연한 불안감만 느꼈습니다. 결혼 날짜가 점점 다가왔기에 더는 도망칠 곳도 없었고, 없던 일로 만들 수도 없었습니다.

어느덧 원치 않는 결혼 날이 다가왔습니다. 마음의 준비도 되지 않은 채 불안감만 점점 늘어나 잠도 제대로 자지 못하고 제대로 먹지도 못한 채, 결혼을 앞둔 신부답지 않은 나날들이었습니다. 다른 사람들처럼 결혼을 앞두고 행복한 자랑을 친구들 앞에 늘어놓지도 못하고, 마지못해 중매결혼을 한다고 말할 수도 없었습니다.

시댁에 계속해서 일방적으로 배려만 하고 있는 상황이었습니다. 기독교인으로서 이해할 수 없는 상황들도 마땅히 짊어져야 한다는 억지주장하에 먼저 양보해야 한다며 결혼식도 교회가 아닌 호텔에서 하기로 결정되었습니다. 어쩔 수 없이 모든 상황을 받아들이고 결혼식 주례만은 목사님께 부탁하기로 하고 시댁에 청첩장을 드리며 알렸습니다.

결혼식 당일에도 어김없이 일은 터졌습니다.

"우리는 이런 결혼식 안 해요!"

"아니, 뭐가 잘못되었죠?"

"목사가 주례하는 결혼식이 싫다고요."

"네? 지금 곧 식이 시작되는데…… 어쩌자고 그런 말씀을 하세요?"

"듣기 싫어요. 목사가 주례하지 못하게 하세요."

"그럼 당장 지금이라도 절에 가서 스님을 모시고 오시든지요. 결혼식에 참석한 하객들에게 양해를 구할 테니 어서 가서 절의 스님을 모시고 오세요."

미국에서 온 시누이가 못 알아들을 말과 영어로 욕을 하며 목사님의 주례를 반대한다는 것이었습니다. 수많은 하객들을 모시고 예상치 못한 종교전쟁이 결혼식장에서 벌어진 것입니다. 결혼식 예정 시간이 훌쩍 지나 신부대기실에서 이 소식을 듣고는 참을 수 없어 하마터면 결혼식장 밖으로 뛰쳐나갈 뻔했습니다. 하지만 결혼을 축하해 주러 오신 부모님 쪽의 수많은 축하객들 앞에서 부모님 입장이 난처해질까 봐 말없이 지켜보고 있었습니다. 잠시 시간이 흐른 뒤 어떤 중재가 있었는지 식이 진행되었지만 결혼 첫날부터 불쾌감만 가득 차 있었습니다.

"뭐 땜에 네가 이런 집으로 시집가노? 얼마든지 더 좋은 남자를 만날 수 있는데."

"그냥 식만 올리고 신혼여행은 가지 마라. 얼굴만 멀쩡하고 속은 비어있는 사람하고 어떻게 살래?"

"너네 시어머니가 우리한테 욕도 하던데 무슨 예의가 그렇게 없노. 며느리 친구면 당신 며느리 얼굴을 생각해서 우리한테 따뜻하게 대해야 되는 게 기본인데 네 앞날은 안 봐도 불 보듯 뻔하다, 뻔해. 네가 엄청난 마음고생하고 시집살이 할 거 눈에 훤한데 어떡할래? 분명히 네 결혼생활 오래 못 갈 것 같다."

"점이라도 보지 그랬니. 네가 교인이면서 어떻게 신앙도 없는 사람과 결혼을 정할 수가 있어? 아무리 중매결혼이라고 해도 그렇지."

결혼식 날 친구들의 염려스런 말과 함께 잘못된 이 결혼생활을 언제 마쳐야 하는지에 대한 고민부터 해야 하는 현실이었습니다. 신혼여행지에서조차 다른 신혼부부들과는 분위기가 달랐습니다. 어둠의 그림자가 다가올 앞날을 예고하였습니다.

"사돈어른, 부족한 제 여식을 잘 부탁드립니다."

"네. 저희랑 사돈을 맺어 주셔서 저희가 도리어 더 감사드립니다. 걱정 마십시오. 우리가 힘닿는 대로 잘 도와서 쟤네들 잘 살도록 도웁시다."

"네. 그럽시다!"

아버지는 그만 그동안 참았던 눈물을 흘리셨고 시아버지께선 그런 아버지의 마음을 헤아려 새롭게 시작하는 젊은 남녀의 앞날을 축복하자며 약주를 기분 좋게 드셨습니다.

"어머나, 이토록 고명하신 분이 우리 사돈댁 친척이라니. 집안이 좋은 사돈댁과 자식을 나누게 되어서 영광입니다."

시어머니는 뛰어난 말재주로 친정어머니와 친정 친척들을 치켜세우며 인사를 나누었습니다.

"아이고, 저 시어머니 되는 사람 보통 아니겠다. 큰일 났다, 말하는 것 보니……. 어디까지가 진심이고 사실일까."

시댁에서 준비한 식사를 마치고 나누는 대화였으며 모두들 그동안 시댁에서 보여주었던 모습과 다른 대화 내용에 고개를 갸우뚱하며 불쾌하게 여겼습니다.

시댁의 핍박

"이 자식이 뭐라 하노? 아직도 정신을 못 차리겠나? 야, 아들아! 정신 차리라. 그래서 내가 뭐라고 했노? 근본도 기본도 혈육도 없는 그런 년은 우리 집 사람이 될 수 없다고 말했잖아."

결혼 후 시댁에서 살게 된 나는 우연히 시어머니와 남편이 나누는 대화를 듣게 되었습니다. 그들 역시 결혼 전부터 나를 며느리로 탐탁지 않아 했으며, 하루빨리 당신들 가족 안에서 떨어져 나가기만 기다린다는 것을 알게 되었습니다. 그 이유는 내가 입양 딸이라는 것, 그리고 결혼식 전후 금전적으로 그들이 원하는 기대가 충족되지 않았다는 것 때문이었습니다. 결혼 전과는 너무나 다르게 나를 대했으며 심지어 사사건건 의심과 후회의 말을 노골적으로 내뱉어서 결혼생활 내내 지옥을 경험하였습니다.

"이게 가짜라고! 내가 다 알아보니 좋은 제품도 아니고 진짜도 아니고. 세상에 친딸이 아니라고 이런 것을 시부모 혼수품으로 보내다니. 내 친구들한테 자랑도 못 하겠어. 도무지 격이 안 맞아서 말이야. 나 같으면 딸이 하나 있다면 금 방석에 앉히도록 좋은 집에 시집보낼 텐데. 쯧쯧, 친딸이 아니니 성의 없이 아무렇게나 혼수용품을 구해서 아무렇게나 우리 집 아들에게 시집보내고……. 혹시라도 말인데, 네 부모님 수입이 얼마나 되기에 너한테 이렇게밖에 못 해주니?"

신혼여행에서 돌아온 날부터 시작된 시댁에서의 생활은 정말 지옥 같았습니다. 기대와는 달라도 너무나 다른 모습이었습니다. 식탁에 앉기라도 할라치면 듣기 민망할 정도로 나와 내 부모님에 대한 독설을 무수히 쏟아붓고, 혼수품에 대해서도 오히려 부끄러워해야 할 그들이 내 부모님께서 분에 넘치도록 보내준 것이 마음에 들지 않는다며 핍박하기 시작했습니다.

결혼 전에 아들에게 모든 재산을 다 준다던 시댁의 말만 믿고 결혼 후 시댁에서 함께 살 것이라는 생각을 해 본 적도 없었는데 신혼집은커녕 신혼생활에 필요한 그 어떤 것도 남편의 이름으로 주지 않았습니다. 단돈 일 원의 생활비도 없는 결혼생활이 시작된 것이었습니다. 결혼 후 한 달 만에 다시 미국으로 돌아가야 하는 남편에게도 생활비가 없었습니다. 결혼 전 남편이 미국에서 공부하는 학생이며 경제적으로 아무 걱정 안 해도 된다는 모든 말이 거짓말로 드러났으며 사기결혼을 당했음을 더욱더 확실히 알게 되었습니다.

"제발 이제 그만 좀 해요! 그리고 돈 좀 주세요. 결혼하라고 해서 했잖아요."

"얘가 제정신이야? 미쳤어, 미쳤어. 결혼하더니 더 미쳤구

먼! 너도 알다시피 우리가 돈이 어딨어? 결혼하더니 계집에게 푹 빠져서, 쯧쯧."

매일 경제적 지원을 요청하는 남편과 아무것도 없어서 줄 수 없다는 시부모님 간의 실랑이는 더는 들어줄 수 없을 정도였습니다. 결혼 후 한 달간 시댁이랍시고 신혼부부가 시부모와 함께 지내는 시간 내내 단 하루도 빠짐없이 그들의 싸움을 지켜봐야 했습니다. 심지어 몸싸움까지 벌이며 치열하게 다투는 모습에 여기가 지옥인가 하는 생각과 함께 시부모님과 남편 모두에게 정이 다 떨어졌습니다. 하루하루가 무의미했고, 반복되는 싸움과 모욕을 주는 말에 화가 났습니다. 당장 결혼생활을 접고 친정으로 돌아가고픈 마음뿐이었으나, 잘못된 결혼생활의 사정을 아시고 마음 아파하실 부모님의 얼굴을 떠올리며 이러지도 저러지도 못하고 근심만 쌓여갔습니다.

나 같으면 경제적으로 안정이 되지 않은 상태에서 결혼 결정을 할 수 없었을 텐데. 아무리 부모님께 등 떠밀려서 진행되었다지만 어른들의 도움만을 기대하고 있는 대책도 책임감도 없는 무능한 남편에게 실망하였습니다. 그는 그것도 모자라서 시어머니의 코치를 받고 있는 마마보이 남편의 모습을 보였습니다. 아무리 애정 없이 몇 번의 만남 후 서둘러 결정한 결혼이었다지만, 그래도 가장답게 남편으로서 책임과 의무를 다해주길 나는 기대하고 있었습니다. 하지만 시간이 흘러도 달라지는 것은 없었습니다.

남편은 학생인지라 결혼 후 한 달 뒤 다시 미국으로 출국하였고 남편의 생활 전반에 필요한 생활비는 친정 부모님께서 도와주시기로 하였습니다. 친정 부모님이 준비하신 혼수물품을 비아냥대며 원망과 무시로 모욕감을 주던 시댁부모님께서는 예의를 갖춘 인사도 없이 당연하다고 여기고 있었습니다. 우리 부모님은 단지 내가 지옥 같은 그곳에서 결혼생활을 잘 버티길 바라는 마음으로 경제적 어려움 속에서도 지원 결정을 하셨을 텐데 말입니다.

남편이 미국으로 출국한 후 혼자서 시댁에서 지내는 시간들은 더더욱 지옥 같았습니다. 날마다 끝도 없이 반복되는 시어머니의 입에서 나오는 말 '돈, 돈, 돈'. 날마다 식탁에서 나누는 대화는 나를 앞세워서 친정으로부터 필요한 돈을 구해내는 것이었습니다. 오로지 당신 아들을 위한다는 명목뿐으로 말입니다. 그야말로 무식하기 짝이 없는 대화 내용이라 대꾸할 마음조차 없어졌습니다. 인격이 없는 그들과 대화하고 대면해야 하는 상황에 환멸을 느꼈습니다.

"애, 아가야, 여기 있던 놋젓가락 못 봤니? 분명히 여기 넣어두었는데 왜 오늘은 안 보이지? 누가 가져갔나 보네. 네가 찾아서 여기 이 자리에 꼭 넣어 두어라."

마치 놋젓가락을 내가 탐이 나서 가져간 것처럼 말씀하셔서 심한 불쾌감과 모욕감에 울음이 북받쳐 올라왔지만 이를 악물고 참아내야만 했습니다.

일하시는 도우미 할머니께서 나의 처지를 아시고는 불쌍히 여기며 "왜 이런 집으로 시집왔어, 좋은 학벌을 가지고 얼마든지 더 나은 집안과 결혼하고 행복할 수 있었을 텐데."라고 하셨습니다. 시어머니에 대한 좋지 않은 소문 등 모두가 잘 알고 있다며, 심지어 자식들도 시어머니를 꺼려하고 부끄러워한다고 말씀하셨습니다. 하지만 자녀 된 입장에선 그런 사실을 숨기느라 부모와 자녀 간에 불편한 일이 많아 주변 이웃들도 모두 잘 알고 있다고 했습니다. 놋젓가락 사건은 시댁과 다른 종교를 가진 나에게 정신적 핍박을 가하는 것이며, 그렇게 해서라도 아무것도 주지 않으려는 그들의 의도를 알리는 것이고, 그 집안의 물건에 탐을 내어 친정을 돕겠다는 마음을 가져선 안 된다는 것과, 행여 그들의 재산에 탐을 내어선 안 된다는 것을 미리 못 박는 것으로 알면 된다고 말씀해 주셨습니다. 남편도 없는 청상과부 신세에 별별 어처구니없는 말까지 들으며 지옥에서 버텨내야 하니 앞날이 보이지 않았습니다. 캄캄한 지옥감옥이 따로 없었습니다.

"결혼이 인생의 전부가 아니니 이참에 대학원 공부를 하는 게 어떻겠니? 남편만 의지하면 실망만 할 테니 공부한 후 좀 더 당당히 살면 좋겠구나. 가을학기부터 대학원에 나가 좀 더 배워. 등록금 걱정은 말고……. 생각해 보렴."

항상 나의 행복과 발전을 염려하시던 친정어머니께서는 나를 위해 새로운 제안을 해주셨습니다.

첫째 아들 출산

"수입도 없는 학생 남편을 두고 임신은 무슨 임신이야."

"네? 그게 무슨 말씀이세요?"

"너네들이 지금 아무런 수입도 없으면서 아이부터 임신하면 어떡하느냐는 말이지. 도대체 정신이 있어? 없어?"

"결혼을 했으니 임신이 되는 건데……."

"무슨 말인지 아직도 못 알아듣겠다는 말이니?"

"……."

첫째를 가졌다는 사실을 알게 된 후 시어머니께서 하신 말씀이었습니다.

"아가! 우리 서로 만날 때까지 건강해야 해. 잘 알지? 엄마가 최선을 다할 테니 너도 최선을 다해 큰 축복을 받는 사람이 되어야 해. 널 믿어! 아가야, 아주 많이 사랑하고 어마어마하게 축복한다. 사랑해!"

매일 태교랍시고 특별한 시간이나 일을 만들 수는 없었습니다. 다만 결혼생활이 지옥 같다 보니 늘 정신적인 안정을 유지하려 노력하였으며, 뱃속의 아이와 교류하며 서로의 행복을 추구할 것을 기도하였습니다. 하루 24시간이 모자랄 정도로 나의 정신은 온통 뱃속의 아이에게 집중되어 있었으며 임신과 더불어 시작된 대학원 과정의 수업은 출산 이후로 미루기로 하였습니다. 시어머니께서는 낙태할 것을 은근히 종용하셨기에 태어날 아기를 지키기 위하여 최선을 다하여 나 자신의 건강을 지키기로 했습니다. 남편도 없는 상황에서 출산일까지 친정에서 지내며 안정적으로 출산 준비를 할 수 있었습니다. 출산일이 점점 다가오자 딸이기를 희망하며 아이의 출산용품을 모두 분홍색으로 준비하였습니다.

산부인과 병실의 진통을 참지 못해 소리치는 산모들의 처절한 절규를 들으며 출산 예정일을 넘기고 유도 분만을 하게 되었습니다. 몇 시간 동안 극심한 진통이 있었으나 거뜬히 순산을 하였습니다. 어른들은 내가 아이를 쉽게 출산한다고 축복받은 체질을 가졌다고 웃어댔습니다. 얼마나 힘든 산고의 고통을 겪었는지 알 만한 사람들임에도 불구하고 말입니다.

"아주 건강한 아들입니다. 축하드립니다!"

"네? 아들이라고요?"

"아주 잘생겼습니다."

"하나님 감사합니다! 네가 내 아들이라니……. 네가 내 뱃속에 있었다니……. 네가 내 사랑하는 아들이구나. 얼마나 보고 싶었는지 아니? 사랑해! 축복해!"

참으로 신기하고도 놀라웠습니다. 혼자서 10달 내내 아이를 품었다는 게 믿기지 않을 정도로 서러움과 슬픔이 싹 사라졌습니다. 아이를 품에 안는 순간 남편 없이 혼자서 지내온 힘든 시간이 한순간에 날아가고 하늘에서 내려다준 귀한 보물을 안는 느낌이었으며 기쁨만이 넘쳤습니다. 그리고 기쁨의 눈물을 뚝뚝 흘렸습니다. 준비한 분홍색의 옷가지 등에는 하나님의 뜻이 있을 것이라 여겼습니다. 아들이지만 딸 같은 아들!

양가 부모님은 새 생명의 탄생을 무척이나 기뻐하셨고 특히 나의 임신을 좋지 않게 여기고 낙태를 말씀하셨던 시어머니께서는 언제 그런 말씀을 했냐는 듯 병원으로 달려와서 남편 없이 출산한 나와 아이에게 축하의 인사를 건넸습니다. 친정 부모님은 말할 것도 없이 기쁨으로 아기를 맞이하여 양가 집안 분위기를 아주 다르게 만드는 기회가 되었습니다.

10달 내내 아들은 아빠의 목소리도 단 한 번 들어본 적 없이 나의 뱃속에서 건강하게 잘 자라주었고, 나는 그 아들을 위하여 내 생명을 아끼지 않을 것을 또다시 다짐하였습니다.

어느덧 아들이 태어난 지 백일이 되었습니다.

"백일잔치는 잘 안 한다지만 그동안 아기가 아프지 않고 건강하게 잘 자라주었으니 몇몇 아는 분들과 함께 예배라도 드리자꾸나."

"모두들 우리 손자를 위하여 축복기도 많이 해 주이소."

나와 아들도 곧 남편을 따라 미국으로 떠나기로 예정되어 돌잔치를 함께 할 수 없을 것 같다며 백일잔치를 벌이자는 친정 어머니의 의견이었습니다. 떡과 과일, 반찬 등 정성스런 준비에 사람들이 모였는데 주인공인 아들이 그날따라 심하게 우는 바람에 조용한 곳에서 시간을 보내느라 주인공 참석은 어렵게 되었습니다. 아들은 자라면서 외가의 많은 사랑을 받았습니다. 외할아버지는 자전거도 태워 주시고 외할머니는 숱한 동요들을 지치지도 않는지 계속해서 불러주셨습니다.

"아이고, 우리 각하님 오셨습니까? 우리 집안 장손! 그동안 얼마나 잘 자랐는지 한번 보십시더. 아픈 데는 없는지, 우리 대통령께서 아프시면 절대 안 되지요. 아프면 즉시 알려주어야 해요. 집안에 의사가 한둘이 아니니."

여러 자녀들을 두신 시어머니는 손자에게 이런 존칭을 써가며 경험을 통해 알게 된 양육방법을 알려주셨습니다. 여하튼 그동안 시어머니에 대한 좋지 않은 감정만 있었는데 첫 손자 출생 후 손자에게 각별한 사랑의 표현을 해주셔서 묘한 기대까지 잠시나마 가지게 되었습니다. 나는 나대로 아들에 대한 축복기도와 함께 행복한 나날이었습니다.

하지만 곧 그 기대는 무너져 갔습니다.

"종이기저귀는 쓰지 마라. 돈도 없으면서 무슨 종이기저귀를 쓰노? 천기저귀를 써야 돈이 안 들고 몸에 좋잖아. 그리고 관리비 많이 나오니까 찬물에 기저귀 빠는 거 잊지 마라. 밖에 나가봐라, 여자들이 남편 출세시키려고 온갖 짓을 다하는데 너는 공부만 해가지고 융통성도 없이…… 쯧쯧."

한겨울에 찬물에 기저귀를 빠는 게 서러운 것이 아니라, 수입이 없는 결혼생활로 인해 가난으로 무시와 업신여김을 당하는 게 가장 불쾌하였습니다. 남편의 수입이 많았더라면 나에게 이런 표현을 하셨을까 하는 생각과 함께 다시 이전의 감정으로 되돌아가게 되었습니다.

시어머니는 오로지 당신 아들이 고생할까 봐 나를 압박하셨고 당신 아들만 염려하면서 나와 이제 막 태어난 새 생명에 대한 염려는 눈곱만치도 보이지 않았습니다. 하지만 그럼에도 오히려 당당하였습니다. 나는 그들의 정확한 속내와 영문도 모른 채 이제 갓 식구가 된 새 생명의 어미로서 시댁사람들이 아이를 존중해 줄 것을 바라고 또 바랐습니다. 그들의 양심 없는 언행과 상관없이 아이의 어미로서 역할에 최선을 다하였습니다. 이러한 나의 모습을 오랫동안 지켜보던 그들은 결국은 나에게서 트집을 잡을 게 없다는 사실을 알게 되었던 것 같습니다. 하지만 가끔씩 나의 친정으로부터 탐욕에 대한 충족이 이뤄지지 않을 때마다 나를 괴롭히는 일은 끝나지 않았습니다.

"미국 가서 아들 둘 낳고 실컷 고생이나 해라. 그리고 아무것도 줄 게 없네."

친정 부모님의 도움으로 남편이 미국에서 지내고 있음을 잘 알고 있으면서도 동생의 가난을 외면한 채 살아가는 시누이가 한 말입니다. 미국 출국 전날 방문하여 인사를 하는 내게 차갑게 대하는 시누이의 말에 그만 어이가 없고 서러워서 눈물이 왈칵 쏟아졌습니다. 미안함도 모르는 상식 밖의 시댁 사람들의 태도에 원통함과 서러움이 다시 몰려왔습니다. 내가 입양인이라 그들이 멋대로 대하고 있다고 여겨졌으며 입양인에 대한 차별로밖에 해석되지 않았습니다.

시누이의 '실컷 고생이나 해라'라는 말에 억장이 무너졌습니다. 고생을 안 하고 편안히 있는 입장이었다면 농담 삼아 들어줄 수 있었겠지만 힘들고 서러운 처지에 가슴 깊이 파고드는 그 말에 밤새 울었습니다. 다른 친구들은 나이 차가 있어도 시누이와 함께 커피숍에서 차도 마시고 영화도 보고 쇼핑도 한다던데, 경제적으로 부족할 것 없는 시누이가 가난한 동생에게 대하는 비상식적인 태도에 정이 다 떨어졌고 두고두고 가슴에 맺히게 되었습니다.

나 같으면 상식적으로 이런 말을 해 주었을 것 같습니다.

"고생하겠구먼. 힘들어도 서로 토닥거리며 용기 내어 잘 살아가렴. 작지만 조금 보태어 쓰고."

이런 말을 잠시나마 기대한 마음 자체가 잘못이었습니다. 그들에게 인격이 없음을 잠시 잊고 있었기 때문이었습니다.

part.4

미국 생활과
가정 폭력

상습적인 폭력

밤새 울다가 집에 돌아온 나의 모습을 본 친정 부모님의 불
안감은 점점 깊어갔습니다. 다음 날 정신적으로 충격을 받은
상태에서 미국행 비행기를 타는 도중, 갑자기 어지럽고 눈앞이
흐려져 비행기 트랩에 발을 헛디디고 말았습니다. 그리고 아기
와 함께 뒤로 넘어져 버렸습니다. 즉시 달려온 승무원들의 도
움으로 가까스로 안정을 취하고는 아기의 머리가 다치진 않았
는지 확인할 수 있었습니다.

미국에 대한 설렘을 가질 여유도 없이 시간은 금세 흘러서 미국 공항에 도착했고, 도착하자마자 심한 감기몸살로 쓰러져 버렸습니다. 그동안 오래 떨어져 지내느라 아이의 임신과 출산 때에 사랑으로 돌봐주지 못한 남편이 미안함과 반가움을 보여줄 거라 기대했는데 그동안의 정신적 상처와 오랜 비행, 출국 전날 들었던 가슴을 후벼 파는 시누이의 한마디에 남편과 제대로 이야기해 보지도 못하고 쓰러진 것입니다.

겨우 몸을 추스른 후 그동안의 서러움을 남편이랍시고 믿고선 그에게 그간의 이야기 실타래를 하나씩 풀기 시작했습니다.

"당신 집안사람들은 도대체 왜 나한테 이러는 건데? 왜 그래, 다들? 내가 뭘 잘못했다고? 잘못이 있으면 말해봐."

"우리 집안 식구들 말 하지 마! 듣기 싫어! 당장 그만두지 못해!"

남편도 잘 알고 있는 그 집안사람들의 잘못을 지적하는 나에게 그는 그만 불같은 성격을 참지 못하고 감정을 담아 내 뺨을 때렸습니다. 그리곤 아직도 분에 못 이겨 벽에 혼자 머리를 처박으며 내게 욕설을 하였습니다.

나도 질세라 소리를 질렀습니다.

"너, 지금 나한테 무슨 짓을 한 거야? 네가 어찌 나를 때릴 수 있어? 그동안 내가 어떻게 살아왔었는데……. 그리고 방금 뭐라고 말했어?"

"미안……. 나도 모르게 그랬어. 제정신이 아니었어."

그는 나를 위로하기는커녕 오히려 내게 큰소리로 대들고 손찌검을 하며 욕설을 내뱉었습니다. 그런 남편을 보며 더는 결혼생활을 유지할 수 없다는 결정을 굳히게 되었고 그 후 점점 감정이 멀어져 갔습니다. 나의 인내에도 불구하고 화가 날 때마다 손찌검을 하고 욕설을 하는 날이 많아졌습니다. 남편 스스로도 자신의 무능함과 게으름, 잘못된 행동들에 대하여 감정조절이 되지 않는다는 것을 알고 있었습니다. 거기다가 남편은 형제들 사이에서의 심각한 열등의식, 스스로에 대한 자신감 부족, 감정조절 능력 부족 등, 이미 어릴 적부터 비뚤어진 성격이 고착되어 있었습니다. 남편은 스스로에게 화가 나 있었고 그것을 모두 나에게 쏟아내고 있었던 것입니다.

"난 이런 게 결혼인지 몰랐어. 때리고 욕하는 사람이 내 남편이라는 것도 너무 부끄럽고 싫어. 아이가 무엇을 보고 배우겠어? 더 이상 할 말이 없어, 말할 기운도 없고……. 다시 한국으로 돌아갈 거야."

미국에 올 때 들고 온 큰 이민가방을 수차례 꺼내어 짐을 싣고는 무작정 나와 아기를 위하여 그곳을 떠날 결심을 수차례 하였습니다.

"잘못했어. 다시는 안 때릴게. 미안해, 내가 다 잘못했어."

"늘 미안하단 말만 하고 행동은 그대로잖아. 늘 화가 나면 손 찌검부터 했잖아. 부끄럼도 모르고 말이야. 불안해서 못 살겠 어. 내가 당신한테 맞기 위해 결혼한 줄 알아? 당신과 함께 행 복하게 살려고 아이와 함께 온갖 고생을 하고도 참으며 이곳까 지 왔는데……. 내가 결혼할 때 이런 일을 당하려고 당신과 결 혼한 줄 알아? 더는 못 참겠다고. 아무리 내 부모를 위하여 참 는다 해도 더는 안 되겠어!"

남편은 나의 솔직한 심정과 사정 얘기에 미안함 대신 가장 심한 펀치로 나를 때려눕히고는 누운 등 위에서 두 발로 밟았 습니다.

남편에게 구타당하는 중 나도 모르게 소리 내어 크게 울었습 니다. 아들도 놀랍고 무서운 광경에 무서워서 함께 엉엉 울기 시작했습니다. 온몸은 피멍이 들어 있었고 일어날 수도 없었습 니다.

닥터 조 가정에서 며칠 후 미세스 조가 방문하여 일어나지도 못하고 있는 나에게 음식을 장만하여 가져다주었습니다. 미세 스 조에게 상습적으로 구타하는 남편에 대해 그동안 차마 자존 심이 상하여 말하지 못했던 사정을 모두 말했습니다. 실컷 욕 도 하고 잘못된 시댁 식구들의 태도까지 알려주니 악한 사람들 이라고 말해주어 얼마나 속이 시원했는지 모릅니다. 그러잖아도 남편의 누이가 가까이에 살면서도 단 한 번도 따뜻하게 대하지 않는다 하여 이웃들이 참 이상한 사람들이라고 말한다며, 나를 위해 인근 병원에 가서 진단을 받는 것이 좋겠다고 말씀해주셨습니다. 너무나 감사했지만 자존심도 상하고 창피하여 그냥 시간이 지나면 괜찮을 것이라고 말하고 약만 먹겠다고 하였습니다. 하지만 당시에 병원에서 처치를 받았더라면 하는 후회가 남습니다. 남편에 대한 나의 배려와 용서와 인내는 지금 생각해보면 아주 잘못된 일이었습니다.

"다시는 안 그럴게. 정말 내가 자꾸 왜 이러는지, 나도 내가 싫다고!"

정신적으로 문제가 있는 사람에게 잘잘못을 따지면서 다투기 싫었고 내 마음은 점점 남편으로부터 멀어져 갔습니다. 용서를 해선 안 되었지만, 여러 사람이 피해를 보지 않을까 두려워 결단을 내리지 못했습니다. 어쩌면 좋을지 몰라 불안한 가운데 또다시 시간이 흘렀습니다. 이민가방을 열어 놓고 짐을 담는 것이 일상이 되었습니다. 구타하는 남편으로부터 떨어져야 안전하다고 생각되었습니다. 그 당시에 좀 더 현명했더라면 부모님 입장을 고려하지 않고 나 자신의 행복만을 추구하면서 일찌감치 이혼을 했을 텐데……. 또다시 남편과 시댁으로부터 벗어날 기회를 잃고 말았습니다. 결국 남편은 대형 사고를 일으켰고 정신적, 육체적 고통은 시간이 갈수록 무거워지기만 하였습니다.

미세스 조의 권유로 의사의 진단을 받았더라면 하루라도 빨리 지옥에서 탈출할 수 있었을 텐데……. 그때에도 마음 한구석엔 예수님의 십자가의 사랑을 생각하며 '죄인에 대한 사랑은 용서'라는 내 신앙을 믿고 다시 한 번 더 시작하자고 결심했는데 결국 나의 인권은 완전히 유린되었습니다.

"말도 마. 죽어가는 사람을 살려준 게 우리잖아. 누이가 옆에 살면 뭐해? 동생이 죽어가도 쳐다보지 않는 걸. 무슨 사람들이 그토록 악독한지 모르겠어."

결혼 전 죽어가는 남편을 살려내고 따뜻한 밥을 직접 지어서 먹인 미세스 조인지라 시댁에서 이런저런 핑계와 거짓말을 해도 나의 시댁을 믿지 않았습니다. 게다가 남편이 내게 폭력을 가한 상황을 직접 눈으로 본지라 미세스 조도 나와 같이 분노했습니다. 남편과의 불화 원인 또한 모두가 알 것이므로 안심이 되었고 특별히 정성스럽게 마련한 미세스 조의 음식으로 가정폭력으로 멍들고 망가진 나의 건강은 차츰 회복되어 갔습니다.

닥터 조와 함께 이 주일에 한 번씩 성경공부를 통해 남편의 잘못된 인성을 바꾸어 보자는 생각으로 나의 분한 마음은 점차 또다시 남편을 용서하자는 쪽으로 자리 잡고 있었습니다. 아무 것도 용서하고 싶지 않은 상황에서 또 어떤 실망을 만날지 모르는 사람에게 다시 새로운 기회를 주는 셈이었습니다.

그러던 중 사업을 크게 하시는 정 장로님 댁에서 한인교회 여자 교인들이 모여서 성경공부를 하고 사모님께서 만들어 주시는 맛있는 음식을 먹었던 시간은 참으로 오랫동안 기억에 남습니다. 사모님은 음식 솜씨가 아주 뛰어나고 통이 큰 사람으로 항상 음식을 넉넉하게 준비하시고 대접하시어 늘 감사한 마음이었습니다.

남편과의 심각한 가정불화가 해결되지 않은 채 인내만 하며 살아가느라 성경공부를 통해 안정도 찾고 믿음을 확고히 할 필요를 느끼고 있었습니다. 언젠가부터 나도 모르게 심한 우울증과 함께 화가 쌓여 짜증을 내는 일이 생기기 시작하였기에 이해하기 쉽게 설교하시는 목사님과 함께 하는 시간이 좋았고, 식사를 나누는 시간도 잊을 수 없었습니다. 뷔페에 온 것처럼 한국 음식들이 잔뜩 준비되어 있어 어떤 반찬부터 먹어야 할지 고민부터 해야 할 정도였습니다. 그 많은 요리를 준비하신 사모님은 나누는 기쁨으로 사시는 것 같아 보였습니다.

월 2회의 성경공부는 계속 이어졌습니다. 어른들이 성경공부를 하는 동안 넓은 집에서 뛰어놀 수 있었던 아들에게도 성경공부 날은 기다려지는 시간이었습니다.

성경공부를 통하여 마음의 안정을 찾아가던 중 또 남편과의 싸움이 시작되었습니다. 반복된 생활고의 어려움이 만들어낸 일이었습니다.

"왜 또 그래? 뭐가 문제인데?"

"이 돈으로 살기가 힘들잖아."

"이 기회에 일자리를 찾으면 되잖아. 그게 좋은 생각 아니야? 왜 일을 못 해?"

나의 바른 말에 남편은 또다시 화를 내며 욕을 하고, 현재의 어려운 삶을 나의 친정 부모님 탓으로 돌리며 처가 복이 없다는 말로 공격하기 시작했습니다.

"도대체 이게 결혼생활이야? 난 이럴 줄 몰랐어……. 내가 이렇게 살 줄 몰랐다고. 도대체 언제까지 이렇게 살아야 되냐고."

하루도 빠짐없이 다투는 생활! 하루도 빠짐없이 실망만 만들어내는 남편! 어느새 나도 인내의 한계를 넘어서 남편과 똑같이 화를 내며 욕을 하고 있었습니다. 용서하고 다시 잘 살아보려는 마음도 잠시, 노골적인 표현을 써가며 친정 부모님의 원조가 적다고 잦은 불평을 하는 남편을 보니 참을 수가 없었던 것이었습니다. 달라지지 않는 사람임을 잘 알면서도 잠시 위장

하고 자신의 속내를 감춘 모습에 신앙인이기에 용서와 이해를
먼저 해야 한다는 말로써 자신에게 속고 살고 있는 또 다른 나
자신을 한탄했습니다.

"뭐 때문에 걔한테 그렇게 잘 대해주는 거야? 돈도 없으면서
말이야."

"내가 잘못한 거야? 당신 조카야! 내 조카가 아니고. 당신
조카한테 학생이랍시고 용돈을 준 게 잘못된 거야? 학생이니
얼마나 필요한 게 많겠어."

"어디서 눈을 위아래로 뜨고!"

"아니…… 또 왜 이래……."

"나한테 죽어볼래?"

남편은 다른 도시에 사는 대학생인 시댁조카가 다녀간 후 갑
자기 이유 없이 화를 내며 싸움을 걸고는 부엌에서 식칼을 들
고 내 목에 갖다 대고는 죽인다고 했습니다. 소리쳐 그 자리를
모면했는데 어떻게 빠져나왔는지 아직도 아찔합니다. 구타와
폭행을 상습적으로 해대는 정신 나간 남편의 손에 어쩌면 죽을
수도 있겠다는 생각에 불안과 공포감이 들었습니다.

이웃의 신고로 경찰이 집으로 조사를 나왔고 나는 있는 그대
로 진술했습니다. 아이는 무서움에 떨며 울고 있었습니다. 경

찰은 내게 어떤 조치를 원하는지 물었습니다. 덜컥 겁이 났습니다. 남편의 행동에는 처벌이 당연하나 보복과 복수도 무서웠고 나의 앞날은 더욱 무서웠습니다. 결국 아이의 아빠라는 이름으로 다시 선처하기로 했습니다.

이 일이 있고 난 뒤 남편과 한집에서 살 수 없다는 결론하에 친정 부모님과 친척들의 도움을 요청하였습니다.

"얼마나 무서웠니……. 아니, 그놈이 미쳐도 유분수지. 도대체 어디까지 가야 끝이 나겠니? 하마터면 아무런 죄 없이 네가 죽겠다, 쯧쯧."

"이번 기회에 그놈을 감옥에 처넣어 그놈과 그 집 사람들 모두 정신 차리게 해주지 그랬니? 너한테 폭행도 모자라서 살인까지 하려 했단 말이야?"

부모님과 친척들은 그간의 이야기에 경악하며 내 결정에 힘을 실어 주었습니다.

남편의 재연으로 그날의 광경을 본 모두가 인정했습니다. 100% 남편의 잘못이었습니다. 더 이상 공포스런 사람과 한집에서 함께 살 수가 없었습니다. 가방을 싸고 당장 갈 곳이라고는 아들과 같은 또래 아이를 둔 여고 선배네 집이었습니다. 못된 남편이 내가 있는 곳을 알아내 찾아올까 봐 아무런 잘못도 없는 선배 언니네 가족들도 함께 무서움과 불안에 떨어야 했습니다.

격리, 별거 생활

"미안해. 도무지 우리 가족들이 무서워해서 안 되겠어. 쉼터라는 곳이 있는데 남편으로부터 폭행당한 여성들을 보호하는 곳이니 그곳이 더 안전할거야. 법적인 도움도 받고 말이야. 네남편은 그때 구속됐어야 했어. 그런 사람은 용서해줄 필요가없어. 분명히 또다시 그런 일을 만들 테니까 하루라도 빨리 남편과 정리해. 어느 나라 사람한테든 물어보렴. 그 사람은 아주잘못된 남자야. 기도할게, 힘내."

"언니, 고마웠어요……. 이 은혜 잊지 않을게요."

선배네 집에 더는 누를 끼칠 수 없어서 나와 아들은 다시 짐을 챙겨 들고 매 맞고 갈 곳 없는 여성들이 기거하는 쉼터라는곳으로 갔습니다. 감옥과 같은 침울한 분위기에 달랑 침대만하나 있는 장소였으며 그곳에 와 있는 사람들 모두가 어두운모습이어서 내 마음은 더더욱 암울해졌습니다. 잘못을 행한 남자는 따뜻한 집에서 지내고 있는데 죄 없는 나와 아이는 왜 이런 고생을 해야 하는지 하나님께 기도하며 묻고 또 물었습니다.

쉼터에서 지내는 동안 아이에게 충격적인 모습을 보이게 되는 게 걱정이었습니다. 아이의 기억에 상처로 남지 않았으면 하는 간절한 마음에 기도를 하였습니다.

'하나님, 저와 아이에게 특별한 경험을 하게 하신 것, 이런 경험들을 통하여 하나님의 하실 일들이 있음을 압니다. 우리 모자에게 하나님의 뜻을 드러내시어 고통 뒤에 기쁨이 있음을 허락하실 줄 믿습니다. 예수님의 이름으로 기도드립니다. 아멘.'

일찍이 아이와 신앙교육을 함께 해서 어느 장소든 하나님이 함께 하심을 믿도록 지도한 까닭에 아이는 내가 곁에 있는 한 늘 안심하였고 안정된 모습을 보였습니다. 이 또한 하나님의 큰 사랑과 은혜로 알고 있습니다. 시어머니 앞에서도 아이는 손을 모으고 주기도문을 외우는가 하면 시어머니가 아이 손을 잡고 어디론가 가자고 해도 불안해하며 나만 찾는 모습을 보였습니다. 아이에게 그동안 아무것도 해준 게 없는 시댁에서는 나와 아이를 절대 떼놓을 수 없음을 잘 알고 있었습니다.

쉼터에 이어 미국에서 사시는 외삼촌 댁에서 별거생활을 시작했습니다. 이혼을 고려하는 별거생활을 시작한 것인데, 당연히 당장 이혼을 해야 하는 상황임에도 어른들이 신중히 생각해 보라고 하셨기 때문이었습니다. 할 수 없이 어른들의 눈치를 보아야만 했습니다. 아직 유교적 전통에 따라 결혼생활 9년을 채우지 못했기 때문이라는 것인데, 당사자가 직접 겪는 고통에 대하여 얼마나 심각하게 이해하시는지는 몰라도 이해하기도 힘들었고 이해하고 싶지도 않았습니다.

하지만 외삼촌 댁에서의 기거로 서서히 불안한 마음이 누그러지고 옛날의 모습을 찾을 수 있었습니다. 외국에서 오랫동안 살면서 남들이 다하지 못하는 소중한 일을 하시는 외삼촌! 연세가 많음에도 불구하고 국제결혼을 하고 여러 가지 이유로 상처를 입은 한국여성들을 일일이 찾아가서 보호하고 위로하며 기도해 주시는 모습을 보게 되었습니다. 그리고 여러 나라를 방문하며 직접 의료선교를 하고 계셨습니다. 가난하고 소외된 낮고 낮은 자들을 위하여 눈물로 기도하며 사시는 분으로, 참으로 위대해 보였습니다. 외숙모도 한결같은 어머니와 같은 사랑으로 나와 내 아이에게 사랑을 쏟아 주셨습니다.

기독교인으로 살다 보니 자연스럽게 같은 종교인들끼리 서로 소통하는 부분들이 있습니다. 그것은 늘 사회적 약자에 대한 하나님의 불쌍히 여기심입니다. 그래서인지 입양인이라는 이유 하나만으로도 친척들이나 친구들은 나를 사회적 약자로 간주하고 있었던 것 같습니다. 물론 사랑과 이해가 부족하여 이런 처지를 부정적으로 보려 하는 사람들도 있겠지만 나는 나만의 특별한 삶 속에서 늘 하나님의 뜻을 찾고 있었고 그 뜻을 명확히 알기를 원하고 있었습니다.

다시 다른 외삼촌 댁으로 이동하여 지내게 되었습니다. 점점 마음에 평안이 찾아왔습니다. 하루가 멀다 하고 폭행, 폭언만 일삼는 남편을 보지 않으니 이토록 평안할 줄은 미처 몰랐습니다. 다시는 집으로 돌아가지 않을 계획이었습니다.

"이렇게 사는 것은 아이 교육에도 좋지 않으니 차라리 이혼하는 게 어때요?"

"네? 이혼이요? 생각을 안 한 건 전혀 아니에요. 하지만 애한테 안정적이고 행복한 부모의 모습을 보여주지도 못했는데 아빠 없이 사는 또 다른 상처를 주라고요? 아이 때문에 지금까지 참고 살아왔으니 아이 교육을 위하여 또 참아 봐야지요."

"아니에요. 잘 생각해 봐요. 아이의 교육을 위하여 좋은 환경이 필요해요. 잘못된 결혼생활은 아이에게 좋지 않은 영향을 줄 수 있거든요. 아이의 교육을 위하여 남편과 헤어지는 게 더 나아요."

이 집 저 집으로 떠돌이처럼 사는 것이 보기 좋지 않았는지, 또는 더는 불행하게 살지 말라는 뜻이었는지, 나의 결혼생활이 비참함을 알고는 멀리서 천사들이 찾아와서 건넨 말이었습니다. 늘 이 남자와는 더는 결혼생활이 힘들다고 말하면서도 막상 이혼 결단 앞에서는 성경 말씀대로 나 자신을 부인하고 없애며 죽이고 있었습니다. 거기다가 막연한 미래에 대한 두려움이 몰려왔고 정신적·심리적으로도 지칠 대로 지쳐 버티기도 힘든 삶 속임에도 신앙이라는 이름 하나만 붙잡고 있었습니다. 또한 나보다도 부모님의 입장을 먼저 생각하느라 스스로 선택할 수 없는 억울한 삶에 그나마 남아있던 작디작은 자존감과 자신감은 남아있지 않았습니다. 아빠 없이 살면 아이 교육에 나쁜 영향을 줄까 봐 이혼은 안 된다고 생각하고 있는데 그 천사들은 나와 아이의 행복을 위하여 잘못된 결혼을 일찌감치 청산하는 것이 더 효과적이라고 귀띔을 해 주었으니 그들이 바른 안내를 해준 셈이나 또다시 인내만 해온 내 모습이었습니다.

미국에서 같은 교회를 다녔던 또래 가정이 하나 있었는데 남편은 의사였고 아내는 나랑 동갑이었습니다. 아이들끼리 서로 어울리고 어른들끼리는 가끔씩 만나서 식사와 함께 가볍게 와인을 마시기도 하였습니다. 신앙이 있는 수입이 많은 의사의 집은 넓어서 아이들이 맘껏 뛰어놀기 좋았고 이런저런 대화를 나누면서 그 아내와 가까이 지내다 보니 나의 고충을 자연스럽게 풀어놓게 되었습니다.

미국에 일찍이 이민을 와서 공부한 그녀는 아주 실리적이었고 나와는 정반대의 성격으로 아주 현실적이었습니다. 뭐든지 고민할 필요 없이 문제가 있으면 법적인 상담을 통하여 해결하면 된다며 바른 길을 안내해 주었습니다. 어느 날 나는 남편에게 정신과 상담을 받아보자고 부탁했습니다. 남편의 동의를 구할 필요도 없는 상황이었으나 그럼에도 불구하고 남편을 조금이라도 존중하는 차원에서 말입니다. 아니나 다를까, 상담을 함께 받아 보자는 나의 제안에 남편은 화부터 내더니 자신은 아무런 잘못이 없으니 나더러 상담을 받아보라는 것이었습니다.

잘못을 하는 사람들의 특성상 자신의 잘못은 새까맣게 잊고 잘못을 인정하지 않고 거론하지 않는 특징이 있습니다. 그래서 잘못된 언행을 반복적으로 행합니다. 잘못에 대한 심판을 받지 않은 탓에 당연히 또 다른 잘못을 반복합니다. 선진국에서는 피해자가 더 큰 피해를 당하지 않도록 피해자 중심으로 문제를 해결하는 데 비해 우리나라는 가해자의 잘못을 덮고 넘어가기도 하고, 아무도 모를 것이라 여기고 피해자를 제대로 보호하지 않는 경우도 종종 있어 이로 인하여 지금도 수많은 이혼여성들이 어렵게 살아가고 있습니다.

결국 내 결심을 남편에게 전했습니다.

"잘못했어! 정말이야. 내가 죽을죄를 졌어. 용서해줘. 내가 이렇게 빌게……. 가지 마!"

무릎을 꿇고 잘못을 빌며 나와 아이를 데리러 온 남편을 보고 오랜 격리생활을 정리하고 집으로 돌아가서 결정을 내리기로 하고 오랫동안 비워두었던 집으로 돌아왔습니다. 그리고 남편에게 한국으로 가서 쉬어야겠다는 마음을 전했습니다. 양심 없는 자들 앞에서도 끝까지 예의를 갖추었습니다. 마침내 한국으로 향하는 비행기에 몸을 실을 수 있었습니다.

한국 방문

모처럼 만나 아이를 안고 기뻐하시는 친정 부모님은 먼저 말하지 않아도 나의 힘든 삶을 눈치 채고는 편하게 지내라는 말씀과 함께 아이를 돌봐주셨습니다.

"아이고, 얼마만이야? 이렇게 많이 자랐구나, 우리 손자. 얼마나 보고 싶었다고. 어디 보자. 영어도 많이 늘었나 보자. 아는 영어 말해봐. 영어 좀 가르쳐줘, 응? 이건 영어로 뭐라고 하지?"

"약크."

미국에서 살다왔으니 영어를 배우고 있다고 생각하시고 아이한테 뭐든 영어로 말해 보라는 할머니의 요구에 아이는 단어마다 끝에 t ,k를 넣고 발음하고 있었습니다. 마침 아이가 손에 약 봉투를 들고 있었는데 '이것을 뭐라고 하지?' 라고 묻는 할머니의 질문에 '약크' 라고 대답을 하여 모두 얼마나 웃었는지 모릅니다.

친정 부모님의 따뜻한 사랑으로 몇 첩의 한약을 먹고 안정을 취할 수 있었습니다. 나의 이혼 결정에 대해서는 아직 9년을 인내하지 않았으니 좀 더 신중히 결정하라는 부모님의 설득으로 다시 한 번 더 참아보기로 결정하고 조용히 출국하였습니다.

"내가 달라졌어. 정말이야, 새사람이 되었어. 도와 달라고 목사님도 찾아가서 만났었고 기도도 열심히 하고 있었어. 정말이야, 믿어줘, 응? 내가 얼마나 변했는지 살면서 보여줄게. 옛날의 내가 아니라니깐?"

아주 오랜만에 나와 아이를 다시 만나게 된 남편은 잘못을 반성하고 뉘우쳤다며 새로운 시작을 해 보자고 제의했고 난 부모님 때문에 다시 그 말을 믿어보기로 하였습니다. 그 이후 둘째 아이를 임신하게 되었습니다.

처음 미국으로 출국하기 전날 시누이가 나에게 한 말이 생각났습니다. 미국 가서 실컷 고생하고 아들이나 둘 낳으라는 말이 떠올라 정신이 번쩍 들었습니다. 왜 하필이면 그런 말을 선택해서 했을까? 다시 시댁 식구들이 미워지기 시작했습니다.

남편 또한 다시 잘해 보자고 말한 지 얼마 되지 않아 아이로 인
해 시끌시끌해진 집안 분위기에 온갖 짜증을 내기 시작했습
니다.

하지만 이제 더는 양보나 인내를 할 수 없음을 서로가 잘 알
기 때문에 화를 참기 위하여 온갖 애를 다 썼습니다.

둘째 아들 출산

"얼마나 입덧이 심하면 그 고생이에요? 뭐가 당기세요? 우
리 집에 와서 식사하고 가세요."

냉장고 문을 열 수도 없고 밥 냄새에도 헛구역질이 나서 제
대로 먹질 못하고 있던 차에 아는 분이 내게 하신 말씀이었습
니다.

"첫째야, 둘째한테 말을 걸어봐. 네가 형이 될지 오빠가 될지
잘 모르지만 인사한다면 기분이 좋아서 태어나면 형아만 좋아
할 거야."

"동생아, 빨리 나랑 놀자! 사랑해! 안녕?"

"동생이 태어나면 형아가 뭐 해줄래?"

"책도 읽어주고 노래도 불러주고 공도 차고, 와! 신나겠다.

빨리 보고 싶다."

첫째 아이는 나의 배를 만지며 하루빨리 동생이 태어나기만을 기다리고 있었습니다.

그동안 극빈층에게 미국 주에서 2주에 한 번씩 나누어 주는 우유와 달걀, 시리얼을 제공받고, 병원에서 저렴한 비용으로 임신 중 정기검사를 받을 수 있었습니다. 빈혈증세가 있으니 음식을 잘 먹으라고 알려주시곤 철분 약을 주었는데 출산일 가까이까지 입덧을 심하게 해서 약을 한 알도 삼키지 못했습니다. 심한 입덧 중이었지만 첫째 아이와 함께 둘째를 기다리는 나날들이 참으로 행복하였습니다.

하루가 다르게 배는 남산보다 더 불러오고 주일날 예배 반주 때에는 피아노 건반에 배가 닿아 반주도 어려울 지경이 되었습니다. 출산 준비를 하면서도 갑자기 양수가 터질 수도 있고 산통이 올 수도 있어서 남편의 1주일 분량의 와이셔츠를 직접 다려놓고, 빨래를 돌리고, 세탁물을 개어놓고, 찾아온 방문객을 위하여 식사대접을 하고, 설거지까지 손수 모두 마쳤습니다.

막 잠자리에 누우려는 순간 갑자기 아기에게서 신호가 왔습니다. 1시를 넘긴 새벽이었습니다. 자고 있는 첫째 아이를 차에 태워 아는 선배 집에 부탁하고는 남편이 모는 차 안에서 간간이 찾아오는 참을 수 없는 진통을 참으며 응급실로 향했고 몇 시간 뒤에 순산하였습니다. 시누이 말대로 또 아들을 낳았습니다. 이제 아들이 둘입니다.

감사하게도 즉시 병원으로 갔었기에 첫째 때보다 진통이 조금 적었고 산통시간도 짧아 사람들로부터 아이를 잘 낳는 체질을 가졌다고 또다시 놀림을 들을 판이었습니다. 소아과 의사는 아이가 태어난 조금 뒤에 도착했는데, 늦은 도착에 대한 미안함으로 나와 아이에게 너스레 인사를 떨었습니다.

"너무 잘생겼어요! 동양에서 제일 잘생긴 아드님입니다! 이토록 건강하고 잘생긴 남자아이를 본 적이 없어요!"

미국에서는 아기를 출산할 때 남편을 참여시켜 산고 과정이 얼마나 힘든지 알게 하고 있었습니다. 출산 후의 고통도 잠시, 둘째 아들에 대한 의사의 표현에 그만 기분이 좋아졌습니다. 농담이든 진담이든 의사의 말을 믿고 싶었습니다.

둘째 아이 출생 이후 남편이 달라졌습니다. 집으로 일찍 귀가하여 아이들과 놀아주기도 하고 집안일도 척척 도와주었습니다. 남편이 둘째 출산을 앞두고 직장을 구하여 다니기 시작하였으니 얼마나 큰 변화인지 모릅니다. 이제야 가장다운 가장이 된 듯했습니다. 더는 친정의 도움을 받지 않아도 되니 얼마나 다행이었는지 모릅니다. 결혼 후 3년 만에 수입이 생기기 시작한 셈입니다. 수입도 생기니 무엇보다도 마음의 여유도 생기기 시작하였습니다. 성격이 조금씩 부드럽게 변하고 있었습니다.

그러던 어느 날 나와 두 아들이 번갈아가며 심한 고열과 함께 온몸과 얼굴에 빨간 반점이 생겨 외출도 못 하는 일이 발생하였습니다. 첫째 아이가 유치원에서 옮아온 것으로 나도 아이들과 함께 드러눕게 되었습니다. 병명은 수두였습니다. 전염성이 있어서 아무도 집 안에 들어올 수 없었고 우리도 나갈 수가 없어서 이웃 사람들이 반찬을 만들어 집 안에 가져다주기도 했습니다. 이토록 심하게 아파보기는 처음인 것 같았습니다. 아주 깨끗하게 완치된 아이들에 비하여 나는 얼굴 몇 군데에 곰보자국을 가지게 되었습니다.

'엄마'라는 이름의 다중 역할

한차례의 폭풍이 지나간 후 잠잠해지듯이 아이들과 함께 다시 일상적인 생활을 하며 몬테소리 유아공부를 시작하게 되었습니다. 첫째 아이가 다니던 유치원이 몬테소리 유치원이었기 때문에, 그리고 교육적인 면을 가장 염두에 두고 이곳저곳을 둘러본 후 정한 나의 선택이었습니다.

평소에 공부를 더 하라고 재촉하시던 어머니의 도움으로 몬테소리 학회에서 운영하는 몬테소리 유아교육 강의를 듣기 시작했습니다. 처음에는 영어로 이루어지는 수업에 아무것도 못 알아들었지만 조금씩 귀가 열리면서 점점 더 그 내용에 빠져들었습니다. 특수학생들을 위하여 특별히 고안된 몬테소리 교육에 관심이 가기 시작했습니다.

몬테소리 교육은 모든 유아들에게 흥미롭게 지도할 수 있는 유아교육방법으로, 특별한 교재와 교구를 제작하여 아이들의 호기심과 흥미를 이끌어내고 자극하는 것이었습니다. 자신 있고 창의적인 사람을 길러내자는 교육목표를 가지고 있는 교육과정이어서 그런지 수업시간에 흠뻑 빠져드는 내 모습에 마치 내가 어린이가 된 느낌이었습니다.

공부를 시작할 땐 여러 명이 함께했으나 과정을 마칠 때는 나를 포함한 두 사람만 남았습니다. 다른 사람들은 모두 중간에 힘들어서 포기하고 말았습니다. 수업을 받고 있던 덕분에 난 운이 좋게도 첫째 아이가 다니는 유치원에서 시간제로 일을 할 수 있게 되었고, 그곳에서 많은 아이들을 만나고 좋은 선생님들도 만나 인간적이고 국제적인 교류를 가질 수 있었습니다. 함께 공부했던 외국 친구들을 집으로 초청하여 불고기와 갈비, 잡채, 김치를 소개하기도 하였고 우리나라에 대하여 여러 가지 궁금해 하는 것들을 알릴 수 있었습니다.

한국인으로서 외국 직장에서 생활할 때는 조심스런 점이 한두 가지가 아닙니다. 언어소통의 어려움도 있지만 외국에서는 내가 한국인 대표자의 역할을 하기 때문에 어디서든 조심을 하게 됩니다. 그래서 자발적으로 우리나라를 위하는 행동을 하게 됩니다. 사람들을 만날 때도 다른 나라 사람들보다 더 예의를 갖추고 깨끗한 옷차림을 하게 됩니다. 단정한 행동을 할 것을 아이들에게도 지도합니다. 한국의 위상을 높이는 말을 자주 하게 됩니다. 그래서 누군가가 나를 통하여 한국을 알고 한국의 좋은 점을 배울 수 있도록 합니다. 누군가가 우리나라의 정책들을 비하하거나 업신여길 때는 나도 모르게 방어도 하고 대변인 역할도 하면서 우리나라의 장래에 대해 함께 고민하자고 말하기도 합니다.

선진국의 외국인 친구를 만나면 가끔 주눅이 들 때도 있는 것은 확실히 그 나라가 모든 면에 앞서 있다는 것입니다. 사람들의 행복지수에 초점을 두는 정책을 하기 때문입니다. 유럽의 스웨덴 같은 경우는 결혼 전에 서로가 어울리는 커플인지 알기위해 거리낌 없이 사귀어 보고, 서로가 합의하여 결혼하고, 아닐 경우에는 아주 간단하게 이혼한다고 합니다. 서로의 인권을 존중하는 모습으로 보여서 좋은 정책이라 여겨졌습니다.

그런 문화권에서 살던 친구에게 한국의 결혼문화를 알려주면 아무도 이해를 못합니다. 한국적인 오랜 전통의 유교적 사고를 중시하여 상호 간에 성격 등 모든 면이 맞지 않는 데다가 사랑도 없이 결혼하고 무조건적으로 인내하며 살아야 하는 것은 개인의 행복을 추구할 권리를 스스로 박탈한 셈이 됩니다. 그래서 개인의 선택과 결정을 존중하는 권리를 정책으로 만드는 나라의 모습을 보며 아주 부러워했습니다. 남성 위주의 문화를 가진 우리나라에서 여성 인권침해가 없도록 하기 위하여 바뀌어야 할 부분이라 생각되었습니다.

남편에게 직장이 생기고 수입이 생기다 보니 안정된 집이 필요하다고 판단되었습니다. 마침 아이들이 맘껏 뛰놀 수 있는 그런 집이 눈에 들어왔습니다. 마당과 뒤뜰이 있어서 아이를 키우기에 좋은 환경인 집이 마련된 것입니다.

친정 부모님께서 그동안 말로 다 표현 못할 마음의 상처를 안고도 버틴 상으로 주신 것인지는 몰라도 나에게 집을 구입할 수 있는 큰돈을 보내주셔서 처음으로 미국 도착 후 집을 가지게 되었습니다. 참으로 감사하고 행복한 일이었습니다. 좋은 환경에서 최선을 다하여 아이들을 잘 양육하려고 다짐했습니다.

그동안 눈이 자주 내리는 겨울이 긴 미국에서 문만 열면 눈송이가 그대로 방 안으로 들어오는 방 1개짜리 아파트에서부터 시작하여, 방 2개 아파트, 방 3개 아파트로 이사하다가 드디어 방 4개와 지하가 있는 집을 구하게 되었으니 얼마나 큰 발전인지 모릅니다. 그 집은 관리하기에 경제적으로 부담이 커서 대학졸업 후 피아노를 가르치던 제자를 미국에서 유학할 수 있도록 데리고 와서 홈스테이를 시작했습니다. 홈스테이를 통하여 수입을 만들었고 매달 월세를 낼 수 있었습니다.

뒷집에는 '미쉘'이라는 이름을 가진 아이가 있었습니다. 어느 날 나의 피아노 소리가 듣기 아주 좋았다면서 미쉘의 어머니가 딸에게 피아노 지도를 해줄 것을 요청해 왔습니다. 짧은 영어로 피아노 지도를 한다는 것에 부담감이 있었지만 요청에 거절하지 않고 응했습니다. 나의 피아노 소리를 들은 이후 이웃들의 반응은 달라지기 시작하였습니다. 그들이 가지지 못한 특기를 가지고 있는 한국인인 나에게 호감을 가지기 시작한 것입니다.

미쉘은 매일 하루도 거르지 않고 피아노 연습을 하러 우리 집에 왔습니다. 얼마나 진지하게 귀를 기울이는지 아이가 너무나 예뻐 보였습니다. 아이를 위하여 시간에 구애 받지 않고 간식을 먹여가며 한 번 더 지도하였더니 금방 실력이 늘었습니다. 입소문이 무서워 금방 동네에 소문이 나버렸었고 줄줄이 동네 아이들 서너 명이 몰려와 줄을 서서 나의 피아노 지도를 기다리는 실정이 되었습니다.

시간을 정해놓고 교습을 시작하였습니다. 나의 부족한 영어 실력에도 불구하고 아이들의 실력은 스펀지가 물을 빨아들이듯 나날이 늘어갔고, 아이들도 신이 나서 피아노 치기에 매달리기 시작했습니다. 또한 덩달아 나의 두 아들의 실력도 함께 늘어갔습니다. 여기저기서 또 다른 아이들이 몰려들기도 하여 몸이 두 개라도 바쁠 지경이었습니다.

매일 유치원 근무에다가 몬테소리 과정의 숙제, 홈스테이 학생 도우미, 두 아들 양육과 집안 살림, 저녁엔 동네 아이들 피아노 교습까지……. 수입은 늘어났지만 하루 24시간이 모자랄 정도로 바쁘게 살아가며 나는 아이들의 양육에 몰두하고 있었습니다. 두 아이에게 직접 피아노를 지도하고, 수학 문제를 만들어서 과제로 주었습니다. 그리고 수영, 미술, 악기 교습을 일찍이 시작하여 아이들의 잠재능력을 일깨워 주려고 노력했습니다. 다행히도 두 아들은 나의 안내에 잘 따라주었고 어디서나 칭찬받는 모범적인 학생이 되어갔습니다. 그리고 홈스테이를 하던 나의 제자는 2년 만에 원하는 대학에 무난히 입학을 하게 되어 말로 표현할 수 없는 성취감이 생겼습니다.

"자, 모두 치즈! 표정들이 다들 왜 그래요? 웃어 봐요."

"자…… 잠깐!"

모두들 찰칵 소리에 사진을 찍는 줄 알았는데 둘째 아이가 갑자기 사람들 앞에서 '잠깐'을 외쳤습니다. 무슨 급한 일이 생긴 줄 알고 모두들 숨을 죽이고 아이를 바라보았습니다. 둘째는 화장실로 달려가서는 까치발로 거울을 보고 물을 손에 발라 머리를 다듬고 있는 것이 아니겠습니까. 한바탕 웃음이 터져 나왔습니다. 사람들은 그 모습에 웃으면서 재능이 많은 둘째를 지켜보겠다고 말하기도 했습니다. 아무래도 동양에서 제일 잘생긴 아들이 맞는 것 같았고, 2살이 조금 지난 시간이었습니다.

아이들의 등하굣길에 아이들을 향한 나의 진심 어린 기도제목이 터져 나왔습니다.

'하나님. 나의 기도를 들어주소서. 이 학교를 빛내는 아들들이 되게 해주소서. 세계적인 인물이 되게 하여 주소서.'

학교에서 칭찬만 받던 아들들을 보며 날마다 간구한 기도들이었습니다. 나의 억울함을 어릴 적부터 보고 자라난 아이들이기에 나도 모르게 아이들에게 거는 기대가 컸습니다.

이런 아이들을 보며 나도 기운을 내고 나대로 자기계발에 매진하고 있었습니다.

"너무나 훌륭해요. 좋은 교육이에요! 아이들이 너무 흥미로워 하는군요! 어떻게 이런 생각을 해내셨나요?"

몬테소리 유치원에서 내가 개발한 교구는 우리나라를 소개하고 홍보하는 내용으로 만든 교구였습니다. 미국의 아이들은 젓가락 사용을 해 본 적이 없는 터라 젓가락을 이용하여 작은 물건을 옮기는 교육을 통해 집중력을 높이고 자신감과 성취감을 느끼도록 도왔는데, 문제행동장애가 있는 남자아이가 교구에 관심을 보였고 매일 스스로 그 교구를 찾아내어 반복훈련을 통하여 자신감과 성취욕구를 가졌습니다. 그러면서 서서히 다른 교구에도 관심을 보여서 유치원의 다른 직원들은 물론이거니와 나에게도 오랫동안 기억에 남는 일이 되었습니다.

또한 우리나라 지도와 국기를 퍼즐로 만들어 완성해내는 작업훈련 과정을 만들어 한국이 어디에 위치하며 어떤 나라인지를 유아기 아이들에게 재미있는 방법으로 알려주었더니 아이들이 아주 흥미로워 했습니다. 또한 음악에 대한 관심을 유도하느라 종이 건반을 만들어 음계를 만들었으며 음악과 관련된 용어를 종이로 만들어 학습 효과를 높여 박수를 받기도 했습니다. 그 외 늘 아이들 한 사람 한 사람을 바라보며 그들의 무한한 잠재능력 발휘에 도움이 되는 내용들이 무엇인지를 연구·개발하느라 즐겁고 보람된 나날이었습니다. 내가 아이들의 건전한 성장에 많은 도움이 되었으리라 믿고 싶었습니다.

집안 살림 및 아이들 양육과 지도를 끝내면 새벽 2시까지 과제물을 만들거나 숙제를 합니다. 그리고 새벽 6시에 출근 준비를 합니다. 잠투정을 하는 아이들을 깨워 아침식사를 하고 간단히 만든 샌드위치를 둘째랑 차 안에서 먹을 수 있도록 싸 둡니다. 바쁜 와중에도 한 손으로는 책을 읽는 모습을 보임으로써 어릴 적부터 독서의 습관을 심어주고자 하였습니다. 일을 끝내고 집으로 돌아올 때는 어김없이 동네 도서관에 들러서 두 아들에게 맞는 책을 골라 한두 시간씩 읽게 하여 독서를 습관화했습니다.

어느 날 칭찬에 인색한 시댁 사람들이 어떻게 알았는지 내가 아이들 양육을 너무 잘하고 있다고 칭찬했습니다. 심지어 친정이 재벌인 손윗동서는 전화로 나의 자녀 양육법을 물어보기도 하였습니다. 시어머니가 그동안 온갖 핍박과 학대를 해왔는데 그것에 굴하지 않는 나의 모습을 보고 칭찬을 한 것이었습니다. 티끌 하나라도 캐내려 억지를 일삼던 시어머니로부터의 칭찬에 통쾌함을 느꼈습니다.

동네에서 아이들의 피아노 발표회를 가지게 되어 교회 내 작은 홀을 빌렸습니다. 나에게 피아노 교습을 받던 동네 아이들 모두가 턱시도와 드레스를 입고 나와 유명한 사람들의 연주회장보다 더 진지하고 신이 나는 시간이었습니다. 오랫동안 모두의 기억에 남을 재미있는 시간이었습니다. 무엇보다도 마을주민인 학부모들 사이에 칭찬이 자자하여 그날 이후 나와 아이들은 각별히 능력이 많은 한국인이라는 각인을 심어줄 수 있었습니다. 그렇게 두 아들과 함께 나의 잠재능력을 맘껏 발휘해 가고 있었습니다.

새벽의 도로에는 차가 별로 없습니다. 맑은 공기를 마시며 집 밖으로 나와 운전을 하면 며칠간 쌓였던 스트레스가 다 날아갑니다. 아이들이 일어나기 전인 새벽 5시경의 도로는 아주 고요합니다. 아무도 가지 않은 길을 가장 먼저 달려가는 마음에 아주 기분이 좋습니다. 조용한 새벽을 깨우는 마음이어서 후련하기까지 합니다. 새벽의 맑은 공기를 제일 먼저 맞이하는 축복에 감사의 말이 나오기도 합니다. 마음이 정화되고 나면 기도와 함께 찬양도 나옵니다.

기분 좋은 드라이브를 마치고 나면 고요한 아침에 은은한 커피 향을 띄우며 가족들을 깨웁니다. 커피머신에서 한 방울씩 내리는 물방울 소리를 들으며 따뜻한 커피 잔에 몸을 데운 후 아이들을 깨우고 하루 일과를 시작합니다. 학창시절 새벽마다 나를 깨워주신 어머니 덕분에 평생 새벽에 일어나는 습관을 가지게 되어 남들보다 일찍 하루를 시작함에도 아이들을 양육하느라 하루가 눈코 뜰 새 없이 바쁘게 지나갔습니다.

몸이 허약한 나는 조금이라도 찬바람이 불거나 기온이 내려가면 감기증세가 옵니다. 그럴 때면 몬테소리 유치원에서 일을 마치고 나올 때 가끔 '윈디'라는 음식점을 찾았습니다. 점심 메뉴는 항상 칠리수프였습니다. 멕시코 음식으로 가격은 99센트였습니다. 우리나라 돈으로 약 천 원 정도 하는 음식으로 경치가 좋은 그곳에서 잠시 쉼을 얻기도 하였는데, 무엇보다 수프 맛은 말로 다 표현이 안 됩니다. 김칫국처럼 얼큰하면서도 따뜻한 국물에 온갖 채소와 콩이 들어있어 그것을 먹고 나면 마치 보약을 한 그릇 먹은 것처럼 체력이 돌아와 일상을 잘 유지할 수 있었습니다.

그러던 어느 날이었습니다.
"야! 안 일어나? 나랑 이혼할래? 내가 답답해서 안 되겠어."
남편은 잠을 청하려는 나에게 화를 내며 이전의 모습을 보이려 하였습니다. 과거의 치열했던 다툼도 아이들이 자라는 동안 많이 절제한다 싶었는데, 아나나 다를까 본성이 어디 가겠습니까. 먼저 이혼 이야기를 꺼내기 시작하였습니다. 들은 척도 안 하고 잠을 청하였더니 다시 나를 일으켜 세웠습니다.

"이혼이 아이들 소꿉장난도 아닌데 지금 와서 왜? 무슨 이유로 이혼? 절대 못 해줘. 내가 지금까지 어떻게 참아왔는데 무슨 이혼?"

이젠 내가 나서서 이혼을 못 하겠다며 버텼습니다. 지금까지 내내 잘못만 한 사람이 꺼낸 이야기치고는 너무 자기중심적이고 일방적이고 이기적인 말이어서 어이가 없었습니다.

난 우리나라 유교적 전통을 고스란히 지킨 셈이었습니다. 오랫동안 사람으로서, 특히 여자로서 참을 수 없었던 일을 참고 또 참아내었습니다. 친정어머니는 나에게 미국에 남아서 공부를 좀 더 하길 바라셔서 한국으로 돌아오지 말라고 하셨습니다. 그때 이미 남편은 한국에 가겠다며 도망치듯 떠나고 없었습니다. 갑자기 걱정되었습니다. 미국에 남아서 두 아들과 함께 공부를 더 할 것인지, 아니면 연락도 없는 남편이 있는 곳으로 가 가정을 지킬 것인지에 대하여 너무나 많은 갈등이 생겼습니다. 보수적인 성향을 가진 내가 결정을 내려야 할 시간이 다가오고 있었습니다.

한국으로 돌아가서 그동안 미국에서 공부한 몬테소리 과정의 전문가가 되고 싶었습니다. 그리고 미국에서 미처 정리하지

120

못한 잘못된 결혼생활이 시작된 곳으로 가서 바른 결정을 내려
야 할 과제가 있기에 미국에 남아있기보다는 당사자와 얼굴을
맞대고 해결해야 한다고 생각했습니다. 아이들과 함께 한국으
로 돌아갈 것을 결정하고 집을 팔았습니다. 그리하여 그동안
정이 들었던 이웃 사람들과 직장 사람들과 아쉬운 작별의 인사
를 나누었습니다.

한국 귀국과 이혼

한국 귀국과 혼란스러운 생활

귀국을 한 우리 세 모자! 갈 곳 없는 우리 세 모자! 공항에 도착한 후부터 갈 곳이 없는 신세가 되었습니다.

남편은 한국에서 우리 세 모자를 맞이할 준비도 없이 혼자서 시누이 댁에 있으면서 직장생활을 하고 있었으며 우리의 귀국이 못마땅한 듯 마지못해 맞이했습니다. 아이들과 나는 그동안 미국에서의 규칙적인 생활에 적응되어 있었는데, 한국 귀국 후엔 모든 것이 혼란스럽기만 했습니다. 단지 남편, 아빠를 찾기 위해 미국의 모든 것들을 정리하고 가족의 울타리를 만들려고 찾아왔건만, 정작 남편은 너무나 성의 없이 가족을 맞이했고 책임감 없는 태도만 보여주어 하늘이 무너지는 기분이었습니다.

남편은 과거나 현재나 다를 바가 없는 모습이었는데 잠시나마 착각하고 기대한 내 잘못이 컸습니다. 아이들의 충격은 더욱 컸습니다. 하루아침에 갈 곳이 없는 신세가 되고 말았기 때문이었습니다. 시댁에서는 다시 뻔뻔스럽게 친정 부모님의 도움만 기대하고 우리에게는 아무 관심도 없었습니다.

아이들은 마치 엄마인 내가 한국에서 능력을 인정받지 못하여 직장이 없어서 삶이 어렵다고 느끼는 듯했습니다. 그래서 정신적·심리적으로 아주 불안해했습니다. 자신감과 생기가 넘치고 의욕적이던 두 아이는 풀이 죽어 가고 있었고 눈치만 보고 있었습니다. 마음은 찢어질듯 아팠습니다. 눈치 보는 것도 모자라 이 사람 저 사람의 도움을 받아야만 살아갈 수 있는 삶!

친정어머니 말씀대로 차라리 미국에 남아서 아이들과 지내면서 서서히 이혼정리를 해도 되는데……. 왜 한국에 와서 이런 고생을 해야 하는지에 대한 회의와 근심으로 나날이 야위어만 갔습니다. 기구한 나의 운명이었습니다.

뜻대로 할 수 없게 만드는 무책임한 남편과 시댁 사람들은 내가 아무리 최선을 다하여 스스로를 낮추고 비위를 맞추려 노력해도 실망만을 줄 뿐이었습니다. 지금까지 늘 그랬듯이 말입니다.

"사돈, 손주들 보기가 민망하네요. 우리가 쟤네들 집 마련을 위하여 조금씩 보탬이 되도록 합시다."

"우린 아시다시피 돈이 없어요. 늙은이한테 무슨 돈이 있다고 그런 말씀을 하세요?"

"옛날에 하신 말씀도 있으신데 왜 그러세요? 쟤네들이 집이 있으면 안 되는 이유라도 있어요?"

친정어머니는 시어머니께 서로 협력하여 우리의 거처를 위하여 아파트 장만을 해주자는 제안을 하였으나 시어머니는 시침을 떼고 일방적으로 친정 부모님께 다 떠맡겼습니다. 애당초 처음 결혼 말이 나올 때부터 아들을 떠맡기기로 작정하신 분들이라 완강히 거절하다가, 몇 차례의 제안이 계속되자 전세로나마 아파트를 구입하게 하여 이사를 할 수 있었습니다.

계속된 거짓말과 늘 말만 앞세우는 시댁 때문에 삶은 고달픔의 연속이었지만 폭풍우가 지나가는 것처럼 언젠가는 청명한 하늘을 볼 것을 기대하며 나의 삶을 있는 그대로 받아들였습니다. 오뚝이처럼 말입니다.

그러던 어느 날입니다.

"어찌하든지 제 발로 나가게 만들어야 해! 우리 것은 하나도 뺏겨선 안 되니까, 알았어?"

"네, 엄마."

"내가 점을 보니까 하나도 빠짐없이 재한테 다 뺏긴다고 하는데 정신 차려! 무슨 말인지 알아들었어? 이 멍청아."

시어머니께서 마마보이인 남편에게 말하는 내용을 우연히 듣고 너무나 놀랐습니다. 시어머니께서 점괘를 봤는데 그들 재산 모두가 나에게 온다고 했다는 것입니다. 그러니 절대 빼앗기지 않도록 하라고 남편에게 당부하는 그 말은 나와 아이들의 한국 귀국이 못마땅하다는 것을 노골적으로 표현하는 말이기도 했습니다.

어떻게 그런 생각을 할 수 있는지……. 기가 차서 말문이 막혔습니다. 하지만 내가 믿는 기독교 신앙과 말씀으로는 악한 자들의 계획은 항상 이루어지지 않고 악한 것으로 되돌려 받는다고 하셨습니다.

그리곤 다시 힘을 내었습니다.

"동생, 미안한데 우리가 전부 다 잘못했어, 할 말이 없어……. 그런데 좀 도와줄래? 내 딸이 죽어가. 너밖에 도와줄 사람이 없어."

"네? 무슨 말씀이에요?"

"지금 병원에 있으니 당장이라도 와 주면 좋겠어."

"네, 지금 당장 갈게요."

미국 출국 전 실컷 고생 운운하며 온갖 막말을 했던 시누이의 큰딸이 죽어가고 있었습니다. 정확한 병명도 몰라 치료가 어려웠는데 시누이는 그 원인이 자신이 나에게 죄를 지었기 때문이라고 생각했나 봅니다. 인과응보라고 하지만 시누이의 딸에게 무슨 죄가 있어서 죽어가야 하는지, 아이가 불쌍했습니다. 수많은 의사들이 애썼지만 도무지 살려내지 못하는 생명을 살려내기 위하여 간절히 울면서 하나님께 기도를 올렸습니다. 놀랍게도 아이는 나의 기도 후 기적적으로 살아났습니다. 의료계에선 이해할 수 없는 일로 여겼습니다. 그 일로 시누이도 마음에 작은 믿음을 가지게 되었습니다.

"모든 게 네 덕분이야. 네가 살려줄 줄 알았어, 고마워! 앞으로 잘할게!"

천하보다 귀한 딸의 소생에 시누이는 내 덕분이라며 고마워했습니다. 앞으로 바뀐 모습을 보여주겠다고 했지만 아이가 살아난 후 타고난 성품을 속일 수 없어 다시 이전의 모습으로 돌아갔다고 들었습니다. 하지만 또다시 그 가정에 어려움이 닥칠 때마다 나에 대한 잘못을 생각하게 되리라 여겨졌습니다.

시련 속에서 최선의 노력

미국에서 아이들에게 규칙적인 학습지도를 해오던 터라 학습 진행이 막히지 않도록 매일 한국학교 생활에 잘 적응할 수 있도록 최선을 다했습니다. 그러면서 일자리를 찾아서 여기저기 알아보러 다니기 시작했습니다.

아들에게 영어 외에 다른 외국어도 지도하고픈 마음에 여기저기 알아보았으나 지도비도 없고 지도할 교사를 구하기도 쉽지 않았습니다. 혹시라도 한국 학교에서 따돌림을 당하지는 않을까 염려했지만 다행히도 아이들의 적응력이 뛰어나 친구들과도 원만하게 지내고 선생으로부터도 착하다는 말만 들었습니다. 아이들이 어느 곳에서든 칭찬받고 잘해주니 너무나 감사한 일이었습니다. 덕분에 내가 해야 할 일들을 잘해낼 수 있을 것이라는 자신감이 들었습니다.

미국에서 몬테소리 교사 자격증을 이수하였을 땐 한국에서 최고의 영어유치원을 차려서 제대로 된 유아교육을 정착시켜 보겠다는 꿈이 있었는데, 막상 한국에 와 보니 집도 돈도 아무것도 없는 입장이었습니다. 부모님께 도움을 요청해 보기도 했으나 부모님의 일을 이어받아야 한다는 이유로 꿈을 접기를 권하셨습니다. 어쩔 수 없이 아파트 방 한 칸에 공부방을 마련하여 아이들을 모아서 지도하기 시작했습니다. 다행히 어머니들 사이에서 인기가 아주 높았으며 지도하던 유아 중 한 명이 영재라는 칭호까지 받게 되어 텔레비전에 출연하기도 했습니다.

"선생님, 선생님은 이렇게 성실히 잘 지도해 주시니 학원을 차리면 더 많은 유아들이 잘 배울 수 있을 것 같아요. 근데 왜 학원을 안 차리세요? 다른 사람들은 자격증이 없어도 학원을 운영하면서 돈도 아주 많이 벌던데."

"칭찬해 주셔서 고맙습니다만 제가 그럴 형편이 아니라서……. 해야 할 일들도 있고요."

"돈이 없으면 우리가 모아서 마련해 드릴게요. 우린 선생님과 선생님의 실력을 믿어요. 그러니 다시 생각해 보시고 알려주세요. 저희들이 소문을 내어서 아이들 많이 모아 올게요, 네?"

꿈을 실현하도록 부추겨 세우는 학부모들 앞에서 '돈이 없어서'라는 말을 차마 못하고 앞으로 해야 할 일이 있다고 핑계를 댔습니다. 그 말을 하면서도 서글프고 속이 많이 상했습니다. 차라리 미국에 남아 있었더라면 이런 비참한 현실을 맞이하지 않아도 됐을 텐데 하는 생각만 들었습니다.

그 후 실제로 친정 부모님께서는 임신과 출산으로 마치지 못한 석사과정을 이수하라며 등록금을 지원해 주셨습니다. 집 근처의 야간대학원에 입학하고 야간 수업 전까지 근처 영어학원에서 강사로 강의를 하였습니다. 그리고 짬짬이 동네 아이들을 위하여 서점의 작은 공간을 빌려서 아이들에게 영어책을 읽어주고 영어 동요도 지도하는 등 봉사의 재미도 느끼게 되었습니다. 나도 모르는 사이에 아이들과 어머니 사이에 유명한 존재가 되어 가고 있었습니다.

하루는 아이들이 다니는 초등학교의 급식위원장을 맡아달라는 부탁이 들어왔습니다. 다른 사람들은 거절했다는데 난 흔쾌히 승낙했습니다. 평소에도 새벽에 일찍 일어나기에 얼마든지 비용을 들이지 않고 내가 할 수 있는 일이었고, 관심과 사랑만 있다면 사랑하는 내 아이들과 아이들의 친구들 모두에게 신선한 식사를 제공할 수 있는 일이라 마다할 이유도 없었습니다.

매일 이른 아침마다 아이들이 식사를 잘할 수 있도록 식품 검수과정을 확인했습니다. 음식재료의 신선도 및 아이들의 식품 선호도까지 알아내는 일을 하기 시작하였습니다. 한국 음식을 잘 못 먹던 둘째 아이도 학교의 규정대로 단체 급식을 하게 되니 음식을 골고루 먹어야 하고 남길 수 없어서 편식도 없어지고 더 건강해져 갔습니다. 참으로 보람되고 기쁜 일을 자처하여 한다는 것에 남들이 몰라주어도 감사가 넘쳤습니다.

그러던 중 학교 수업도 듣고 방과 후 학원도 여러 군데 이어서 다녀야 하는 요즘 아이들의 허약해져 가는 모습을 보며 안타까웠습니다. 운동은 꼭 시켜야 한다는 생각에 엄마들이 한두 사람씩 모여 축구팀을 만들고 지도 선생님을 구하여 정기적으로 운동을 시켰습니다. 운동 후엔 함께 식당을 정하여 식사도 하는 등 마치 축구대표 선수들로 길러낼 것처럼 한마음이 되어 열의가 대단하였습니다. 엄마들은 엄마들대로 아주 가까운 사이가 되어 서로의 이야기를 풀어놓기도 했습니다. 아이들은 함께 생일을 축하해 주고 놀이동산에 가는 등 즐거운 학창시절의 추억들을 만든 것 같습니다. 아이들은 한 번도 싸우지 않고 서로를 토닥이는 모습까지 보여 참으로 보기가 좋았고 그 우정이 오래갈 것을 바라며 지켜봤습니다.

2000년 한국 제주도 여행

이혼 결정

"너 이걸 성적이라고 받아온 거야? 정신 나갔구나."

"때리지 마요, 아파요……."

평소 아이들의 학업에 전혀 관심이 없던 남편이 첫째 아이의 성적이 낮게 나온 것을 우연히 보고는 불같이 화를 내며 아이를 때렸습니다. 품 안에 있을 때야 부모의 간섭을 받지만 이제 자신의 인격을 가다듬으며 자라고 있는 나이인데, 아이의 인격을 완전히 무시한 남편의 행동을 보며 다시 남편이 저질렀던 폭행이 떠올랐습니다. 남편의 구타를 말리려 하였더니 오히려 내가 간섭한다며 밀치고는 나와 아이를 밖으로 떠밀어 보내고 문을 잠그는 것이었습니다. 아주 추운 겨울이었습니다. 얇은 옷을 입고 나온 나와 아들을 알아보는 동네 사람이 있을까 봐 얼굴을 가린 채 공원으로 갔습니다. 그리고 놀랐을 아이의 마음을 위로해주었습니다.

그런 일이 있고 한참이 지나 또 같은 일이 반복되었는데, 이번엔 좀 더 심한 폭행으로 이어져 이러다가 아이의 정신적·심리적인 면에 큰 상처가 되고 수습하기 힘든 상태가 벌어질 것 같다는 생각이 들었습니다. 그래서 구타하는 남편으로부터 아이를 격리시키는 게 좋다고 판단하고 아이를 미국으로 보내기로 상의하였습니다. 양심 없는 남편은 끝까지 부끄러워하지 않았습니다.

죄 없는 순수한 아이를 학대하는 그 모습은 결코 용서 받을 수 없는 것입니다. 남편을 피해 아이를 미국에 보내면서 나도 함께 가기를 희망하였습니다. 하지만 이미 한국 내에서 일을 하느라 영주증을 반납한 후이고 한국 주민등록증을 가지고 있어서 쉽지가 않았습니다. 한국으로 돌아오는 것이 아니었는데 하는 후회와 함께 아이들한테 너무나 미안하고 부끄러운 마음이 들었습니다. 그리고 과감하게 이혼을 결정하였습니다. 격리 생활이니 별거생활이니 더는 사치스럽고 불필요한 과정이나 절차도, 눈치볼 것도 없이 말입니다. 불안과 공포가 없는 안전한 곳에서의 생활이 절실하였습니다.

"아무것도 줄 수 없어! 어디서 내 것에 손을 대!"

"내가 이 집에서 살면서 친정으로부터 재산의 반은 보태었으니 내 거라도 가져갈 거야!"

"네 것이 어디 있어? 쓸데없는 짓을 하다가는 죽을 줄 알아. 아무것도 줄 수 없다니깐!"

남편은 아파트 전 주민이 알아들을 만한 큰 목소리로 떠들면서 자신의 수치를 드러냈습니다. 더는 합의니 뭐니 하는 말이 아무런 소용도 효력도 없는 구차한 삶이었으니 시간을 지체할 수 없었습니다. 어른들의 조언, 상담, 당부도 의미가 없음을 알고 결단을 내렸습니다.

변호사를 만나 이혼 상담을 했습니다. 변호사는 나와 아이들을 안전하게 지키려면 남편으로부터 완전히 분리되어야 함을 알려주었습니다. 그리고 친권도 나에게 와야 하며, 아이들의 대학졸업 때까지의 등록금 및 생활 전반에 필요한 돈은 나누어서 책임져야 한다는 것도 알려주었습니다. 당시 남편 이름으로 된 재산이 없어서 나에겐 단돈 일 원의 위자료도 줄 수가 없다는 것에 동의했습니다. 남편이 두 아들에게 다가갈 수 없도록 면접교섭권이 허용되지 않았지만 아이들의 선택에 맡기기로 했고 남편이 법적 책임을 지켜주길 바라며 지켜보았습니다.

하지만 아이들의 양육비 지원에 대한 법적 약속은 매번 지켜지지 않았고, 남편이나 시댁에서는 양육비를 어떻게 하면 일 원이라도 안 줄 수 있을까 하는 마음

2001년 이혼 결심 후

뿐이었습니다. 그리고 사람들이 모두 다 알도록 노골적으로 아이들에게 아버지로의 애정이 없음을 드러내기 시작하였습니다. 타국에서 지내는 아이의 삶이 어떤지 궁금해 하지도 않았고, 전화도 없었으며, 양육비 지원도 끊어 나로 하여금 완전히 남편은 이 세상에 없는 자라고 여기도록 만들었습니다.

남편은 아이들의 대학입학 때부터 다시 책임을 회피하기 시작했습니다. 이혼 공증각서까지 받았지만 법적 양육책임을 회피하고 나에게 모든 책임을 지우려 하며 아이들에게 돌이킬 수 없는 상처를 주기 시작했습니다.

자녀를 한두 명 정도 둔 요즘의 젊은 아버지들은 엄마 못지않게 자녀양육에 대해 관심을 가집니다. 이 힘들고 어려운 세상에서 어떻게 남보다 나은 양육을 할 수 있을 것인가에 관심을 가지고 자녀들에게 보다 나은 기회를 주고자 최선을 다하는 것이 부모 된 도리입니다. 무일푼인 나에게 아이 한 명에 대한 양육책임을 맡겼으면 나머지 한 명에 대한 양육책임이라도 제대로 지켜야 할 텐데, 남편은 얼마든지 지원할 수 있는 형편과 여건 속에서도 그러지 않았습니다. 대학 등록금을 주지 않으려고 이리저리 핑계만 댔습니다.

아이는 아이대로 그런 모습에 실망했고, 나는 나대로 반복되는 양심 없는 태도에 이대로 넘어갈 수가 없었습니다. 내 삶에 정신적·심리적 피해를 끼쳤음에도 위자료도 주지 않고 아무런 책임도 지지 않겠다는 데에서 이미 대화를 할 만한 사람이 아니라는 것은 알았습니다. 아이들을 위한 법적 책임도 지지 않은 사람이기에 양육비 소송을 걸었습니다.

까다롭고 피곤한 일이었지만 슬쩍 자신의 책임을 다른 사람에게 떠넘기고 아무렇지도 않게 넘어가는 것을 숱한 세월 동안 경험하며 보아왔기에 나의 분노는 극에 달하였습니다. 그는 마치 내가 구걸하는 것처럼 귀찮게 여기며 내쫓는 식으로 대했습니다. 큰 심판을 받아야지만 그나마 두려운 마음을 가질 것 같았습니다. 여전히 이런저런 핑계를 대며 변호사 앞에서 눈 하나 깜짝하지 않고 일 원도 안 주려고 하는 모습을 보며 진작 다른 사람들의 눈치 보지 않고 이혼을 결심했더라면 좋았을 텐데 하는 한탄뿐이었습니다. 자녀를 둔 아버지라고 볼 수 없었던 파렴치한 언행을 다시 본 나는 하마터면 그 자리에서 기절할 뻔했습니다.

대부분의 여성들이 이혼을 결심할 때는 뼈를 깎는 아픔과 상처 속에 여러 번 다시 생각해 보고 결정한 것입니다. 인내가 부족해서가 아니라 가정 내에서 진정한 사랑과 인정을 받지 못한 결과입니다. 그리하여 각 사람들마다 차이는 있겠지만 심각한 문제를 풀어내어 자신의 고유한 생명의 존엄성을 스스로 찾고 회복하고자 하는 것입니다. 사람답게 살고자 하는 이성적인 판단이며 내면의 정당한 방위욕구로 인한 바람직한 해결방안인 것입니다.

이렇게 수모를 겪고 별별 일을 겪다 보니 현실이 너무 싫었습니다. 마음은 온통 분노로 가득 차 더는 용서할 수 없는 상태였으며, 기구한 나의 운명에 대한 후회뿐이었습니다. 죄를 용서하는 것은 있을 수 있다지만 죄인을 용서한다는 것은 더 큰 죄악을 만든다는 사실을 또다시 경험하였습니다. 긴긴 세월 내내 그토록 당했으면서도 아주 작은 기대를 한 순진한 내가 어이없었습니다. 잘못을 하는 자를 용서하는 것은 더 큰 잘못을 허용한다는 의미를 주는 것임을 알고 경험하게 되었습니다. 그래서 용서는 진정으로 받아들일 수 있는 가치 있는 사람에게 주어야 하는 것임을 뼈저리게 알게 되었습니다.

양육비지급 책임회피로 소송으로 이어진다는 그 자체에 이미 아버지로서의 자격을 상실한 것입니다. 아버지로서의 책임을 저버리고 아이의 마음을 짓밟았으니 무슨 할 말이 있겠습니까. 어른들의 눈치를 보고 당부에 순종하느라 이혼 결정을 즉시 하지 않았던 잘못된 불씨가 장시간 이어진 결과입니다. 행복은커녕 오랜 시간 동안 피해만 보게 된 나와 아이들의 슬픈 운명이었습니다.

마태복음 10장 14절 15절 말씀:

누구든지 너희 말을 듣지도 아니하거든 그 집이나 그 성에서 나가 너희 먼지를 털어버리라. 내가 진실로 너희에게 이르노니 심판날에 소돔과 고모라 땅이 그 성보다 견디기 쉬우니라, 아멘.

part.6

이혼 후
찾아온 자유

친부모님과의 만남

대학원 졸업을 앞두고 친정아버지께서 나를 급하게 찾으셨습니다. 고등학교 때 입양 사실을 알고 난 후 대학 시절 내내 그토록 궁금해 하던 친부모님 쪽으로부터 편지를 한 통 받았다며 건네주셨습니다. 염치가 없지만 언제 운명을 달리할지 모르는 삶인데 한 번만이라도 친딸의 얼굴을 보고 싶다는 친아버지의 글이었습니다.

그 편지는 친부모에 대한 궁금한 마음과 그들을 찾아보고 싶다는 마음을 나의 삶에 집중하느라 언젠가부터 완전히 잊고 지내던 나에게 또 다른 충격이었습니다. 친정 부모님께서는 내가 원한다면 당신들 눈치를 보지 말고 만나보라고 말씀해 주셨습니다. 입양 사실을 알게 된 고2 시절 친정어머니께서 아들을 둘 정도 낳고 난 후에 친부모나 친형제를 만나보라 하셨는데, 그 말이 새삼스럽게 떠올랐습니다. 내 삶에 각본이 있는 것인가 하는 생각도 들었습니다.

아는 목사님과 함께 친아버지를 만나러 갔습니다. 그동안 그토록 찾고 싶었고 궁금해했던 분이었음에도 어딘지 모르게 어색하고 낯설어 가족이라는 느낌이 들지 않았습니다. 하지만 되도록 이러한 나의 현실을 받아들이려 애를 썼습니다.

"원망 많이 했지? 그리고 마음고생도 많고 힘들었지? 미안하다……."

"네……."

친어머니의 부재 속에 친아버지를 만나니 먼저 이런 말씀을 해 주셨습니다. 미안하다고 말입니다. 미안하다는 표현은 아마도 솔직한 심정이며 쉬울지 모릅니다. 반면 친부모로부터 버림받았다는 생각으로 살아야 하는 사람들에게는 말로 다 표현할 수 없는 영혼의 깊은 상처와 슬픔이 있습니다.

아무리 친부모가 양육책임을 회피하여 가정의 돌봄이 필요한 입양부모의 자녀가 되었다지만 가정마다 부모의 교육관과 가정 분위기 등에 따라서 많은 입양인들은 마음 한구석이 안정되지 않은 채 비어 있습니다. 친부모로부터 버림받은 존재라는 씻을 수 없는 수치감과 정신적인 공허함을 채우기 위하여 과식과 폭음을 하는 경우도 있고, 때론 자살충동을 느끼기도 합니다. 분명한 것은 이러한 감정을 유발한 입양에 대한 사회적 차별이 엄연히 존재하기 때문입니다. 입양을 입양인 스스로 선택한 것도 아닌데 왜 차별을 하는지 알 길이 없습니다.

입양인으로서 냉대를 받는 현실 속에서 자신을 지키기 위하여 남들보다 더 몸부림을 치며 살아야 했습니다. 부끄러운 행동 한 번 한 적 없지만 인격이 없는 존재인양 표현하고 대하는 사람들로 인하여 쓰린 가슴을 안고 묵묵히 살아왔습니다. 아물지 않은 상처 위에 다시 새로운 상처가 더해졌고 상처 자국이 늘어만 갔습니다.

이렇게 친아버지께서는 모르는 나만의 아픔과 슬픔을 안고 웃으면서 첫 만남을 가졌고, 형제들과도 인사를 나누었습니다. 혈육이 있다는 것! 뼈와 살을 만들어 주신 부모가 있다는 것에 비록 함께 살아오지는 못했지만 힘들 때에 의지하고 위로해줄 분이 늘었다는 사실에 힘들게 살고 있는 나와 두 아들에게 응원군이 늘어 든든해졌습니다.

나의 비밀입양이 공개입양으로 바뀌는 순간이었습니다. 아니, 어쩌면 나만 모른 채 모두 이전부터 알고 있었으며 계획 속에 나를 인도하였을지도 모릅니다. 하지만 개의치 않은 채 삶의 길에 어두움을 물리치며 믿음을 잃지 않고 담대히 승리하기만을 간절히 원하고 있었습니다.

이사야 41장 말씀:

아무것도 염려하지 말라. 놀라지 말라. 내가 너와 함께 하리라.

참으로 의로운 오른손으로 너를 도우리라, 아멘.

싱글맘 생활의 시작

위자료가 없었으니 내 집은 당연히 없었으며 당장 아이들의 교육비도 친정에서 도움을 받던 터라 단칸방이라도 좋으니 내 집이 있으면 얼마나 좋을까 하는 마음으로 직원 숙소에서 지냈습니다. 그럼에도 누구를 만나든 인생의 스승이라고 여기고 섬기고자 하였으며, 어린 학생들부터 대학생들에 이르는 지도에 나만의 경험들과 노하우로 능력을 최고도로 발휘하고 있었습니다. 내 이름을 걸고 목숨 건 근무를 하고 있었던 셈입니다.

힘들고 외로운 시간이 있을 때마다 아들의 사진을 보며 눈물로 기도하고, 그들의 행복한 앞날을 위하여 기도하며 극복하기도 했습니다. 고난의 집이라는 인생에서 결코 넘어지거나 좌절하거나 포기하지 않고 당당히 걸어갈 것을 날마다 다짐하면서 성경 말씀을 믿었습니다. 오래전부터 나를 무시하고 비웃는 자들 앞에서 보란 듯이 우뚝 서서 그들의 잘잘못을 심판할 것이라고 야무지게 꿈도 꾸었습니다. 여성 국회의원이 되겠노라고 말입니다. 그러면서 완전히 시댁으로부터 자유인이 되었습니다. 삶 전체를 엉망으로 만든 남편과의 이혼 후에 느끼는 평안에 마침내 결혼 전 나의 모습으로 돌아가고 있었습니다.

"노처녀 같은데 결혼하셨어요?"

"무슨 말씀을요. 아들이 둘입니다. 이혼했고요."

남에게 나의 삶을 있는 그대로 말했고 새로운 삶이 열릴 것을 간구하고 또 간구했으며 억울한 삶에 한 줄기 빛이 드리우기를 기다리고 있었습니다. 평안한 앞날이 반드시 열릴 것을 믿었습니다.

혼자서 아이들의 양육책임을 맡은 데다 일에 대한 책임을 잘 져야 한다는 책임감으로 발버둥 치며 살다 보니, 스트레스로 정신적·심리적·육체적으로 힘들었던 모양입니다. 콕 집어서 어디가 아프지도 않았는데 어느 날 샤워 후 갑자기 유방에서 피가 흐르고 있었습니다. 유방암은 말기에도 증세가 별로 없다는 것을 알고는 즉시 병원으로 뛰어갔습니다. 다행히도 유방에 물혹이 있는 것 외에 특별한 증세가 없음을 확인하고 제거수술을 받았습니다.

앞으로 건강을 좀 더 돌보라는 신호로 받아들여졌습니다. 혼자서 버텨온 무게들로 인해 육체가 힘들다고 말을 하고 있다고 판단되었습니다. 또 어느 날은 머리카락이 하나도 없이 다 벗겨진 상태에 있는 꿈도 꾸게 되어 스트레스가 극도에 있음을 알기도 했습니다.

얼마 후 지방에 내려와 대학에서 강의를 시작하게 되었습니다. 학생들과도 제법 친해져 정신적 삶은 다시 윤택해지고 있었습니다. 학생들을 지도할 때 두 아들을 지도하는 마음으로 어른들이 모르는 학생들만의 간절함을 알아내고, 좋은 세상을 만들기 위한 정의로움에 힘을 모으자는 말을 할 수밖에 없었습니다. 학생들을 섬긴 것입니다.

이 시대의 학생들에게 필요한 것은 인정, 칭찬, 절대적인 사랑이며, 그것이야말로 든든한 지원인 것을 어른들도 잘 알고 있습니다. 하지만 알면서도 잘 실천하지 않기에 어른들을 신뢰할 수 없는 세상이 된 것입니다. 미래의 주인공인 아이들은 오늘도 그러한 사랑을 기다리고 있으며 사랑 속에서 꿈을 가지고

앞으로 나갈 수 있음을 알아주었으면 합니다. 어른들의 책임과
의무이기에 새로운 각성 속에 다시 안아 주셔야 합니다.

－ 바다

부산은 경치가 참 아름답습니다. 해운대는 이제 국제적 명소
로 자리 잡아 해마다 외국 관광객들을 맞이하고 있으며 국내
국민들의 관심도 아주 높습니다. 여름뿐만 아니라 사계절 내내
시원한 파도소리와 함께 정겨운 갈매기 떼를 바라보면 온갖 근
심을 씻어버릴 수도 있습니다. 그래서인지 전국에서 많은 사람
들이 다양한 삶의 이야기를 안고 이곳을 찾고 이곳에서 해소하
며 새로운 앞날을 맞이하기도 합니다. 이러한 관심으로 부산의
지역개발을 활성화하여 세계적인 도시로 발전시킨다는 슬로건
하에 부산은 해마다 발전하고 있으며 부산 시민의 자긍심도 높
아져 가고 있습니다.

대학졸업 후 부산에 내려와 지낼 때 여러 삶의 경험을 하고
지쳐 있던 터라 마음이 안정되지 않았습니다. 모든 면들이 서
울과 달랐으며 특히 사람들의 생각과 교육적인 관심은 물론,
문화적인 차이도 많이 느꼈습니다. 거기다 대화를 나눌만한 친
구도 없어 삶은 늘 고달팠습니다. 마음을 터놓을 수 있는 대상
이 필요했고 나의 말을 들어줄 사람이 필요했습니다. 모든 것

이 답답하고 막막한 나를 불쌍히 여기고 일으켜 세워줄 사람이 필요했습니다. 성경에 나오는 사마리아 여인과 같은 존재가 필요했던 것입니다. 그러던 중에 부모님의 사업을 돕는 일을 하게 된 것입니다.

부모님을 도우는 일은, 처음에는 예상 외로 세대 차이와 생각 차이로 갈등이 많았고, 부모이기 이전에 직장상사로서 꾸중도 많이 하셨습니다. 하지만 나름대로 최선을 다했기에 부끄럼 없이 보람을 누리며 하루하루를 보냈습니다.

연세 드신 부모님께 자립하여 효도를 해드리지도 못하고 이렇게까지 신세를 져야 하는 처절한 삶으로 인도하신 전능자의 뜻을 아직은 잘 모르겠으나, 이 일을 시작한 이상 최선을 다하여 잘해보려는 마음만 가지고 몸부림을 쳤습니다. 하지만 노력에 비하여 비난과 질책이 앞섰으며 심지어 직원들은 보이지 않는 곳에서 야합하여 나를 서서히 밀어냈습니다.

작은 월급으로 이혼 위자료 없이 두 아들과 살아가야 하는 현실 앞에 고통스러웠습니다. 여느 직장생활처럼 때로는 힘들고 지쳐 휴식을 취할 나만의 비밀장소가 필요하였습니다. 아무도 없는 곳에서 맘껏 울기도 하고 그곳에서 기도제목을 읊조리며 나 자신을 다시 세우기도 하였습니다. 사랑하는 이에게 안겨 맘껏 사랑을 받고도 싶었습니다. 맘껏 웃고 떠들고도 싶었습니다. 그곳이 바로 바다였습니다. 바다는 항상 말은 없었지만 나를 변함없이 사랑해 주는 곳이었습니다. 바다를 등지고 돌아설 땐 항상 외로웠습니다. 다시 혼자 된 느낌이었습니다. 혼자서 마음을 정화시키려 하여도 바다는 다시 나를 불렀습니다. 바다와 나는 친구였습니다. 언제든지 함께 할 수 있는 그런 친구 말입니다.

그 친구는 가끔씩 외국이나 서울에서 지인들이 방문할 때 어김없이 함께 해주곤 하였습니다. 정겨운 시간들을 만들어 주었습니다. 아프면 아픈 대로, 기분이 좋으면 좋은 대로 늘 함께 있어 주었습니다. 나를 잘 알고 있는 그 바다에 오늘도 내 마음이 함께하고 있습니다. 나의 눈물과 상처를 어루만져주며 나를 세워줍니다.

무책임한 남편의 양육비 소동

"저…… 혹시 돈, 돈을 좀 빌려주실 수 있나요?"

"빌려주지 말라고 하던데요."

"알다시피 제가 혼자서 여러모로 힘든 것 잘 아시죠? 돈을 빌려주시면 다음 달 월급을 받아 갚을게요. 좀 도와주세요, 네?"

"힘든 건 알겠는데 저도 쓸 데가 있어서 당장 지난번에 빌려 간 돈부터 갚아주세요."

월급이 많고 대출 시 이자도 싼 편인 직장에서 근무하는 남편은 눈 하나 깜짝 않고 자신만 생각하며 살고 있었습니다. 나에게는 무일푼의 위자료를 주는 상식 이하의 언행만 한 남편이 아이들의 법적 양육책임을 회피하면서 나와 이혼 즉시 좋은 집을 장만하여 재혼을 꿈꾼다고 들었습니다. 반면 나는 월급이 적은 데다 대출의 높은 이자를 감당하지 못하여 매일 쩔쩔매며 힘든 나날 속에 있었습니다. 아침이 열릴 때마다 오늘은 또 무슨 일이 생길까 하는 불안한 마음으로 차라리 눈을 뜨지 않았으면 좋겠다는 부정적인 마음을 가지기도 하였습니다. 하루하루 다가오는 대출 이자 상환에 앞이 캄캄하여 이 사람 저 사람에게 도움을 구하였지만 모두들 가난한 내가 돈을 갚지 못할까봐 이런저런 핑계를 대며 빌려줄 수 없다고 했습니다. 무엇보다도 아픔에 대한 나눔이라는 관점으로 이해하기보다는 돈을 갚지 못할 정도의 비참한 존재로 비하하는, 냉정한 모습으로 거절하는 것에 마음이 아팠습니다.

자존감과 자신감이 서서히 무너져 갔고, 그럴수록 영어 유치원을 차려서 돈을 벌었다면 얼마든지 이런 고생을 안 할 수도 있었을 텐데 하는 마음에 부모님에 대한 원망도 함께 밀려오기 시작하였습니다. 이러한 경험을 하니 나의 아들들에게는 그들이 원하는 삶을 지지해주기로 마음먹게 되었습니다.

섬기는 부모가 자녀를 성공시킨다는 말을 늘 기억하면서 두 아들은 반드시 세계적인 인물로 만들어야겠다는 결단을 가지고 날마다 하나님의 이름으로 축복 기도를 드리며, 두 아들의 성장을 지켜보는 기쁨으로 살아가고자 했습니다.

야고보서 1장 6절 말씀:

무엇이든지 기도하고 구하는 것은 받은 줄로 믿으라, 아멘.

그러는 중에도 둘째는 자신의 역할에 충실하여 초등학교 학생회장에 당선이 되기까지 했습니다.

"엄마, 어린이회장 선거에서 제가 당선되었어요!"

"축하한다! 아들아 장하다. 잘할 거라 믿어!"

꾀나 핑계를 대지 않고 힘든 아이들을 보면 도와주려는 착한 심성을 가진 둘째를 내가 일하는 곳으로 데리고 와서 초등학교 과정을 마치게 했습니다. 둘째는 그 학교에서 전체 어린이회장에 당선되었습니다. 아이의 리더십 향상에 도움 될 일이기에 감사를 드리고 축하를 하였습니다. 둘째한테 가난이 이유가 되어 아이의 꿈을 막는 일이 발생해서는 안 될 것이라고 생각하여 전적으로 지지하며 아이의 인격을 존중하였습니다.

아이는 전교 어린이회장이 된 후 그동안 알게 모르게 위축되었던 자신감이 다시 살아나기 시작하였으며 재미있게 학교생활을 했습니다. 그리고 더욱 열심히 친구들을 사귀고 남들이 싫어하는 일에 솔선수범으로 나서는 등 선생님들의 칭찬과 사랑을 받았습니다. 나도 아이로 인하여 전체 어머니회장이 되어 학교 발전을 위하여 도왔습니다.

그런데 그때 남편이 발을 걸고 넘어졌습니다.

"이 시골에서 무슨 제대로 된 교육이 있을 거라고……. 제정신이야?"

"교육에 '교' 자도 모르고 그런 말을 할 자격도 없으면서 뭐가 어떻다고?"

남편은 이제 겨우 학교생활에 자신감을 가지고 잘 정착하려는 둘째에게 지방의 교육수준 운운하며 트집을 잡고는 아이를 위한다는 말로 다가와서 나와 떼놓으려고 시도했습니다. 아이를 볼모로 나를 다시 자신의 삶 속으로 억지로 엮으려는 남편의 의도를 알게 되었습니다. 지금까지 보여준바 결코 신뢰할 수 있거나 믿을만한 사람이 아니기에 약속을 지키지 않을 것으로 단정 지었습니다.

아이 역시 친부로서의 무책임함을 보고 아버지에게서 마음

이 떠나 있었습니다. 다시 실망스런 아버지의 모습을 본 아이
는 방황하며 안정적이지 못한 모습을 보였습니다. 남편의 무책
임함으로 아이의 눈에 지울 수 없는 불신의 딱지가 붙게 된 현
실이 너무나 슬펐습니다. 다른 어른들마저 부정적으로 바라보
는 시선을 가지게 되지 않을까 염려되었습니다. 그토록 낙천적
이고 긍정적인 아이의 입장에서 얼마나 고통스러웠을지 잘 알
기 때문에 첫째가 있는 미국으로 보내기로 하고 아이가 지낼만
한 곳을 여기저기 알아보기 시작하였습니다. 다행히도 외가의
도움을 받아 아이를 잘 돌봐줄 수 있는 곳으로 보내게 되었습
니다. 새로운 앞날이 아이들에게 열리고 있는 것이라 믿고 간
절히 하나님께 울면서 감사기도를 시작하였습니다.

"이번 달 하숙비가 아직 들어오지 않았는데 어찌된 일인지요?"
"죄송합니다만, 조금만 더 기다려주실 수 있나요?"
아이의 양육비를 책임진다는 남편이 아이들의 하숙비를 주
지 않아 하숙집으로부터 나에게 직접 전화가 왔습니다. 아이가
겪고 있을 불안한 상황을 생각하니 다시 불쾌하고 속이 상하기
시작했습니다. 아이의 양육비에 대한 약속은 나에게 한 것이
아니라 법 앞에 한 것으로 반드시 지켜지리라 기대했는데 이제
는 법적인 약속마저 지켜지지 않았습니다. 남편 때문에 아이가

안심하고 지낼 수 없게 되었으니 다시 염려와 걱정으로 단 하루도 마음 편할 날이 없었습니다.

　타는 가슴으로 밤잠을 설치게 되었고, 새벽마다 도와 달라는 간절한 기도의 시간을 가질 뿐이었습니다. 도대체 언제까지 이러한 불쾌한 상황들을 맞이하여야 되는지, 언제 시련이 끝날지……. 앞이 캄캄한 나날들을 보내며 맡은 일에 전념할 수밖에 없었습니다.

2부

이혼녀로서 세계 사회복지의
필요성에 함께 울다

복지시설
근무

직원들의 데모

하루아침에 사무실과 건물에 빨간 띠가 붙여지고 나와 친정 부모님을 내쫓는 데모가 일어났습니다. 전날 퇴근할 때만 해도 아무 일도 없었고 웃으면서 헤어졌는데 말입니다. 상상조차 해 본 적이 없던 터라 왜 이런 행동을 하는지 원인도 알 수 없었습니다. 직원들이 전 재산을 걸고 기관운영을 하는 부모님과 나를 내쫓고 기관을 잘 운영해 나갈 것이라 여겼나 봅니다. 주모자의 생각과 태도를 용서할 수 없었습니다.

평소에 불만제기가 있었다면 대화로 해결했을 텐데, 법적으로 아무런 잘못도 없고 시나 구로부터 지적도 없던 운영 상태였으니 불법적인 폭력 행위였습니다. 전 재산을 내놓고 밤낮 없이 24시간을 헌신으로 수고하신 설립자를 존중하지 못한 직원들의 변명이나 핑계를 이해할 수도 용서할 수도 없었습니다.

설립자이신 부모님의 수고와 헌신의 모습에 무늬도 낼 수 없는 그들의 잘못을 지적했습니다. 주인의식을 가지고 함께 좋은 기관을 만들어가자며 소통하려는 나의 생각을 그들은 일방적으로 거부하고 있었습니다. 한두 명이 선동하여 그럴듯한 자기 합리화의 주장을 내세우니 다른 직원들이 아무 생각 없이 이기적인 판단으로 이에 동조한 것입니다. 궁극적으로 사업체 전체를 강탈함으로써 자신들이 원하는 대로 이루어 나가겠다는 생각이었던 것 같았습니다. 평생 이 사업에 목숨을 바쳐 수고만 하신 설립자와 그 가족을 존중하기는커녕 설립자를 내쫓고 사업체를 강탈하는 것이 그들의 목적이었습니다. 그 목적을 이루기 위하여 수단과 방법을 가리지 않고 있었습니다.

선동자들을 불러서 대화를 시작하였더니 하나같이 잘못 생각했다며 올바르지 못한 판단과 욕심을 후회하고 있다고 했습니다. 신중하고 바른 생각을 하는 직원이라면 데모나 민원 같은 일을 만들지 않고 책임자의 생각에 따르려고 노력했을 텐데 하는 아쉬운 마음과 함께 이런 일이 다시 발생하지 않길 간절히 바랐습니다.

모두가 한마음으로 공동의 목표를 향하여 나아가기도 모자란 여건에 운영의 책임을 맡고 있는 사람에게 모욕을 주며 사업체 운영을 방해하고 강탈하고자 한 것은 폭력이었습니다. 하지만 데모를 선동한 자와 함께 동조한 직원들을 문책하거나 해고하지 않은 채 기관 운영이 이어졌습니다.

그들의 성사가 이루어지지 않은 채 목적만 노출된 일에 부끄러움만 가져야 함에도 직원들의 갈등과 좋지 못한 분위기는 계속 이어지고 있었습니다. 직원들에 대한 안타까움과 한심한 생각에 고개를 저었습니다. 사사건건 불만만 토로하는 반성하지 못하는 그들의 성품이 훗날 또 다른 문제를 만들 것이란 조짐 속에 시간이 흐르고 있었습니다. 상처가 많은 나의 삶에 사회복지 현장에서 사회복지 마인드가 없는 사람들로부터 겪어야 했던 2004년 겨울은 아주 혹독했습니다.

이런저런 사고로 단 하루도 안심할 수 없는 시간들이었습니다. 사고가 나지 않게 하려고 완전한 안내를 하는데도 사람들의 생각까지는 새롭게 만들 수 없는 모양입니다. 오늘도 잠시 아차 하는 순간에 누군가가 휠체어에서 넘어졌습니다. 사랑의 마음이 잠시 자리를 비운 상태였나 봅니다. 잠시의 실수도 허용되지 않는 보살핌이어야 하는 일에 어려움이 발생한 것입니다.

잘 알면서 실천을 못 하는 것은 습관입니다. 습관이 고착화된 것입니다. 못난 사람들은 업무적 잘못에 대한 인정보다는 합리화하려 합니다. 건강이 좋지 않은 사람들을 돌볼 때는 스스로에게 허용하는 작은 관용도 큰 잘못이 됩니다. 교만한 자들에게 순종을 알립니다. 왜냐하면 잦은 실수들이 모여서 더 큰 사고를 낼 수 있기 때문입니다. 그래서 겸손해야 하고 모르면 배워야 합니다. 스스로의 잘못을 정당화하거나 미화시켜선 안 됩니다.

특히 낮은 자들을 향한 마음일 때는 더욱 조심해야 합니다. 더군다나 몸을 잘 움직일 수 없는 사람들이 있는 곳에서는 사고가 나지 않도록 스스로를 긴장시키는 훈련이 필요합니다. 겸손한 마음과 진실한 사랑의 마음이 있다면 이런 일을 줄여나갈 수 있기 때문입니다.

기관 운영을 위한 노력

경기침체가 장기화 되면서 주변을 돌아보면 너무나 많은 불쌍한 이웃들이 있습니다. 이러한 사회적 문제에 정부와 정치인들이 먼저 나서서 도움을 주어야 하건만 현실은 전혀 다른 모습뿐입니다. 매일 보이는 문제를 눈을 감고 못 본 척할 수가 없었습니다.

"우리 기관 운영에 필요한 일에 사용되는 것들이니 제발 저를 신뢰해 주시고 후원자가 되어 주세요, 네?"

성냥팔이 소녀처럼 모임의 사람들에게 나의 간절한 마음을 전하며 어려운 이들의 불씨가 되어 달라고 날마다 기도하고 부탁했습니다. 그렇게 먼저 모범을 보이면서 제대로 된 사회복지 마인드를 직원들에게 깊이 심어줄 수 있었으면 하는 마음에 매일 새벽마다 기도하였습니다. 또한 이전의 데모 같은 사건이 다시 일어나지 않도록 나대로 책임을 다하느라 동분서주 바쁜 나날을 보내고 있었습니다. 어떻게 하면 보다 나은 운영이 되고 좋은 기관을 만들까 하는 고민이 이어졌습니다. 기관 주변 환경을 돌아보며 잘못에 대한 시정요구 및 바쁜 시간을 보내고, 경조사에도 적극적으로 참여하여 직원들과 어울리기 위해 최선을 다했습니다.

한 사람의 후원자를 만나기 위해서는 많은 시간과 정성이 필요했고, 그 일은 결코 저절로 되지 않았습니다. 함께 울고 함께 웃다 보면 기쁨이 배가 된다는 말도 있듯이 그들에게 나의 보

람을 느끼도록 알려주었더니 따뜻한 이웃에 대한 관심과 사랑
은 계속되었습니다.

– 입양인을 위한 노력

해마다 입양인들을 기억하고 축복하기 위한 입양의 날이 제
정되어 있습니다. 그날은 입양부모 및 국내외로 입양된 입양인
들이 모여서 서로를 축복하는 시간이기도 합니다. 가족 중에
누군가가 생일을 맞이하면 축하해 주듯이, 입양 가족을 축하해
주는 날입니다. 하지만 아직 우리사회에서는 입양 가족끼리의
행사에 그치기도 합니다.

그럼에도 불구하고 뒤늦게라도 국내 입양을 활성화하는 차
원으로 입양 가족의 애환과 수고를 격려하고 법적인 자녀인 입
양인들이 사회 내에서 차별을 받지 않고 살아갈 수 있도록 도
움을 주고자 하는 날로 제정된 것은 아주 큰 의미가 있습니다.
해외로 입양된 수많은 입양인들이 성인이 되어 꿈을 성취한 삶
을 소개하기도 하고, 그들만의 고민들을 해결하기 위한 방안이
제시되기도 합니다. 사회 전반에서 입양인에 대한 고충을 해결
해 주고자 다양한 방법으로 애쓰고 있음은 참으로 감사한 일입
니다. 하지만 간혹 입양부모들 중에서도 입양인에 대한 부정적
인 시각을 가지는 안타까운 일이 있어나고 있음도 예의 주시해

야 할 것입니다.

교회 내 입양 가족의 모임에 자주 참석하지 못해도 일 년에 한 번만이라도 그들의 사랑이 변치 않길 바라는 마음으로 작은 선물을 나누었다가 12월의 산타 할머니라는 별명을 듣기도 했습니다. 앞으로도 국내외로 입양된 입양인들에게 관심을 지속적으로 가지려고 노력하고 있고 입양인으로서 여러 가지 방법으로 늘 관심 있게 입양 행사 및 모임을 바라보고 있습니다. 소외된 사회적 약자의 생명을 귀하게 여기는 일은 곧 사랑하는 주님에게 하는 일이 되기 때문입니다.

- 장애인을 위한 노력

학생들에게 장애인에 대한 그동안의 편견과 인식을 바꾸어 주기 위하여 그룹별 수업진행을 하고, 거리에서 직접 사람들에게 일깨워 주기로 하였습니다. 우리나라에 장애인의 날이 있음을 홍보하며 그날을 맞는 학생들과 비장애인들 모두에게 의미 있는 날로 기억되었으면 했습니다.

건강한 사람들이 자신의 건강함에 대해 감사할 수 있어야 하고, 누구나 살아가면서 예측 못할 상황으로 장애를 가질 수 있으며, 지금 당장 누군가를 돕는 마음으로 주변을 돌아보고 소외받고 있는 사람들을 돕자고 외쳤습니다. 해마다 장애인의 날을 맞이할 때마다 사람들의 인식 개선을 위하여 다양한 안내 활동을 했습니다. 책자 간행, 재활과정을 담은 CD 제작, 장애 인식 개선과 보다 나은 행정업무를 위한 단막극 영상과 지하철 내 홍보 영상 제작 등 세상 사람들에게 알려왔습니다. 학생들은 수업시간에 진지하게 캠페인 포스터를 준비하였고 자신 있게 거리 홍보에 나섰습니다. 관심 있게 지켜보는 분들이 계셔서 감사했습니다.

무엇보다도 학생들은 나의 지도에 아주 진지한 태도로 임했습니다.

광범위한 복지 체계

- 호주의 기관 방문

사회복지분야에서 일하는 나의 소개 글이 당첨되어 전액 무료로 선진국의 복지 현장을 둘러보는 기회가 주어졌습니다. 얼마나 기쁘고 행복했는지 모릅니다. 호주를 방문하면서 그동안의 스트레스는 잠시 잊고 함께 탐방할 전국에서 모인 동료들과 만나 인사를 나눈 후 일정대로 움직이게 되었습니다. 하루하루의 일정이 너무나 행복했고, 향후 한국으로 귀국하여 앞으로 해야 할 일에 대한 미래 지표를 미리 보는 듯하여 가슴 뭉클한 시간이었습니다.

호주의 기관 방문과 지역관청에서 하는 일을 견학하고, 사회복지 대상자들에 대한 정책과 지원내용을 듣고 배우니 그곳에 좀 더 남아서 더 많은 것들을 배우고 싶은 마음이 들었습니다. 지역 일대를 관광할 때는 아예 그곳에서 살고 싶을 정도로 아름다운 자연환경을 만끽할 수 있었습니다. 한국이 살기 좋은 국가가 되기 위해 우리가 할 일이 참으로 많음을 다시 느꼈습니다. 한국 내의 턱없이 부족한 복지예산 지원내용을 반드시 개선하여 지역 차별이 없게 하며, 마땅히 지원이 제공되어야 할 곳에는 이유나 조건 없이 제공되어야 함을 알게 되었습니다.

새로운 기도제목들을 추가로 안고 두 아들과 함께 반드시 그곳을 다시 여행하겠다는 마음을 가졌습니다. 잊을 수 없는 여러 곳을 둘러볼 수 있는 행운을 주신 하나님께 감사를 드렸습니다.

- 독려

"우리끼리라도 한 달에 만 원씩 후원을 해요, 네?"

캄보디아에 다녀온 후 그곳의 열악한 환경과 아직도 눈에 밟히는 순수한 아이들의 눈빛이 마음에 걸려서 함께 다녀온 몇몇 지인들께 제안을 하였습니다.

"그들이 살아가는 데 조금이라도 도움이 될 거예요. 우리라도 외면하지 말아요, 네?"

어려운 사람들을 보면 외면하지 못하는 성격 때문에 내가 할 수 있는 일이 무엇인지 알아보기 시작했습니다. 아이들은 미래의 희망입니다. 미래의 주인공이 가난한 환경에서 자라나 권리가 짓밟히거나 무시되어선 안 된다는 생각에 밤잠을 설치고 또 괴로워하였습니다. 모금운동을 하는 여러 단체에 후원을 하기로 작정하니 벌써부터 가난한 아이들의 풍성한 삶의 변화가 기대되었습니다. 이 세상의 아이들에게 투자를 한다면 앞으로 열릴 미래에서 우리 모두가 혜택을 받을 것인데 왜 투자를 아끼는지 알 길이 없습니다. 이것만큼 좋은 보험은 어디에도 없을 텐데 말입니다.

- 국제적 복지 시작

어느 날 갑자기 피부색이 새까만 외국인이 기관에 방문하였다고 연락이 왔습니다. 아프리카 케냐인으로 여자분이었습니다. 한국에 와서 현재 영어학원 강사로 일하고 있는데, 한국의 장애인에 대한 복지 현황과 기관 사업은 어떻게 운영되는지 그리고 운영철학 등 나의 생각을 배우기를 원하였습니다. 모처럼 영어를 하는 사람을 만나게 되니 반가웠고 즉시 친구가 되어 자주 만나 이야기를 나누었습니다. 우리나라에 대한 소개와 현재 우리나라 장애인 복지실정, 향후의 방향, 기관운영 전반 등 도움이 될 만한 것들을 알려주기 시작하였습니다.

비록 다른 나라 국적을 가진 사람이지만 자신의 나라로 돌아가서 사회복지 마인드를 가지고 살아갈 수 있기를 바랐습니다. 또 다른 차원으로 제자를 양성한다는 마음으로 최선을 다하여 돕고 또 도왔습니다. 함께 영화도 보고 쇼핑도 하면서 한국 내 여러 아름다운 모습을 소개도 하였습니다. 민간인이지만 국제적 외교를 한다는 마음이었습니다. 도움이 필요한 그 친구의 마음에 나에 대한 감사한 마음만 남도록 아낌없이 최선을 다하였습니다. 그 친구 역시 케냐 음식을 만들어 나에게 소개하며 감사의 마음을 전했습니다.

어느 날 그 친구는 비자가 만기되어 본국으로 돌아가야 한다며 한국을 떠나게 되었습니다. 이후 잦은 연락은 가질 수 없었으나 가끔씩 인터넷으로 서로의 안부를 물으며 소식을 주고받고 있습니다. 이 일은 국제적 복지에 더 많은 관심을 가지는 계기가 되었습니다.

넘기는 날

'내 기도하는 시간은 그때가 가장 즐겁고 기쁘도다.'

새벽에 깨어 기도하는 시간은 참으로 행복한 순간입니다.

사람들은 가난은 죄가 아니며 단지 살아가는 데 불편할 뿐이라고 말을 합니다. 하지만 현실은 그렇지 않습니다. 가난하니 소외되고 차별도 받으며 때론 죽고 싶을 만큼 사회 속 관계에서 속상할 때가 많기 때문입니다. 세상은 가난한 사람들을 멀리합니다. 그리고 조금 비켜 있어라 하면서 가난한 자의 말을 들으려 하지도 않습니다. 가난하면 친구들도 멀리합니다. 친척들도 마찬가지입니다.

그렇지만 하나님은 가난한 사람을 사랑하십니다. 말을 제대로 못 하는 사람을 사랑하십니다. 억울한 사람을 위로하시길 원하십니다. 애통한 자의 눈물을 닦아주시며 섬겨주십니다. 가진 자를 호통하시기도 하십니다. 힘이 있는 자들에게 일깨워 주시기도 하십니다.

내가 기도하는 것은 내가 아닌 내 안에 계신 성령 하나님께서 간구하고 계심을 알게 되었습니다. 그래서 기도는 숨을 쉬는 것이라는 말이 맞는 것 같습니다. 나의 영혼을 만드신 분께서 나로 하여금 대화하자고 이끌어 주시니 계속적으로 숨을 쉴 수 있는 것입니다. 만일 생명이 다할 때는 기도도 할 수 없는 상태가 될 테니 기도는 호흡인 것입니다. 호흡을 하기에 살아 있는 것입니다. 그러니 기도하지 않으면 호흡하지 않는 것으로 죽은 자처럼 간주되는 것이라서, 날마다 조용히 내 영혼의 목마름에 이끌려 모든 간구를 할 수 있는 시간은 전능자에게 가까이 가고 있는 것으로 그분의 모습을 닮아 가는 시간이기도 합니다. 그래서 기도는 우리가 죽지 않고 사는 길입니다. 살아서 그분이 원하시는 삶을 사는 것입니다.

기도하는 사람들은 자신도 모르는 넘치는 영적 에너지를 받아서 세상이 감당하기 어려운 내용들도 기도하도록 인도하시는 성령님을 경험할 수 있습니다. 그리곤 자신도 깜짝 놀랄 때가 많습니다. 기도와 과학 간의 관계를 수학적으로 정확히 나타낼 수는 없어도 기도의 체험을 누린 사람은 기도를 하지 않을 수가 없으며, 그래서 기도할 수 있는 것은 참으로 즐겁고도 행복하며 아름다운 일입니다.

누구나 할 수 있는 기도입니다. 누구를 섬기느냐에 따라 인생이 달라진다고 하듯이 하나님을 섬기고 하나님의 이름으로 간구하니 날마다 새로운 삶입니다. 기도 응답의 새로운 기대만 합니다. 기도를 하는 사람은 열정이 넘칩니다. 그리고 인정도 받고 살아갑니다. 남들이 못한 일들도 척척 해내는 능력이 생깁니다. 이것은 자신의 힘과 능력으로 하는 일이 아닙니다. 그러니 얼마나 놀랍고 삶에 도움이 되겠습니까. 기도하면 힘이 생기는데 왜 기도를 하지 않는지 모르겠습니다. 기도는 숨을 쉬며 살아있으니 할 수 있는 일입니다. 누군가를 위하여 기도하는 것입니다. 세상을 바꾸는 일입니다. 세상을 더욱 좋은 방향으로 이끄는 것입니다. 사람들의 교만하고도 부정적인 생각을 바꿔놓는 기회가 됩니다. 그래서 기도는 참으로 기쁨입니다.

part.2

신설기관 운영

기관 운영의 책임

법인 여러 기관을 안정적으로 운영하고 있는 설립자 두 분의 뜻(요람에서 무덤으로 이어지는 종합적인 복지기관을 정립한다)에 따라 또 다른 기관이 설립되었습니다. 성인 장애인의 장애 극복 의지를 고취시키고, 재활 과정을 통하여 건강하고 행복한 삶의 유지를 목표로 하는 기관으로, 2007년에 개원하였습니다. 기존의 기관 운영에서도 경제적으로 어려움을 겪으며 힘들게 유지해 온 상황이라 또 다른 기관의 개원에 법인설립자 및 이사들과 저도

168

반대를 했지만, 여러 번의 논의 끝에 시에서는 책임지고 잘 운영할 사람이 우리 법인밖에 없다며 운영을 해줄 것을 당부해 왔습니다. 그리하여 중증 지적 장애인에게 꼭 필요한 전문적인 기관이 될 것을 약속한다며 시의 지원을 받아 운영에 들어가게 되었는데 설립자의 연세로 인하여 내가 운영의 책임을 지게 되었습니다.

아무것도 준비되어 있지 않은 채 그야말로 무에서 유를 만들어 내야 하는 총체적인 책임이 앞에 놓이게 되었습니다. 운영 체계를 만드느라 사무실을 숙소처럼 정하여 그곳에서 지내며 밤낮없이 일했습니다. 그러다 보니 나도 모르는 사이에 건강은 서서히 악화되었지만 그럼에도 불구하고 맡은 책임에 최선을 다하느라 시간 가는 줄 몰랐습니다. 신설기관이다 보니 운영 전반의 모든 것을 새롭게 하나씩 만들어가야 했습니다. 매일 기도를 게을리 하지 않았습니다. 나의 힘으로는 아무것도 할 수 없었기 때문입니다.

중증 장애인들이 이 기관 안에서 생활할 때 건강하고 행복할 수 있으려면 어떤 시도를 해야 하며, 직원들에게 어떤 마음을 심어주어야 하는지에 대해 고민하고 부지런히 준비하였습니다. 최고의 전문기관으로 만들고자 준비하였습니다. 기관이 투명하게 운영될 수 있도록 기관 내의 24시간이 동영상으로 공개되길 바랐습니다. 그토록 당당하고 떳떳한 운영을 원하였습니다. 하지만 막상 기관 운영에 들어가니 직원들의 태도가 나와 달랐습니다. 그들은 나의 생각과 지시에 맞추려 노력하기보다는 지시를 거부하거나 반항하는 모습을 보였습니다. 책임자의 마인드를 분명하게 알려주기 위해 잦은 회의를 갖고 비전을 꼼꼼히 안내하고 제시했습니다.

한 달에 한 번 이루어지는 전체 채플시간에는 자부담을 들여가며 직원들에게 법인의 정신인 기독교정신을 심어주고, 사랑으로 지원하고자 안내하고, 개개인의 생각을 버리고 전체운영에 힘을 모아서 목표를 이루어내자는 내용으로 협조해줄 것을 당부했습니다. 직원들의 사사로운 감정이 개입된 근무는 개인에게도 좋지 못한 태도이지만 전체 기관 운영에도 지시 거부로 여겨지기에 사회복지사로서의 바람직한 태도를 계속 당부했습니다.

그리고 가장 효율적인 일과 프로그램을 만들어 중증장애인들에게 남아있는 잠재능력을 발휘하도록 기관 운영 매뉴얼 책자를 만들어 하루 일과에 반영하였습니다. 무엇보다도 중증 장애인들이 거주하는 곳의 안전사고 발생 시에는 대피할 만한 장소를 찾거나 빠른 이동이 쉽지 않기에 안전 매뉴얼을 만들어 주 2회씩 모의 대피훈련도 실시했습니다.

그 외 장애인들이 말을 잘 하지 못하는 입장에 있다고 하여 구타, 폭력, 성희롱을 당하지 않도록 강하게 주의를 주었고 사고 발생 시에는 기관 내 운영규정을 따르도록 지도하였습니다. 직원들에게 3교대 실시로 정확한 운영을 시도하였고, 생일 휴무를 가지게 하고, 개인적 사정에 따라 근무일정을 변경하도록 도와주었으며, 전문적인 지식 함양을 위하여 관심을 가지고 협력하여 좋은 방안을 이끌어 내도록 안내했습니다. 나도 오랜 기간 기관에서 24시간 상주하면서 직원들의 사회복지기관 근무에의 바른 정신을 일깨워 주었습니다.

무엇보다도 우리 모두는 사회 속에서 살아가는 존재로 자칫 소홀하기 쉬운 부분들이 있습니다. 특히 사람으로서 갖추어야 할 기본적 예절교육을 중요시하여 때에 맞는 올바른 인사법을 지도하고, 간단한 대화를 주고받을 수 있도록 그림 카드를 만들어 언어적 지도가 가능하도록 했으며, 수 개념이 부족한 사람들을 위해서는 여러 물체들을 연결시키며 숫자를 인지할 수 있도록 재밌게 지도하였습니다. 사회 속에서 비장애인들과 더불어 살아갈 수 있도록 준비하기 위해 지하철을 타는 방법과 자주 다니는 노선을 그려서 지도하였고, 버스·택시·비행기 등 탈 것의 이용 방법과 컴퓨터 사용 지도, 간단한 요리를 해 먹을 수 있도록 지도하는 등 재밌는 일과가 되도록 하였습니다. 사회 적응을 위한 기본적인 지식을 기억시키기 위해 반복적으로 지도하였습니다.

무엇보다도 가장 인상에 남는 것은 요리시간이었습니다. 김밥을 직접 마는 것이었는데 실제 재료로 김밥을 말기 전에 먼저 모형으로 만든 김밥 재료들로 연습해 보았습니다. 주황색 부직포로 당근 모양을 내고, 노란색 부직포로 단무지 모양을 내고, 햄·달걀·우엉·밥알까지 유사하게 모형으로 만들어서 반복적으로 지도한 후 실제 재료로 만들어 보게 하였습니다. 많은 사람들이 자신 있게 해내는 모습을 보며 아주 흐뭇하였습니다.

그 후에 햄버거, 피자, 삼계탕, 산적꼬치 등 다양한 메뉴들을 모형으로 만들어본 후 실제 삶에 적용하였더니 아주 놀라운 효과를 볼 수 있었습니다. 개인의 잠재능력과 재능들을 끌어내고자 다양한 시도를 하였습니다. 그 외 지역주민들과 잘 지내기 위하여 지역 내의 마트, 음식점을 이용하여 지역 경제를 살리는 일에 관심을 보일 수 있도록 했습니다. 그리고 영화 관람, 백화점 쇼핑, 목욕탕 이용 등 원하는 일을 경험해 볼 수 있도록 도왔습니다.

무엇보다도 장애의 유무에 관계없이 모두가 하늘나라의 자녀들이니만큼 영적인 존재로 예배로 섬기며 순종하는 삶이 되도록 지도했으며, 특히 육체적으로 병약한 장애인들에게는 영적으로 무장하여 육체의 질병을 극복하는 신앙의 힘과 의지를 길러주고자 했습니다. 신앙의 힘으로 믿음을 가지게 된 사람들의 언행이 점점 안정되어 갔으며, 어떤 아픔 속에서도 믿음으로 이겨내려는 모습을 보면서 하나님의 하시는 일에 감사를 드렸습니다.

그럼에도 불구하고 생로병사의 자연적 이치는 피할 수 없는 것이라, 나이가 들어감에 따라 몸은 약해지는 것이기에 건강관리를 최우선으로 생각하였습니다. 최근 들어서는 환경적으로든 정신적으로든 스트레스로 국민들의 건강이 많이 약해져 있다는 말이 심심찮게 들렸기에 미연에 예방을 하는 것을 급선무로 여겼습니다. 스트레스로 발생되는 질병에 대한 대책으로 '하루 종일 웃자'는 원훈을 접목시켜 웃으면서 생활하도록 여러 가지 재미있는 게임과 놀이 프로그램들을 제공하기도 하였습니다.

기관운영은 내외부의 평가를 받고 있었고 시와 구의 감사를 받아오던 터라 잠시도 안심할 수 없었습니다. 책임자다운 지도와 안내로 일관하며 근무하려고 최선을 다했습니다. 직원들에게는 스스로의 건강을 잘 유지하는 습관을 기르도록 했고, 안전사고가 일어날 수 있는 환경임을 잊지 않도록 하여 책임 있는 근무를 요청했습니다. 몸과 마음으로 정성껏 직장과 도움이 필요한 사람들을 섬기다 보니 몸에서 휴식이 필요하다고 신호를 보내왔지만 책임감 하나로 버텨나갔습니다.

따지고 보면 누군가를 돕는 일은 본인이 가장 행복해지는 일입니다. 굳이 웰빙 운운하며 비싼 비용을 들여 운동을 하는 것 이상으로 효과가 있고, 자존감도 느낄 수 있게 되니 얼마나 가치 있는 일입니까. 남을 도움으로써 자신의 존재 이유도 확실히 알게 되는 셈입니다.

조금만 주위로 관심을 돌려보자는 나의 외침에 많은 분들이 자발적으로 후원하기 시작했습니다. 지역을 나누어 점점 넓혀 가는 식으로 후원자 범위를 넓혀 나가기 시작했습니다. '후원의 여왕'이라는 별명도 들어가며 보람을 느끼며 일하였습니다. 작은 일에서 시작된 보람이 점점 범위가 커지고 있었습니다. 전국적으로 후원자 발굴을 해야겠다는 마음이 생겼습니다.

전국의 모든 기업, 전국의 초·중·고등학교, 전국의 교회 등에 기관 홍보 책자를 발송하고 후원을 기다렸습니다. 작은 불씨 하나가 전체를 환히 비출 수 있다는 순수한 열정 하나만으로 기도하며 도움을 요청했습니다. 직접 메일을 보내기도 하고 우편물로 발송하기도 했습니다. 매일 새벽기도 시간마다 주시는 여러 기도제목들과 함께 창의적인 아이디어들이 쏟아져 나와 주체할 수 없을 정도였습니다. 우리나라 장애인들의 복지와 세계 가난한 자들과 병든 자들과 억울한 자, 장애인들의 하나님 되심을 알게 해 달라는 기도가 터져 나오기 시작했습니다. 기도의 힘이었습니다. 이것은 나의 삶의 기도였고 간절하고 절실히 바라던 것이었습니다. 날마다 기도하는 힘으로 살아갈 수 있게 되니 얼마나 신이 났는지 모릅니다.

이렇게 나의 힘든 상황도 잊은 채, 두 아들이 힘들어하는 상황에 도움을 주지도 못한 채 단지 기도만 할 뿐이었습니다. 하나님이 책임져 주실 것이라는 확신 속에 두 아들을 위한 나의 책임을 하나님 이름 앞에 맡겨 버렸습니다. 도움이 절실한 사람들을 위한 직장의 일에 빠져 두 아들보다 더 도움이 필요한 사람들을 돕는답시고 한창 도움이 필요한 두 아들에게는 아무것도 해주지 않은 형편없는 엄마가 되고 말았습니다.

다양한 행사

- 크리스마스 성극

기독교정신으로 설립된 기관이다 보니 모두의 건강한 삶을 유지하기 위하여 늘 정신적, 심리적 안정을 위한 신앙을 지도 합니다. 하루 일과를 예배로 시작하여 다양한 프로그램들을 진행하며 운영하고 있고, 부활절·추수감사절이나 크리스마스를 맞이할 때는 특별한 행사 준비를 합니다.

한번은 크리스마스 때 예수의 탄생에서부터 재림에 이르기까지의 복음 내용을 바탕으로 예수의 생애를 많은 이들에게 알리고자 성극을 준비하였습니다. 성극의 주인공은 모두 장애인들로 구성하였습니다. 정확한 의사표현이 어려워 몸짓과 행동으로 표현하기로 정하고 성경 이야기를 찾았습니다. 마태복음 1장에서부터 말입니다.

주인공인 예수부터 마리아, 요셉, 천사, 동방박사 등 역할을 나누고 준비물도 만들었습니다. 3마리의 낙타부터 등장인물의 머리와 발끝까지 그 시대를 연상할 수 있는 소품을 준비하였습니다. 시장에 가서 색깔별로 천을 준비하여 옷을 만들고 머리에 쓸 두건도 만들었습니다. 바쁘게 이리저리 뛰어다녔습니다. 마침내 소품이 준비되고, 정해진 주인공들에게 전체적인 내용들을 말해준 후 배역을 감당할 수 있을지 의견을 물어보았습니다. 다들 거절하지 않고 흔쾌히 하겠노라 대답해 주었습니다. 배역을 맡은 사람들에게 대본과 함께 역할을 주었더니 처음에는 경험해보지 못한 생소한 내용이라 그런지 부끄러운 듯 뻣뻣한 자세로 임하다가 시간이 갈수록 자신이 어디에 속해 있으며

176

어느 때에 등장을 해야 하는지를 익히면서 아주 진지한 표정이 되었습니다.

마치 모두가 연기자들 같았습니다. 기대 이상으로 연기를 잘 해주었습니다. 성극 준비를 안 했었더라면 그들의 잠재능력을 놓칠 뻔하였습니다. 비장애인들도 이런 연기를 해내지 못할 것이라는 생각이 들어서 아주 흐뭇하였습니다.

시간은 점점 크리스마스 가까이 다가가고 있었습니다. 연기자들 모두가 역할에 흠뻑 빠져 성경의 실제 인물이 되어가고 있었습니다. 모두 자신 있어 보였습니다. 다들 자신의 역할을 잘 해내려는 마음뿐이었을 겁니다. 그 모습을 바라보며 전체 기획을 하고 준비한 보람을 느끼며 뜨거운 눈물을 흘리기도 했습니다.

드디어 크리스마스 전날, 성극을 소개할 시간이 되었습니다. 지역 학교의 교장선생님과 교직원들, 그리고 학생들 앞에서 전도를 목적으로 그동안 준비해온 성극을 선보였습니다. 다들 감동을 받은 것 같았습니다. 훌륭한 성극을 준비하느라 다들 수고했다는 칭찬도 받았습니다. 이어 지역 내 교회에서 주민들 앞에서도 선보였고 장애인 가족과 후원자님들을 모시고도 성극을 선보였습니다. 다들 기대 이상의 큰 작품을 잘 준비했다면서 칭찬이 자자했습니다. 연기자 모두도 그들의 숨은 잠재능력 발휘로 칭찬받자 더 자신 있는 모습을 보여주었습니다.

성극을 통해 얼마나 소중한 경험을 했는지 모릅니다. 사람은 누구를 만나느냐에 따라서 여러 다양한 경험을 해 볼 수 있고 자신감도 얻는 것 같습니다. 다른 작품도 아닌 예수의 생애를 다룬 성극을 준비하면서 나도 자신감을 받아서 더 큰 도전을 꿈꾸게 되었습니다.

– 한마당 행사

2001년 부산에 처음으로 장애인 어울림 한마당 행사가 열리게 되었습니다. 각 기관에서 생활하시는 장애인들이 서로를 위로하고 축복하는 시간이기도 합니다. 이러한 행사가 열리는 것에 참으로 의미가 있다고 여기고 마음이 설레기도 하였습니다. 진정으로 장애인들을 위한 정책이나 제도, 지원에 대해 고민해 보고 한목소리를 낼 수 있는 기회가 되는 것 같아서 참으로 기뻤습니다.

하지만 해마다 장애인의 날을 맞이하면서 빈자리가 너무 많이 눈에 띄어 당사자들만이 모인 자체적인 행사가 되고 있다는 느낌을 지울 수가 없었습니다. 장애인의 날이니만큼 주인공인 장애인들을 위하여 비장애인들이 축하를 많이 해주었으면 하는 마음이 들었습니다. 많은 비장애인들의 진심 어린 사랑을 모아 자리를 메워주고 응원해 주었으면 하는 바람이 간절하였습니다. 대단한 경기를 치르는 행사는 아니지만 또래와 함께 어울린다는 좋은 취지로 시작되었는데 늘 마음이 시원하지 않고 답답한 상태에서 행사를 맞이하게 되었습니다.

사람들은 비슷한 또래와도 어울릴 수 있지만 그보다 좀 더 나은 입장의 사람들과 어울리고 싶어 하는 본능도 있기에, 보다 더 많은 비장애인들의 박수와 응원 소리를 들으며 장애인들이 경기에 임할 수 있다면 더 신나게 경기에 임할 수 있을 텐데 하는 아쉬움과 안타까움이 들었습니다. 그리하여 많은 비장애인들이 알 수 있도록 해마다 장애인의 날을 기념하여 외부에 홍보도 하였습니다. 길거리에 지나가는 사람들이 알 수 있도록 피켓을 들고 서 있기도 하였습니다. 그리고 기관 내 장애인이 근무하는 사업장을 취재하여 성과와 보람에 대한 기업가의 정신을 CD에 담기도 하였습니다.

- 소식지 발행

매년 각 기관들의 소식을 담은 소식지를 여러 번 발행합니다. 이번에 발행한 소식지는 장애인을 고용한 회사 탐방을 내용으로 정하고 꾸미니 참으로 보기가 좋았습니다. 하지만 소식지와 함께 전해진 CD에 얼마나 많은 사람이 관심을 가지고 컴

퓨터 앞에서 열어볼까 하는 생각이 들었습니다. 다음 해를 위한 준비를 미리 하지 않을 수 없었습니다. 매년 해마다 돌아오는 이러한 행사가 좀 더 의미를 가지기 위해서 평소 사람들의 삶 속에 적용시킬 수 있어야 한다고 생각했습니다.

그래서 사람들이 많은 곳에 홍보 영상물을 제작하여 비치하면 좋을 것이라는 생각으로 교회에 도움을 요청하였습니다. 감사하게도 흔쾌히 후원을 해주셔서 부산시민들이 이용하는 지하철 내에 틀어놓고 모두가 볼 수 있도록 하였습니다. 어떤 장면이 시민들의 마음을 울릴 수 있을까 하는 고민으로 여러 날을 연구하고 작업하였습니다. 수정을 반복하다 마침내 20분짜리 홍보영상물을 제작해 냈습니다. 지하철을 타는 시민들 중에 그 영상물을 보고 감동한 사람이 있었으리라 믿습니다.

그리고 각 대학 교수님들께 장애인의 날을 좀 더 부각시킬 수 있도록 도와달라고 요청하기도 했습니다. 장애인의 날 행사에 학생들이 직접 참여하여 체험하고 봉사하는 것이 교실 수업보다 큰 효과가 있다고 여겨 교수님들의 자발적인 협조를 구하고 협조공문도 보냈습니다. 장애인에 대한 인식개선의 노력과 함께 비장애인들의 사회적 책임을 다하자는 말로 기부문화 정착을 외치고 후원협조를 알렸습니다. 모임에서 만나는 사람들에게 그리고 동창 친구들에게, 친척들에게도 한 달에 만 원의 후원 협조를 부탁하였습니다.

우리나라는 특히 모임의 술자리에서 낭비되는 비용이 큰데 그중 일부라도 기부하여 자신의 건강도 지키고 이웃도 돌아볼 수 있었으면 하여 여러 홍보물을 제작하여 배분하였습니다.

- 프로그램 공모

대부분의 학생들은 학교생활의 의무사항으로 봉사활동을 필수적으로 해야 하기 때문에 많은 학교로부터 봉사활동 의뢰를 받고 있습니다. 그러다 보니 봉사하러 오는 학생들에게 기관소개 및 사회복지대상자에 대한 내용들을 소개하면서 장애인에 대한 편견을 배제하고 도움이 필요한 다양한 삶을 소개하면서 좋은 사회를 만들어 나가자는 말을 자주 해오고 있습니다.

학생들이 직접 기관에 방문해야 장애인을 만날 수 있는 현실인데, 학교현장에서 장애인들이 함께 수업을 받을 기회가 주어진다면 더 자주 장애인을 접하게 되어 자연스럽게 도움이 필요한 사람들에게 무엇을 해야 하는지 알 것 같았습니다. 그리고 지역주민들이 많이 있는 곳에 사회복지 기관을 세우는 일이 중요하다 생각되었습니다. 일반학교 근처에 복지기관이 있다면 학생들과 함께 수업도 받고 방과 후 프로그램 등 자연스럽게 어울릴 수 있는 기회가 생길 것 같았습니다.

이런 생각으로 프로그램 공모전에 '학교로 찾아가는 장애인 인식개선 교육 시간' 이라는 내용으로 공모를 하고 당선을 기대하였으나 아쉽게도 떨어지고 말았습니다. 1년 동안 직접 여러 학교들을 탐방하며 학생들에게 봉사할 기회를 주어 쉽게 장애인들을 대하고 이해할 수 있는 프로그램을 응모했는데, 단 하루 만에 기관들을 소개하는 프로그램이 당선되었습니다. 당선된 프로그램은 행사 당일의 날씨로 인하여 행사 취지만큼 큰 성과를 보지 못하였습니다. 날씨와 상관없이 오랫동안 학생들에게 다가갈 수 있는 기회가 되었으면 하는 아쉬움이 컸습니다.

사회복지가 나아가야 할 길

장애인이 되고자 스스로 선택하여 태어난 사람은 한 사람도 없습니다. 장애아가 출생하면 온 가정이 혼란과 염려에 싸입니다. 과거에는 조상이나 가족이 용서받을 수 없는 잘못을 저지르면 그를 대신한 업보로 장애인이 출생한다고 여겨 장애인 가족을 수치스럽게 여기기도 했습니다. 그래서 장애인 가족이 있다는 것을 남에게 알리지 않고 숨기느라 장애인 자녀들의 인권은 거의 없는 셈이 되었습니다. 장애인 가족이 같은 마을에 있다는 사실도 불쾌하게 여겨 집값·땅값 하락 등의 이유로 이사 가기를 바라며 가까운 이웃으로 지내기를 꺼려했습니다.

하지만 최근 들어 장애인의 인권에 대한 관심과 사랑이 생겨 장애인 복지의 필요성에 대한 사회적 책임이 대두하였습니다. 다양한 관심 속에 정책들이 개정되길 원하는 바람이 커졌습니다.

일반 가정에서 태어난 장애인은 부모들의 선택이나 장애상태에 따라 특수학교에 입학하거나 일반학교에 입학하기도 합니다. 어떤 가정에서는 그들의 사정에 따라 장애인복지기관에 의뢰하여 위탁을 하는 경우도 있습니다. 이렇게 부모 된 어른이나 가족의 결정에 따라서 장애인의 삶이 달라지는 것을 볼 수 있었는데, 최근 들어 생명의 존엄성에 바탕을 두고 장애인의 보다 나은 삶의 질과 행복 추구를 위해 그들 자신의 인권과 결정을 존중하고 있습니다.

장애인 복지기관 근무를 통하여 다양한 장애 증상을 겪는 사람들을 알게 되었으며 이들을 어떻게 도와주면 좋을지 고민을 많이 하였습니다. 먼저 각 장애인마다 장애 유형이 다르므로 그 유형에 맞는 적절한 복지 서비스가 제공되어야 한다고 생각하였습니다. 주변의 진심 어린 사랑과 헌신이 없으면 장애인 당사자는 물론이거니와 그 가족들에게도 실망을 줄 수 있기 때문입니다. 그러므로 보다 세심한 관심을 가지고 요구나 바람을 수용하는 것이 좋다고 생각하였습니다.

무엇보다 장애인들의 삶과 관련된 부분에서 건강이 최우선적으로 고려되어야 하기 때문에 장애인과 그 가족에게 안전하고 쾌적한 환경이 필요합니다. 이를 위해 진심 어린 사랑의 인적·물적 네트워크 속에 살아갈 수 있도록 다양한 복지서비스를 제공하는 것이 중요합니다. 주변의 많은 사람들을 만나게 하여 소외나 고립 속에 살아가는 2차적 차별로 이어지는 일이 없도록 장애인과 그 가족들을 외롭지 않게 해 주어야 합니다.

그리고 비장애인들이 이들의 평범한 일상을 누릴 수 있도록 만들어 주어야 합니다. 장애인들이 평상시 생활하면서 불편함을 못 느끼게 하고, 사회 전반의 건물, 교통수단 등에 장애인을 위한 시설을 설치하는 등 사회적 제도들에 알게 모르게 만연되어 있는 차별이 없어지도록 만들어야 합니다. 미리 부지런히 준비해 나가는 우리의 노력과 관심이 필요한 시대입니다.

요한복음 9장 2절 말씀:

제자들이 물어 이르되 랍비여, 이 사람이 맹인으로 난 것이 누구의 죄로 인함이니이까, 자기니이까, 그의 부모니이까.

예수께서 대답하시되 이 사람이나 그 부모의 죄로 인한 것이 아니라 그에게서 하나님이 하시는 일을 나타내고자 하심이라, 아멘.

2004년 청와대 초청 방문

　내가 근무하는 기관의 어린 아동이 유치원에 갈 시기가 되었습니다. 다른 아동에 비하여 인지능력과 기억력 등 지능이 뛰어나 비장애인들과 어울려 놀면서 배우고 함께 살아갈 수 있었으면 하는 마음으로 지역 내 유치원에 입학시켰습니다.

　처음에는 시설에서만 살아왔기에 자신이 모든 면에서 부족하다고 여겼는지 지루해하기만 했는데 어느 순간부터 또래 아이들과 맘껏 놀고 학습하면서 점점 그들과 동화되는 것을 볼 수 있었습니다. 언어표현도 점점 분명해져 갔고 관심분야도 점점 발달해 가는 등 비장애인들과의 놀이를 통한 학습효과를 보게 된 것입니다. 학습시기에 있는 아동에게 환경이 매우 중요한 요소로, 아이들의 인생 전체에 영향을 크게 미칠 수 있음을 확인하게 되었습니다. 1년간 비장애인들과의 학습 후 그 아동은 매사에 자신감에 넘쳤고 자신의 장애를 극복하였습니다.

장애인들끼리 묶어 놓고 그들끼리만 어울리게 하거나 생활하게 하는 것은 차별적인 생각일 수 있습니다. 지역주민이 똘똘 뭉쳐 장애인들이 지역 밖으로 나오지 못하게 하거나 지역주민으로서의 참여를 불쾌하게 여겨 거부하는 것은 분명한 인권침해이며 불법적 행동입니다. 또한 장애인들에게 마지못해 기회를 준다는 식으로 동정하거나, 업신여기고 무시하거나, 혐오스러운 존재로 바라보며 대하는 모습은 더더욱 잘못된 행동입니다. 그들이 자유롭게 자신의 권리 행사를 할 수 있도록 도와야 합니다.

우리나라의 복지정책이나 제도가 시대에 적합하게 잘 제공되고 있는지 알아볼 필요가 있습니다. 여러 가지 이유로 오랫동안 미루고 있는 복지사업이나 지원은 없는지 살펴봐야 합니다. 사람들이 기관으로 봉사를 오거나 방문을 할 때 늘 이런 내용을 안내하며 장애인에 대한 인식개선을 부탁하고 있습니다. 국민들 전체가 사회적 약자들에게 관심을 모을 때, 사회적 제도와 정책이 수정될 수 있고 이로 인해 사회적 약자에 대한 차별이 없는 세상이 될 수 있습니다. 그리고 정치인들과 지도자들이 몸소 모범을 보이며 실천하며 이끌 때 반드시 우리나라는 선진국가 대열에 설 수 있습니다.

운영 중의 일화

- 가족과의 만남

하루는 다급한 전화를 받게 되었습니다. 실종 미아를 찾는 곳에서 온 전화였습니다. 시설에서 생활하고 있는 사람이 딸이라는 것이었습니다. 오랫동안 전단지를 돌리고 방송, 경찰에게 부탁하며 마음 아파하고 살아왔을 가족과 딸을 생각하며 서둘러서 만남의 자리로 시설생활자를 데리고 나갔습니다.

이미 DNA 조사로 친자확인이 된 상태라 그들의 만남에 그만 눈물이 왈칵 쏟아져 나왔습니다. 오랜 세월 딸을 찾느라 마음 졸인 어머니도 어머니지만 무연고자로 여겨져서 시설에서 지내며 가족과 함께 살지 못했던 안타까운 모습에 말이 나오지 않았습니다. 그들은 한동안 부둥켜안으며 눈물을 삼킨 채 얼굴을 더듬고 보고 또 바라보았습니다. 절대로 헤어지지 말자고 다짐하면서 우는 것을 보았습니다. 얼마나 감동적인 순간이었는지 모릅니다.

우리나라에는 친자확인이 가능한 시스템이 잘 정비되어 가족을 찾기 위한 노력만 있다면 어렵지 않게 만남이 이루어질 수 있음을 알게 되었습니다. 아무리 사는 것이 힘들고 고달프더라도 자식에 대한 도덕적, 윤리적 책임을 다하는 게 마땅히 어른으로서 지켜야 할 기본적인 양심이라고 생각합니다. 친자녀와 떨어지게 된 상황이더라도 꼭 그들을 찾기 위한 노력을 보여 떨어져 지내는 가족이 줄었으면 하는 마음입니다.

– 장애인의 자살 소식

어느 날 슬픈 소식을 접하고는 손에 일이 잡히지 않았습니다. 힘든 상황 속에서도 잘 지내보려고 애를 쓰던, 시설을 퇴소한 어떤 남자 장애인이 자살했다는 것입니다. 얼마나 힘들었으면 그런 결정을 했을지……. 쉽지 않은 결정을 한 이유가 궁금했습니다. 알아보니 경제적 문제로, 먹고 살기가 힘들다 보니 그런 선택을 했다는 것입니다. 아무도 돌보는 이가 없었고 시설을 퇴소한 이후 의식주에 큰 어려움을 겪었다고 합니다. 장애인이라 직장도 쉽게 구하지는 못했고, PC방 아르바이트를 하며 전전긍긍 지내며 힘든 생활을 했다는 것입니다. 그러다 아무도 도와주는 사람이 없다고 생각하고는 비관적인 판단을 내렸던 것입니다.

하지만 근본 원인은 수많은 사람들이 사회적 책임을 저버린 데에 있습니다. 시설에서 퇴소하고 자립비용도 없이 외부세상으로 나가게 한 데에 있습니다. 모두가 공범인 셈입니다. 살기 힘든 현실을 잘 알면서도 외면하는 태도는 더더욱 잘못된 것입니다.

지금도 수많은 장애인들이 시설에서 살다가 성인이 되면 자립하여 다른 곳으로 나가 사는데, 다들 무척이나 힘들게 살아가고 있습니다. 특히 의사표현이나 인지능력이 부족한 경우에는 더더욱 힘든 삶을 살고 있고, 일시적으로 직장을 구했다 하더라도 지속적으로 직장을 보장받기는 매우 힘든 현실입니다. 회사마다 직장인을 채용할 때 능력 있는 사람을 구하려고 하니 장애인들은 가차 없는 현실의 냉혹함을 경험하게 됩니다. 그리고 퇴소를 희망하거나 퇴소가 예정된 성인 장애인들에게 자립에 필요한 비용들을 정부가 마땅히 제공해야 함에도 턱없이 부족한 비용만 지원될 뿐입니다. 정부가 책임지고 앞장서서 도움을 주어야 합니다. 지역주민들이 따뜻한 사랑으로 끌어안고 도움을 주어야 합니다. 또 사건이 일어나기 전에 지금 당장 방안을 마련하는 것이 시급합니다. 주변을 돌아보고 당장 도움이 필요한 사람들이 얼마나 많은지 살펴봐야 합니다.

- 장애인의 사랑

사랑하는 남자친구가 생겼다고 나에게 소개를 하고 싶다면서 남자친구의 사진을 보여준 여성 장애인 친구가 있었습니다. 시설에서 항상 밝게 웃는 얼굴로 지냈는데 언젠가 반드시 사랑하는 사람과 결혼할 것이라고 말했습니다. 그 마음을 격려해주며 결혼준비를 함께 해 보자고 말하고 있지만 남자 집에서 심한 반대를 해 아직까지 결혼을 못한 채 그냥 살아가고 있습니다. 하지만 두 사람의 사랑은 많은 시간이 지나도 변함이 없습니다.

스스로 살아갈 수 있는 능력이 다소 부족하여 염려될지라도 그들의 진실한 사랑의 감정을 외면하거나 짓밟는 일이 없었으면 좋겠습니다. 진심으로 서로가 사랑하고 있기 때문에 어른들이 나서서 축복해주면 좋겠습니다. 살아가면서 서로 외롭지 않게 해주는 사랑하는 사람이 있다는 것은 서로에게 큰 의지가 되며 기쁜 생활을 할 수 있게 해 주기에 축복으로 여겨주면 참 좋겠습니다. 그리하여 이들의 사랑이 결실을 맺어서 아름다운 정착이 이루어지면 좋겠습니다. 그들이 함께 웃는 모습을 보고 싶습니다.

- 이성에 대한 감정조절

서로에게 관심은 있지만 그 마음을 잘 표현하지 못하는 남자, 여자 장애인이 있습니다. 특별히 관심이 있다는 것을 언어로 정확히 표현하지 못하는 순수한 장애인들은 자신이 가장 아끼는 물건을 전해주는 방법으로 마음을 표현합니다. 낮에 나온 간식을 먹지 않고 종이에 싸서 몰래 숨겨두었다가 사랑하는 사람에게 먹으라고 전해주는 모습은 보는 사람에게 미소가 나오게 합니다. 때론 좋아하는 여성이 힘들지 않도록 대신 일을 해주기도 합니다.

어떤 남자 장애인은 자신의 감정을 숨기지 못하고 솔직하게 드러내 남자친구가 없는 여성이나 사랑을 받아보지 못한 여성들은 그것을 보고 섭섭한 표정을 짓기도 합니다. 그래서 남자친구가 있는 여성 장애인인 경우에는 일하러 가는 것이 기분 좋고 신나는 일이 되겠지만 그렇지 못할 경우엔 당장이라도 그만두고 싶은 마음이 들 것입니다. 왜냐하면 누구나 사랑을 받고 싶은 마음이 가득하기 때문입니다. 이러한 환경에서 아무런 감정의 동요 없이 일만 할 수 있는 사람은 별로 없을 것입니다. 누구나 감정은 똑같기 때문입니다.

그래서 다른 사람들의 감정과 표현을 잘 살피면서 애정 표현을 하는 것이 좋은 것 같습니다. 직장 내에서는 감정조절을 잘해야 하며 이러한 부분은 아주 중요한 일이기도 합니다.

- 자아의 실현

재능이 많아서 하고 싶은 일이 많은 여성 장애인이 있습니다. 너무나 멋진 사람입니다. 그녀는 변함없는 성실한 태도로 새로운 분야에 도전하면서 자신의 잠재능력을 맘껏 펼쳐가고 있습니다. 제과제빵에 대한 실습을 하고, 바리스타 공부도 하고 있습니다. 단 한 번도 포기하지 않는 그 모습은 오히려 내가 본받아야 할 것 같습니다.

장애인들이 모여서 경기를 하고 순위를 매기는 장애인 올림픽대회를 보면 비장애인들을 부끄럽게 만드는 일이 많습니다. 너무나 다른 체력조건 속에서도 포기하지 않고 꿈을 향하여 도전하고 또 도전하는 모습에 비장애인들이 박수를 보냅니다. 장애를 극복하고 도전하여 비장애인들에게 오히려 감동을 주는 모습! 바로 자아를 실현하는 모습입니다. 자아성취의 단계에 오른 그들이야말로 자신과의 싸움에서 이겨낸 참다운 승리자입니다. 그런 장애인들이 수많은 비장애인들을 오늘도 부끄럽게 하고 있습니다.

- 장애인의 취직

평소 성격이 적극적이고 한시도 가만있지 못하는 열정이 넘치는 남자 장애인이 있는데, 그의 꿈은 안정된 직업을 가지고 독립하여 사는 것이었습니다. 그 간절한 마음으로 수시로 직장을 구해달라고 요구해 왔습니다. 그의 적성에 맞는 일감을 찾아보려고 여기저기 묻고 여러 군데에 의뢰하고 방문하며 일자리를 제공하고자 노력하였습니다. 그의 간절한 바람을 꼭 이루어주고 싶었던 것이었습니다. 하지만 직장 내에서 안정된 상태로 근무하는 일이 쉽지 않았습니다. 이런 일, 저런 일, 이 직장, 저 직장 여러 군데를 돌다가 결국은 다시 시설로 돌아오게 되었는데 그래도 그는 아직도 포기하지 않고 적성에 맞는 직장을 찾으려 노력하고 있습니다.

그에게 꿈을 이루기 위해 먼저 자신이 속해있는 지역 내에서 일감을 찾아 도우라는 말을 해주었더니 시설 내 청소 등을 열심히 돕고 있습니다. 그의 안정된 직장생활의 꿈을 돕기 위해 나서는 분이 있으면 좋겠는데 회사마다 영리를 목표로 운영하다 보니 손해 보는 일을 미연에 방지하려고 탐탁지 않은 눈으로 바라볼 뿐입니다. 이런 연유로 장애인들의 일자리 찾기는 비장애인들의 고정관념으로 어려운 실정입니다.

법적으로 장애인 의무 고용을 활성화하기 위하여 채용 직원의 2%는 장애인을 고용하도록 정하고 있으나 기업들 간의 경쟁 및 경기의 불황 등의 이유로 장애인의 취직은 아직도 멀기만 합니다. 하지만 그럼에도 영세한 직장의 대표 등 따뜻한 마음으로 도움을 주려는 분들이 있어서 감동하고 감사하게 되는 일도 많습니다.

꿈은 반드시 이루어진다는 신념하에 포기하지 않고 기다리는 마음이 중요하며, 정부에서도 좋은 일자리를 많이 만들어서 장애·비장애에 관계없이 좋은 사회를 만들어 나가면 좋겠습니다. 장애인들이 직장을 구하는 일은 그들의 생명을 이어나가는 것과 같은 일입니다. 생명의 존엄성을 인정하여 좋은 일자리가 많이 배출되기를 간절히 바랍니다.

－ 가정으로 복귀

일찍이 과부가 된 바람에 장애자녀를 데리고 살기가 막막하여 시설에 맡기고 가끔씩 방문하는 분들이 계십니다. 이렇게 필요한 옷가지나 간식을 가져오는 가족이 있는 시설 내 장애인 분들은 그나마 의지하고 기댈만한 가족이 있다는 사실에 든든해 합니다. 반면 아무런 연고가 없어서 지인이 단 한 번도 방문하지 않는 외로운 생활을 해야 하는 분들은 서글픈 자신의 삶을 돌아보며 부러운 마음을 가지기도 합니다.

가족이 있다는 것은 참으로 큰 축복입니다. 그리고 그것은 아주 큰 힘이 되기도 합니다. 어떤 이에게는 아무것도 아닌 그 작은 행복이 삶의 큰 위로가 되기도 하지만, 작은 것에 상처를 입고 크게 마음 아파하는 이에게는 때로 큰 상처를 만들어내기도 합니다.

일찍이 가족과 떨어져서 살게 된 어떤 장애인은 이제 성인으로서 결혼해야 하는 나이에 있었습니다. 대부분의 사람들처럼 가족이 성인이 된 자신을 어린아이로 취급하거나 도움이 필요한 자로 간주하고 잔소리를 할 때에는 분노하며 대꾸했습니다. 그리하여 그분은 어머니와 함께 사는 것을 꺼려하여 독립적인 공간 마련을 위해 퇴소를 희망하였습니다. 그동안 모은 돈도 제법 있었기에 독립된 방을 구하고 제빵학원에 나가서 수업료를 내고 수업도 받았습니다. 그리고 직접 요리를 만들어 먹는 등 아주 즐겁고 행복한 생활을 하였습니다. 당연히 자신감도 더 생겼고 자신감 속에 더 큰 도전을 꿈꾸고 있습니다. 아무것도 못할 것이라고 간주하고 제공받는 것에 익숙해져 있는 상태였는데 마치 병아리가 달걀을 깨고 나오는 것처럼 넓은 세상을 만나게 된 것입니다.

그가 행복해하는 모습에 그의 어머니도 감동을 받았겠지만 주변 사람들도 아주 대견스러워했습니다. 독립하려는 시도조차 않고 움츠려 살기 쉬운 울타리 생활을 스스로가 깨치고 나와 더 많은 삶의 모습을 알아가는 모습에 보는 이들도 기쁨을 느낀 것입니다. 나약하고 소심한 성격에서 뭐든지 도전해 보려는 자신감이 가득 찬 성격으로 바뀐 그분은 좋아하는 여성을 만나서 행복하게 사는 것이 꿈이라며 하루하루를 보람차게 살아가고 있습니다.

- 의료사고 건 이야기

시설에서 생활하는 무연고자 여성 장애인이 교통사고를 당했습니다. 저녁식사 후 평소 가까이 지내던 남자분과 함께 산책을 하다가 갑자기 뒤에서 쏜살같이 달려오는 차에 치인 것입니다. 몸이 차에 질질 끌려갈 정도로 심한 교통사고였습니다. 갑작스런 사고 소식에 달려나가 응급실을 찾았습니다. 그녀의 생명에 이상이 없는지 확인하느라 병원 대기실에서 하룻밤을 지새웠습니다. 밤새 잠은커녕 쪼그리고 앉아서 너무나 불쌍하고 어이없는 일을 당한 그 생명에게 아무런 이상이 없길 간절히 기도하였지만 행여나 하는 마음에 많이 무서웠습니다.

가끔 있을 수 있는 상황이지만 교통사고로 심하게 다친 일이라 잠시도 안심을 할 수가 없었습니다. 범인은 사람을 치어놓고는 사람을 싣고 병원으로 옮기는 대신 뺑소니를 쳤습니다. 경찰에 사고 신고를 하고는 범인 검거를 부탁하였습니다. 길거리에 설치해 놓은 CCTV 덕분으로 범인 검거가 쉽게 되었습니다. 범인은 있는 그대로 자백을 하였고 즉시 심판을 받게 되었는데 아무것도 가진 것이 없는 27년 전과자였습니다. 자신의 차도 아닌 주인도 모르는 차를 훔쳐 타고 가는 중에 낸 사고라 문제가 더 커지게 되었습니다.

　범인의 죄가 너무 커서 즉시 실형에 옮겨졌으며 환자에 대한 병원비 보상 신청은 할 수 없는 상황이 발생하였습니다. 중환자실에 누워있게 된 그 여성 장애인은 사경을 헤매다 겨우 살아나 잠깐씩 눈을 뜨는 수준이었습니다. 중환자실 면회는 정해진 시간에만 가능하여 간호사를 보내어 자주 환자의 상태를 살펴보았습니다. 매일 조금씩 회복되길 바라는 기대와 함께 말입니다. 매일 상태를 보고받고 가끔씩 들러 환자의 상태를 살펴보았는데 중환자실 내 간호사들 모두가 환자의 상태가 좋아지고 있다는 말만 하여 그들의 말을 그대로 믿고 잘 보살펴달라고 부탁하고 그들이 업무에 최선을 다해줄 것을 기대하였습니다.

　중환자실 내에 20일간의 일수를 채운 어느 날 환자를 큰 병원으로 옮겨야 된다는 의사의 말을 들었습니다. 이유를 묻자 환자의 상황이 심각해졌기 때문이라는 말만 하였습니다. 일단 생명부터 살려놓고 자초지종을 알아내기로 하고 그녀를 더 큰 병원으로 옮겼습니다. 큰 병원의 의사는 그녀의 상태를 살펴본 후 나를 질타했습니다. 중환자실에서 발생된 욕창이라는 말을 하였습니다. 환자의 상태가 이토록 위중한데 책임자로서 그쪽 병원 담당 의사에게 왜 하소연을 안 했냐는 것이었습니다.

그리하여 정확한 영문도 모른 채 환자의 입원 수속을 하고 간병인을 구해놓고는 전 병원 중환자실 담당 의사를 만나러 갔었습니다. 부모, 친척이 없는 힘없는 여성 장애인의 생명을 혹시라도 가볍게 여기지 않았는지에 대한 확실한 증거를 알아내기 위함이었습니다. 그 담당 의사에게 보호자격인 나에게 아무런 말도 전해주지 않은 채 환자의 건강상태를 악화시키면 되냐고 물었더니 그는 오히려 나에게 '정신 나간 여자', '미친 여자' 운운하며 아주 불쾌한 태도로 나를 내쫓았습니다.

그들의 태도에 너무나 어이가 없어 이 상황에 대해 꼼꼼히 알아보기로 하였습니다. 나의 하소연을 듣고는 무료로 인권변호사가 되어 주겠다며 후원자분이 나서주었습니다. 환자의 상태에 대하여 그때마다 말을 해주어야 하는 의사의 본분이 있는데, 이 의사에게 업무상 과실이 없는지를 알아보았더니 역시 업무상 과실에 해당되었습니다. 의사가 뒤늦게 발견한 욕창 부위가 너무 커져 그제서야 불가피하게 큰 병원으로 옮기라고 말한 것입니다. 중환자실 내에서 처치를 잘못하여 발생한 욕창이었고 업무과실이 있음에도 그것을 항의하는 보호자격인 나에게 막말을 하는 의사는 대화가 불가능한 책임회피자로 보였습니다.

진작 환자의 욕창을 발견하여 처치를 제대로 했다면 큰 문제가 없었을 텐데 아니, 미리 큰 병원으로 옮겨야 된다는 말만 해 주었더라도 문제가 이토록 더 커지지 않았을 텐데 하는 생각에 양심 없는 그 의사에게 화가 많이 났습니다. 하지만 자신의 잘못을 인정하는 사람들이 드물듯이 그도 의료사고를 인정하는 양심 있는 의사가 아니었습니다.

　의료사고인 경우, 대부분은 힘이 없는 약자들이 소송을 걸어도 오히려 피해를 입는 경우가 많기에 사망이 아니라면 그냥 참고 넘어가야 한다는 말을 들었습니다. 무연고자 장애인의 생명이 너무나 안타까워 나는 끝까지 병원 측과 진위를 두고 싸워보기로 결심하였습니다. 나의 양심을 걸고 약자를 대변해야겠다는 각오와 맡은바 책임감을 가지고 철저하게 알아내기로 결심하였습니다. 그리하여 김해에서 송도까지 먼 길을 오가며 진료하는 의사들이 바뀔 때마다 잘 부탁드린다는 인사와 곁들여 그 여성 장애인을 위하여 기도하며 위로해 주었습니다.

　매일 직접 그 여성 장애인의 건강 상황을 확인하기 시작하였습니다. 어떤 날은 욕창 부위에서 나는 심한 부패냄새에 내 약한 몸이 오래 버티지 못할 때도 있었습니다. 그러한 때는 어김없이 병원 근처에서 식당을 경영하던 친구 식당에서 김치찌개라도 얼큰하게 먹어야 다시 집으로 돌아갈 수 있었고, 비가 오는 날 근무 후의 병원 방문일 때는 육체적으로 너무 피곤해 아슬아슬한 운전을 하고는 자정을 넘어 겨우 귀가할 수 있었습니다. 나의 근무 시간은 따로 정해져 있는 것이 아니었습니다.

보람 있게 살아가는 것은 누구나가 추구하는 인생이라고 믿습니다. 하지만 의료사고를 낸 병원 측과 담당 의사는 아직도 그들의 잘못에 대하여 해명도 하지 않았습니다. 여러 해를 넘기며 반복하여 억울함을 당한 피해자 입장을 알리기도 하고, 부드러운 말로 힘없는 약자들을 위하여 관심과 사랑을 가져달라고 양심에 노크도 해 보았으나 그들의 태도에는 아직도 변화가 없습니다. 그들 주변의 사랑하는 가족이 이런 유사한 일을 겪는다면 그때 가서야 깨달을 수 있을지 모르겠습니다. 세상의 지식인들이 모두 입장을 바꾸어 생각해 보며 참된 인격을 갖추고 살아간다면 얼마나 좋겠습니까. 너무나 안타깝고 속이 많이 상하였습니다.

사회의 좋지 못한 단면들이 개선되어야 선진복지국가로 나아갈 수 있고, 국민 중에 사회적 약자를 돕겠다는 사람들이 많아야 사회가 건강해지지 않겠냐는 생각에 잠을 이룰 수가 없었습니다. 그 여성 장애인은 피부이식 수술을 받고, 오랜 기간 동안 병원에 입원해야 했으며, 요양시설에서 지내다가 지금은 내가 근무하고 있는 기관으로 돌아와 매일 물리치료를 받고 있습니다. 건강을 회복하고자 다양하게 노력하고 있지만 후유증세로 정신적·심리적으로 안정을 요하는 상태로 살아가고 있습니다. 그녀가 함께 웃을 수 있는 날을 기약 없이 기다리고 있습니다.

– 공부방 운영

경남에서 아직도 개발이 안 된 유일한 곳, 내가 근무하던 곳은 조그마한 시골마을입니다. 아름다운 자연환경과 맑은 공기를 담고 있는 곳이기도 합니다. 그곳에 위치한 나의 근무지 근처엔 초등학교가 하나 있는데 아이들에게 필요한 학습공간과 문화공간이 턱없이 부족합니다. 흔한 영어 학원 하나 없습니다.

어느 날 그 초등학교의 학부모가 나에게 아이들에게 영어와 피아노를 지도해 줄 것을 부탁하였습니다. 다른 지역 아이들과 같은 혜택을 주고 싶으니 도와달라는 말과 함께 말입니다. 아이들의 무한한 잠재능력을 이끌어내고 싶어 하시는 그 어머니의 교육열에 작지만 도움을 주기로 결심했습니다.

동네 아이들이 한두 명에서 시작하여 제법 숫자가 늘어난다 싶더니 중·고등학생들까지 모여 그야말로 공부방이 형성되었습니다. 어린아이들과 학습 환경을 마련하지 못하여 학습의욕이 떨어진 학생들이 모였습니다. 평소에도 아이들 지도에 관심은 많았으나 기관 일을 하느라 지도한 지 오래되어서 막상 시작하려니 부담이 되기도 했지만, 학생들이 이런 기회가 마련되어 너무 좋다며 나를 믿고 몰려들기 시작하였습니다.

간식도 나눠주고 아이들의 이야기도 들어주며 학업에 대한 흥미를 잃지 않도록 하기 위하여 이런저런 동기부여를 주기 시작했습니다. 업무 후 수업을 시작하여 저녁 늦은 시간까지 이어지니 육체적으로는 힘이 들었지만 마음은 보람으로 가득 찼습니다.

그러던 어느 날 어떤 학생이 나의 가장 취약한 과목인 수학 문제를 풀어달라고 요청하여 얼마나 난감했는지 모릅니다. 나의 실력이 송두리째 드러났기에 지역 내 대학생의 도움을 받기로 하였습니다. 수학 지도는 그 대학생이 담당하기로 하고 그 외의 과목은 내가 담당하였습니다. 수업을 시작한 지 얼마 되지 않아 좋은 반응이 나타나기 시작했습니다. 학생들은 이제 막 누군가가 피워놓은 따뜻한 불씨로 인하여 추위를 이겨내고 온기를 느끼고 있었던 것입니다.

그런데 이렇게 학습 동기가 학생들 사이에서 자발적으로 일어나고 있을 때, 직원의 민원이 있었다며 지도를 그만둘 것을 명령받았습니다. 너무나 안타깝고 서러운 마음으로 지도를 당장 그만두어야 했습니다. 무엇보다도 이제 막 공부에 관심을 가져보려는 아이들에게 이유를 어떻게 설명을 해야 할지, 아주 괴로웠습니다. 나의 의사와 무관하게 발생된 일이라 더더욱 속이 상하였습니다. 잘못된 생각을 하는 누군가에 의하여 아이들과 학생들이 받을 상처를 생각하니 몹시 고통스러웠습니다.

조심스럽게 이제는 지도를 할 수 없다는 이야기를 사실대로 꺼내었습니다. 공부방을 접어야 한다는 소식에 아이들과 학생들은 모두 실망한 얼굴로 풀이 죽어 '나쁜 사람들, 못된 사람들……' 하며 이전의 모습으로 되돌아가기 시작하였습니다. 어린 학생들에게 오랫동안 상처로 남을 것 같아 학생들의 얼굴을 똑바로 바라볼 수 없었습니다. 꿈을 향하여 나아가고자 한 어린 그들에게 잘못한 사람들을 대신하여 사죄하였습니다.

자신의 능력이 없어서 못하는 일을 타인이 해내는 것을 보고 시기와 질투의 감정이 일어나는 현실에 오랫동안 마음이 아팠습니다. 그리고 잠깐이었지만 만났던 아이들과 학생들의 앞날이 잘 되기를 기도했습니다. 그들로 인하여 잠시나마 내가 행복하였습니다. 눈물을 흘리며 나의 작은 것을 나눌 수 있는 기회를 주신 하나님께 감사만 드렸습니다.

part.3

사회복지를
위한 여행

일본 방문

시설에서만 거주하여 일상생활이 반복적으로 정해진 무연고
자 장애인들에게 해외여행을 통하여 견문을 넓히고 다른 문화
를 체감할 기회가 생겼습니다. 일본 여행이 결정된 것입니다.
나는 인솔자로서 일본을 방문하게 되었습니다. 일본은 가까우
면서도 먼 나라로 여행할 기회가 많지 않았는데 여러 장애인들
과 함께 일본 방문길에 오를 수 있어서 가슴이 벅찼습니다.

한 명이라도 더 많은 장애인에게 혜택을 주려고 장애인의 숫

자는 늘리고 인솔자는 되도록 줄였기에 한 사람의 인솔자가 담당한 장애인은 7명이었습니다. 그동안 시설에서만 생활해오던 장애인들은 낯선 곳으로 이동한다는 사실 자체에 불안해했습니다. 나도 인솔자로서 더욱 긴장하며 안전하고 오랫동안 기억에 남는 즐거운 여행이 되게 해 달라고 기도하고 비행기에 몸을 실었습니다.

복잡하고 넓은 장소에서 일부 장애인의 호기심으로 인하여 예고치 못한 일이 발생하지 않도록 신경을 썼습니다. 3박 4일의 일정은 참으로 유익하고 알차게 준비되어 있었습니다. 일본의 유명 관광지들을 둘러보고, 일본 음식을 맛보고, 일본의 문화를 구경하면서 다들 너무나 신기하다는 표정이었습니다. 일정을 마치기까지 그들과 함께한 시간은 참으로 행복했습니다. 시설에서 보호를 받고 살아가고 있는 장애인들에게 해외탐방의 기회가 열리고 있는 것은 이미 장애, 비장애인 간의 벽이 허물어지고 있음을 보여주는 좋은 징조였습니다. 앞으로 더 많은 변화가 있을 것을 예상하며 기대하는 마음으로 나의 갈 길을 가고 있었습니다.

중국 방문

어느 날 누군가가 후원을 해 주셔서 중간관리자들이 중국 내 기관 방문 및 중국 여행을 할 수 있는 기회를 가지게 되었습니다. 뜻밖의 선물에 그동안 수고한 모든 중간관리자들이 환호성을 올렸습니다. 다들 작은 월급으로 사느라 마음 놓고 여행해 볼 기회가 없었던 터라 어린아이처럼 들뜬 마음으로 짐을 쌌고 홀가분한 마음으로 힐링을 하기 위하여 여행지로 떠났습니다.

흔히들 소풍이니 여행은 아이들이 좋아하는 것이고 어른들은 그렇지 않다고 생각하기 쉬운데 아이들보다 어른들이 여행지에서 더 기뻐하고 더 좋아하는 모습을 보고는 웃음을 참을 수 없었습니다. 중국의 발전된 모습들과 향후 기대할만한 교류, 엄청난 잠재능력을 보며 나는 중국의 복음화를 위하여 축복기도를 했습니다. 일행들과 함께 어린 시절로 되돌아간 듯한 마음을 나누느라 어느새 그동안의 피로를 다 녹이고 있었습니다. 중국에 있는 타기관들과 우리나라의 역사 유적지도 둘러보고 애국자들의 헌신한 마음도 느끼며 현재 내가 하는 일과 성격만 다를 뿐 마음은 다름없음을 알게 되었습니다.

중국 여행을 통해 넓은 세상의 견문을 넓히는 여행 경험의 중요성을 다시 깨닫게 되었습니다. 아무리 바쁘고 어려운 여건

이더라도 여행을 꼭 하면서 살아야겠다는 결심이 섰습니다. 이런 경험을 통하여 우리의 가치 및 다른 나라에 대한 존중, 우리의 할 일을 재점검해 보는 기회가 생겨 가치 있고도 보람된 삶을 살아가게 될 것을 믿었습니다.

케냐 방문

본국인 케냐로 돌아간 티나와 나는 가끔씩 인터넷으로 소식을 주고받고 있었습니다. 그러면서 아프리카의 영세함이 나와 비교할 수 없을 정도로 극심함을 알 수 있었습니다. 한 번도 가보지 않았어도 그곳에 대한 정보들로 충분히 마음이 아프던 터라 그런 안타까운 소식들을 접할 때마다 눈물이 마를 날이 없었습니다.

어느 날 티나는 나에게 자신이 살고 있는 주변의 상황들을 전해주며 많은 어린이들이 물도 없어서 굶어 죽어가고, 병에 걸려도 치료조차 할 수 없는 입장이라고 말을 하였습니다. 너무나 마음이 아파왔습니다. 돈이 있다면 당장이라도 나의 두 아들에게 도움이 되어야 하는 입장이지만 도움을 요청하는 그들을 외면할 수가 없어서 도울 길을 알아보기 시작하였습니다.

날마다 나의 하나님께 도움을 달라고 기도했었기에 반드시 도움 받을 것을 확신하고 말입니다.

여기저기 은행에서 대출을 받고 그곳의 아이들에게 당장 필요한 수술도 시켜주고 깨끗한 식수 공급을 위하여 적은 비용이지만 송금을 하였습니다. 나도 대출받은 돈을 갚아나가야 하는 입장이지만 아깝다는 생각은 전혀 들지 않고 오히려 마음이 편안해지고 뿌듯해졌습니다. 가난한 형편임에도 나보다 더 가난한 이웃들을 섬겼더니 그 후 케냐에서 감사한 일이라며 나와 두 아들을 축복하는 메시지가 날아왔습니다. 급기야 초청하는 글도 받게 되어 직접 케냐에 가보기로 마음을 정하였습니다.

출입국 과정에 아프리카 지역으로 방문하는 여행객은 그곳에서 발병할 수 있는 전염병 예방을 위해 예방접종 및 예방약을 먹어야 한다고 하였습니다. 안내에 따른 모든 절차를 마치고 몇 주 동안 약을 먹고 준비한 후 드디어 케냐로 향했습니다. 난생 처음으로 타보는 아랍에미리트 항공기와 기내 승무원들의 아랍문화 분위기에 나의 마음은 이미 들떴으며 전혀 불안하지 않았습니다. 또 하나의 미지의 세계를 정복한다는 열정뿐이었습니다.

두바이 공항에서 케냐로 향하는 비행기를 기다리며 공항에 앉아있던 나는 두바이 공항의 건물과 아랍권 사람들에게서 묘한 매력을 느꼈습니다. 모든 것들이 아름답고 모든 사람들이 가까운 이웃처럼 여겨졌습니다. 공항에서 우연히 만난 한국인과의 반가운 대화도 잠시, 기내 방송이 나오고 케냐행 비행기에 다시 몸을 실었습니다. 케냐 공항에 막 도착했을 때 친구 티나를 찾기 위해 잠시 주변을 살펴야 했습니다. 낯선 목적지에 막상 도착하고 보니 그토록 담대하던 마음은 어디로 가고 잠시 불안해졌습니다. 티나는 이미 내 앞에서 손을 흔들며 기다리고 있었는데 내가 미처 발견하지 못했던 것이었습니다.

몇 년 만에 티나와 재회하게 된 나는 미지의 세계에서 보낼 4박 5일의 일정을 어떻게 만들지 고민할 필요 없이 티나에게 모두 맡기기로 하였습니다. 오후에 도착했기에 일정상 공항 근처에서 하루를 묵기로 하였는데 공항 근처 호텔이라고는 하지만 아주 영세하였습니다. 티나와 함께 마중 나온 친구는 어떻게든 내가 편하게 잘 지내다가 돌아갈 수 있도록 최선을 다해 노력하고 있었습니다. 먼 나라 한국에서 온 나를 반갑게 맞이하는 듯 그날 밤 케냐의 수도 나이로비는 늦은 새벽까지 시끌벅적한 축하파티가 이어지고 있었는데 그 소리가 너무나 정겹고 좋았습니다.

다음 날 아침 차가 없는 티나는 공항에서 미리 대절해 놓은 택시로 약 5시간을 달려 티나의 집에 갈 수 있다고 알려주었습니다. 멋진 운전기사에게 길을 맡기고 케냐의 거리를 살펴보기 시작하였습니다. 케냐는 마치 1960년 후반의 우리나라 모습 정도로 보였습니다. 가장 인상 깊게 남는 장면은 차창 밖으로 보이는 학교의 모습이었는데, 학생들이 차 안에서 손을 흔들고 있는 나의 모습에 교문까지 몰려오는 것이었습니다. 그 학생들은 피부색이 다른 사람을 처음 본 모양이었습니다. 나는 즉시 차에서 내려서 교문 앞으로 가서 학생들 몇몇에게 악수하며 영어로 인사를 건넸더니 스와힐리어로 맞아주었습니다. 창밖으로 바라본 끝도 없이 펼쳐진 녹차 밭이 케냐에도 있어서 잠시 내려 사진을 찍기도 하였습니다. 차 안에서 바라보는 경치들이 참으로 아름다워 잠깐씩 내려 감상하느라 도착 예정시간보다 3시간이나 더 걸려 목적지에 도착했습니다. 목적지에서는 티나의 마을 사람들 모두가 애타게 나를 기다리고 있었습니다.

티나의 집 근처에 도착한 나는 너무나 놀라고 신기하여서 그들을 보고 또 바라보았습니다. 왜냐하면 마을 주민 모두가 티나의 집 앞으로 나와서 나를 대환영해주었기 때문입니다. 어린 아이에서부터 노인들에 이르기까지 그들 모두는 최선을 다하여 환영해주었고, 순서대로 앞으로 나와서 성경 말씀들을 암송해 주었습니다. 나를 맞이하기 위해 얼마나 많은 준비와 연습을 했을까 생각하니 너무나 큰 감동이 몰려왔습니다. 이런 환대를 처음 받아본 나는 흐르는 눈물을 주체할 수 없어서 그저 그들을 향해 머리를 숙이며 과분한 환영행사를 베풀어 주셔서 감사하다는 말밖에 할 수가 없었습니다.

2010년 케냐 방문

환영 말씀과 기도로 환영 예배를 마치고 식사를 하게 되었는데 그 광경에 입이 떡 벌어졌습니다. 여러 가지 반찬들과 사람들! 성경 말씀에 보면 오병이어의 기적을 베푸신 하나님께서는 오천 명에게 물고기 두 마리와 떡 다섯 덩어리로 잔치를 베푸

셨는데, 내가 베푼 작은 것으로 마을 전체 사람들이 배부르게 먹고 있었던 것입니다. 그날 나는 아무것도 먹지 않는다고 해도 배가 부를 것 같았습니다. 평생 잊을 수 없는 감동을 받았습니다. 하나님께서 하신 일이었음을 알았습니다.

비록 지구촌 가장 열악한 곳에서의 만남이었지만 나의 간구는 열방을 품는 내용들로 진지하기만 하였습니다. 이미 나는 그들의 고통과 슬픔을 함께 나누고 함께 웃는, 그들과 똑같은 케냐 사람으로 서 있었던 것입니다. 티나 가족과 조카들에게 가져간 선물을 나누어 주고 옷도 사주고 한국어도 지도하였으며 어린 조카들로부터 스와힐리어를 배우기도 하여 참으로 행복한 시간을 보냈습니다. 그곳의 어린아이들을 위해 TV를 설치하여 다 함께 볼 수 있도록 하여 세상의 여러 환경과 사람들을 만날 기회를 열어주었습니다. 더 많은 세상의 지식과 삶을 알아가는 계기가 되어 그들의 시각을 넓히길 바랐습니다.

그리고 아주 먼 곳까지 가서 물을 길어오는 것을 보고 파이프를 연결하여 간단히 물을 받아낼 수 있도록 하였더니 우리나라로 치면 마을의 동장, 교육관 등 마을을 대표하는 사람들이 줄줄이 찾아와서 감사의 인사를 전했습니다. 그리고 동네에서 마주치는 사람마다 어찌 그리도 정답게 대해주던지 고맙고도 부끄러웠습니다. 몇몇 동네 아주머니는 동네에서 경작한 것이라며 과일과 채소를 갖다 주어 그 정겨움에 눈물이 났습니다. 몸 둘 바 모를 정도로 나를 끔찍이 아껴주는 그들에게 어떻게 보답해야 할까 하는 생각만 들었습니다. 어떤 이는 집으로 초대하여 정성껏 만든 음식을 주기도 했고, 언제든지 안전하게 보호해 준다면서 친절을 보여주셨습니다. 하나님께 감사하고 또 감사하였습니다.

하나님이 하시지 않았다면 도무지 믿을 수 없는 시간을 마주하였고 감격의 눈물이 나왔습니다. 케냐의 곳곳 어딜 가나 섬겨주셔서 내가 섬길 곳을 찾기로 하였습니다. 그리하여 그곳의 고아원 몇 군데를 둘러보았는데 아담하고 조용한 환경으로 어린아이들이 자라기에 좋은 곳이었습니다. 아이들 중에서 한 명이 잠에서 깨어나 나를 기다리고 있었습니다. 눈도 크고 코도 오뚝하여 마치 인형처럼 예뻤습니다. 아이에게 준비해간 한국 드레스를 입혔더니 그곳에서 일하는 분들이 너무나 기뻐하고 좋아하였습니다. 딸이 없는 터라 그 나라의 입양조건은 어떻게 되는지 물어봤는데 그곳에서 아이와 함께 6개월간 거주하고 난 뒤 다음 심사를 거쳐야 한다고 하여 케냐 역시 해외 입양을 신중하게 생각하고 있음을 알게 되었습니다.

이후 일정은 더 어려운 곳들로 향하는 것이었습니다. 그 지역의 장애인 가정을 방문하여 둘러보았는데 집도 초라하기 짝이 없었는데 하물며 장애인 가족들이 살아가는 모습은 말할 수 없을 정도로 처참했습니다. 힘든 삶을 보며 케냐 정부에서 좀 더 관심을 가지고 돌볼 수 있기를 기도하였고 주일예배에 참석하여 이런 기회를 주셔서 돌아보게 하신 하나님께 감사의 인사도 전하였습니다. 우리나라에서 태어나고 자라난 장애인들은 그나마 행복한 사람임을 알게 되었습니다.

무엇보다도 잊을 수 없는 것은 미국 오바마 대통령의 새어머니께서 사시는 곳을 방문한 것이었는데, 누구나 언제든 집 입구에서 방문 목적만 잘 이야기한다면 누구든지 들어갈 수 있고 대화도 가능했습니다. 오바마 대통령의 새어머니께 한국에 대한 카드를 선물로 주며 한국을 소개하고 나의 한복은 오바마 대통령의 여동생에게 직접 전달도 하였습니다. 대통령 집안이라고 하여 대단한 위세도 없었고 아주 평범하고 수수한 사람들로 여겨졌습니다. 무엇보다도 우리 일행을 친절하게 맞이해 주셔서 두 분께 한국에 방문할 기회가 있다면 언제든지 환영한다고 전했습니다.

나의 정신을 배우길 원하는 티나에게는 가난의 이유와 가난으로부터 탈피하기 위한 비전을 제시하여 도움을 줄 수 있는 비전센터를 건립할 방법에 대한 과제를 주었습니다. 노트에

케냐 아이의 구순구개열 수술

케냐 아이의 발 수술

케냐의 장애인 가정 방문

상세하게 일과 프로그램 진행 및 기도 방법 등을 빽빽하게 적어 주고 함께 기도하기도 하였습니다. 그리고 함께 이루어보자는 말로 나의 진심을 보였습니다.

4박 5일의 케냐 방문 일정 동안 여러 가지 새로운 경험을 하였으며 많은 보람과 기쁨이 있었습니다. 케냐 사람들에게 감사하며 앞으로도 계속해서 기도하며 서로의 소식을 전할 것을 당부하였습니다. 귀국을 하기 위하여 공항에 도착하니 마치 업무과제를 잘 수행하고 난 뒤의 허탈감 같은 것을 느끼면서 많이 섭섭했고, 티나도 울고 있었습니다.

귀국 후 아프리카에서 배운 여러 경험들로 낭비를 해선 안 된다는 각오를 실천하려고 애썼습니다. 케냐에서 힘들게 길어 온 물 한 방울의 소중함과 밥 한 끼의 소중함을 배웠기에 절약 실천이 이어졌으나, 이후 우리나라 실정에 맞추어 생활하다 보니 나도 모르는 사이에 다시 이전의 모습으로 돌아가고 있었습니다.

한국으로 돌아와서 나는 다시 새로운 꿈을 가지고 케냐의 사람들에게 도움을 주기 위하여 이곳저곳에 필요한 후원물품을 요청하였습니다. 의료약품이 구해져서 케냐에 보내기 위하여 물류회사에서 일하는 지인께 부탁해 보내기도 하였고, 그들에게 필요한 물품을 모으기 위하여 애를 썼습니다. 누군가를 도울 수 있다는 기쁨이 나의 존재 이유로 작동했습니다. 분명한 삶의 목적을 제대로 알게 된 것입니다.

그러던 어느 날 티나와 다시 연락이 되었습니다. 영어학원이 없는 시골마을에서 영어선생님이 되어 달라고 마을 주민들이 요청해왔는데 티나에게 일자리의 기회를 주는 것이 좋을 것 같아서였습니다. 티나가 돈도 벌어 본국에 돌아가서 한국에서 번 돈으로 주변의 사람들과 나누라는 의미도 담겨있었습니다. 그래서 무리를 하여 티나의 왕복 비행기 티켓을 구입하고, 거처를 마련하고, 음식을 제공할 준비를 하고, 학생들을 모았습니다.

짧은 기간이나마 도움이 필요한 사람에게 도움을 줄 수 있었던 기분 좋은 시간을 또다시 경험하였습니다.

캐나다 방문

날마다 새벽마다 나로 하여금 기도하시게 하시는 하나님께서는 지역 사회복지의 욕구를 제공하는 것에서 떠나 세계 구석구석을 안타깝게 여기며 돌아보시게 하고 눈물짓게 하셨습니다.

어느 날, 우리나라보다 나은 복지국가인 캐나다로 견문을 넓히러 갈 기회가 생겨서 캐나다의 장애인 복지기관장과 관련 분들을 만날 수 있었습니다. 이것은 나의 연수 목적을 위하여 캐나다로 이민을 가신 언니와 오빠께서 도움을 주셨기에 가능하였습니다. 캐나다의 장애인복지 기관 탐방은 미리 방문예약을 해야 가능했습니다. 우리나라의 장애인복지환경과 다른 점들이 많아서 참으로 부럽기만 하였고 캐나다의 장점을 우리나라에 접목시키고 싶다는 꿈을 가지게 되었습니다.

　한마을 안에서 장애, 비장애 관계없이 함께 살아가는 모습은 진정한 사회통합이었습니다. 우리나라와 달리 일반 마을 안에 장애인과 비장애인이 거주하는 주택이 따로 구분되어 있지 않았고, 누가 장애를 가지고 있는지조차 모를 정도로 더불어 살고 있었으며, 거동을 못하는 분을 위한 그룹홈은 일반 가정 주택 내에서 개인의 독립된 공간으로 1인실에서 살고 있었습니다. 그만큼 개개인의 복지에 맞추어져 있었습니다. 여러 명이 함께 사는 큰 그룹홈일지라도 아주 많은 인원은 아니어서 만약 안전사고가 난다 해도 심각한 피해는 없어 보였습니다. 건물 구석구석마다 손잡이와 이동 시 불편함이 없는 구조를 해 놓아 이를 참고로 한국의 근무지에서 복지 환경을 만드는 기회가 될 것을 믿기도 하였습니다.

　각 기관마다 기관의 운영자나 규모나 기관 거주자들의 특성에 따라 다소 차이가 있는 것은 한국 기관들과 마찬가지였습니다. 큰 백화점 안에는 장애인들을 위한 클리닉도 있고, 장애인과 구분 없이 함께 식사했으며, 함께 쇼핑할 수 있는 공간도 있었습니다. 언젠가 우리나라에도 정착되어야 할 좋은 모델이라고 여겨졌습니다. 캐나다의 장애인복지가 잘 되어 있어 그곳에

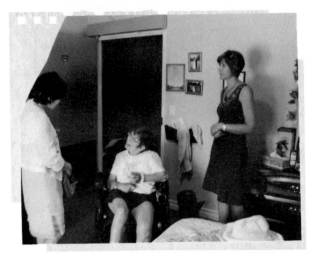

2011년 캐나다 사회복지현장을 둘러봄

서 살고 있는 캐나다 주민들 모두에게 큰 특혜인 것 같아 보여
참으로 부러웠습니다.

　우리나라도 장차 이런 살기 좋은 나라가 될 것을 믿고 간절
히 날마다 기도하기 시작하였습니다. 혼자 기도하는 것에 힘을
실어서 교회의 중보기도 도움 요청도 하였습니다.

　가난한 자, 병든 자, 억울한 자, 장애인들의 하나님!
　시대적, 역사적으로 요한복음 5장 2절~9절의 말씀을 이루

시어 사회적 약자들에게 차별이 없는 세상을 속히 만들어 주소서. 예수님의 이름으로 기도 드립니다, 아멘.

3부

사랑과 미래의 꿈을 향하여

따뜻한 도움

후원자들

우리 기관에는 개인 후원자 및 단체 후원자가 제법 많습니다. 후원하는 분들은 기관운영자에 대한 신뢰를 바탕으로 도움을 주시기에 참으로 고마우신 분들입니다. 자발적으로 작든 크든 도움을 주시는 분들은 참으로 좋으신 분들입니다. 개인 분들도 많이 계시지만 변함없이 도움을 주시는 단체인 경우에는 많은 인원이 함께 움직여야 하므로 더 많은 관심이 없다면 지속적일 수 없을 것입니다. 때문에 꾸준히 방문해 주시고 함께 시간을 보내어 주시는 것에 감사하지 않을 수 없습니다. 가장 낮은 자를 긍휼히 여기는 하나님의 은혜가 아니고는 불가능한 일입니다.

- 교회의 섬김

지역 내 교회는 내가 어릴 적 가장 처음 출석했던 교회로 역사가 100년을 넘은 오래된 장로교회입니다. 그 교회의 여러 교인들은 부모님께서 장애인 복지기관을 시작할 때부터 함께 지켜보신 분이 많아서 우리 가족을 신뢰하고 있습니다. 그리고 전적으로 사랑과 지원을 아끼지 않고 계십니다. 봉사를 하러 오는 어린 학생들을 대할 때는 나도 모르게 교회 후배로 여기고 남다른 애정을 가지기도 하고, 때로는 그들의 학교생활 등 진로가 궁금할 때도 있어서 대학입학과 같은 좋은 소식에는 함께 기뻐하는 마음을 나누기도 합니다. 그들은 항상 응원의 메시지를 보내줍니다. 목사님과 장로님 그리고 전도사님과 여러 교인 학생들께 진심으로 감사하는 마음만 있습니다.

지역 내 교회에서 한 달에 두 번씩 직접 찾아오시는 권사님과 전도사님에 의하여 주말 토요일에 예배를 함께 드립니다. 정성껏 섬기고자 시간을 내어 오시는 것입니다. 그날은 늘 기다렸다는 듯이 설레는 마음으로 모두가 깨끗한 옷차림으로 성경책을 들고 함께 말씀묵상과 찬양을 힘차게 부릅니다. 영적인 존재인 장애인들은 이 시간을 얼마나 기다리는지 모릅니다. 즐겨 부르는 잘 아는 찬양곡을 힘차게 부르고 말씀도 삶 속에 적용하려 귀를 기울여서 듣다 보면 시간이 금세 흐르곤 합니다. 지역 내에서 이렇게 사랑과 관심을 주는 모습이 아주 아름다웠습니다.

그리고 지역 내 가장 큰 교회의 남전도회 회원들은 약 10년 이상 내가 근무하는 곳에 함께 오셔서 예배와 봉사활동으로 사랑을 심어 주셨습니다. 주일 예배 후 함께 모여서 기도로 준비하고 일 년에 4번 봉사활동을 하러 오시는데, 처음엔 남자분들로만 모임이 구성되어 섬겨주시더니 점점 가족 단위로 늘어나 최근엔 자녀들까지 함께 섬겨주시느라 그 인원도 만만치 않습니다. 얼마나 아름다운 섬김의 모습인지 모릅니다. 마치 성가대원처럼 반주자를 대동해 찬양 준비도 해 오시고 집사님 중의 한 분은 항상 변함없이 말씀도 준비해 오셔서 은혜로운 예배가 됩니다. 마치 그들과 기관 장애인들이 한마음, 한뜻이 된 것처럼 함께 예배를 드리며 웃는 시간은 천국이 따로 없습니다. 기관 장애인들도 평소에 자주 먹을 수 없었던 햄버거를 선물로 받고, 그들과 함께 예배를 드리며 즐거운 시간을 보냅니다. 섬겨주신 교회의 회장님 이하 한 가정 한 가정 모든 분들께 하나님의 이름으로 진심으로 감사드리며 축복합니다.

하루는 커다란 박스가 선물로 도착했습니다. 열어보니 너무나 다양한 것들이 들어 있었습니다. 김, 미역, 고추장, 된장, 참치통조림 3통, 라면 한 봉지, 때밀이 수건, 고무장갑, 초코파이……. 아마 돌보는 가족이 없는 독거노인에게 전하는 선물이 우리에게까지 배달된 것 같습니다. 그 안에는 큰 사랑이 보였습니다.

교회에서 보내온 정성스런 선물이 사무실을 가득 메웠습니다. 연말마다 어디서에선지 따뜻한 산타들이 일 년 동안 잊지 않고 준비하였다가 그들의 사랑을 날려 보내옵니다. 나의 마음은 금방 따뜻해지고 눈에선 감사의 뜨거운 눈물이 흐릅니다.

박스 안을 다 비우고 난 뒤에 무엇으로 채워 보내야 할지에 대한 고민이 시작됩니다. 받는 것에만 익숙해져 가는 기관 운영에 머물러선 안 된다고 강조하면서 당장 채워서 갚을 것을 걱정합니다. 사랑을 꼭꼭 채워 담아서 드릴 것입니다.

놀랍게도 어떤 교회에서 보낸 쌀이 무려 100포대가 트럭으로 옮겨져 도착하였습니다. 트럭에서 포대를 내리는 사람들이 차 위로 아래로 줄을 지어 나릅니다. 한참을 운반하고는 팔이 빠지는 듯한 통증에도 감사로 인하여 미소가 절로 나옵니다.

우리의 사정을 잘 아시는 주님! 끼니를 굶고서는 아무것도 할 수 없습니다. 우리의 연약한 영육을 위하여 먹어야 합니다. 아주 세밀한 것까지도 챙겨주시는 주님으로 인하여 참 감사합니다. 그 큰 트럭에 무엇을 담아서 보답해야 할지 아직도 고민 중에 있습니다. 우리 자체가 꽃이니 우리 모두가 그 트럭에 타고 귀한 선물을 주신 분들께 인사를 하러 가야 할 것만 같습니다.

사랑을 심어 주셨으니 진실한 사랑으로 갚길 진심으로 원합니다.

- 서울에서의 섬김

어느 날 서울에서 지방으로 시간을 내어 봉사와 선교를 하시겠다며 20~30대의 미혼 남녀 교인들이 오시겠다고 전화가 왔습니다. 어느 대형교회의 브리지 공동체 모임의 사람들이었습니다. 먼 곳에서 오셔서 하루 일정으로는 부족하다면서 3박 4일의 일정을 잡고 확실한 봉사를 하시려고 기도로 준비하고 계셨습니다. 모두들 직장인으로서 소중한 휴가시간을 심신의 지친 피로를 푸는 것이 아닌 봉사활동을 통하여 보람된 휴가를 보내고자 하였습니다. 참으로 가슴 뭉클하게 만드는 멋진 젊은 이들이었습니다.

그들과 함께 며칠간 보낼 시간을 위해 꼼꼼히 기도하고 준비하였습니다. 어떤 일과 프로그램을 가지는 게 가장 효과적일지, 시간별로 진행되는 사회자와 말씀 전달자 그리고 강사 섭외, 준비물과 음식과 간식 준비 등을 꼼꼼히 확인하며 세심하게 신경을 써서 준비하였습니다. 그동안 많은 인원이 숙박을 해가며 봉사활동을 하러 오는 일도 없었기에 새로운 경험을 하게 된다는 생각에 기대하게 되었습니다.

아침부터 시간마다 그들과 함께 삼삼오오 모여서 하나님의 도우심 속에 모든 계획된 일들이 차질 없이 잘 진행되도록 기도하였습니다. 안전사고 없이 잘 마치기까지 봉사자들의 숨은 기도와 열정, 무엇보다도 낮은 자들을 자신의 몸처럼 아끼며 기도하는 모습을 보여준 것이 오랫동안 가슴에 남았습니다. 나의 당부대로 장애인 한 사람 한 사람을 아끼는 모습을 보였으며, 함께 물놀이를 가서 서로의 등을 도닥여주며 웃었고, 준비한 캠프파이어 시간에는 주님 안에서 서로 아름다운 섬김의 모습을 보였습니다. 조별활동과 오락시간과 찬양시간에도 유머로 웃음꽃이 활짝 피어 그야말로 천국 잔치를 한 셈이었습니다. 모두가 하늘나라의 자녀들로서 한마음이었습니다.

휴가를 내어 여행하기도 바쁜 삶 속에서 봉사를 하려고 작정하고 기부도 하면서 봉사활동을 해 주신 보기 드문 젊은이들의 아름다운 섬김에 진심으로 감사를 드립니다. 그 이후 계속된 그들의 후원물품 증정 및 후원금 전달에 나의 근무지 장애인들이 하나님으로부터 사랑을 많이 받는 행복한 사람으로 보였으며, 나 역시 아주 행복한 사람임을 알 수 있었습니다.

한번은 지방에 없는 색다른 경험을 시켜주신다며 서울의 여러 후원자 분들이 우리 기관 장애인들을 초청해 주셨습니다. 엄두도 못 내던 일이었기에 다들 너무 기뻐하며 환호성도 질렀습니다. 그리하여 63빌딩 내의 아쿠아리움 및 창경원과 에버랜드까지 2박 3일의 일정을 가지고 여유 있는 여행에 나설 수 있게 되었습니다. 설렘과 기대로 부푼 아이들은 이미 넓은 세상을 안고 자신감마저 가지고 있었습니다. 교인들이 바쁜 가정과 직장생활을 하는 중에도 번갈아 가며 식사와 잠자리를 사랑으로 신경 써 주셨습니다. 마치 어머니와 같은 진심 어린 사랑의 마음으로 말입니다. 얼마나 따뜻했는지 모릅니다.

지방에서 보지 못했던 서울의 큰 빌딩숲을 보며 아이들의 눈은 점점 커져갔습니다. 지방보다 더 많은 사람들의 바쁜 모습들을 보며 서울 사람들은 엄청 바쁘게 살아감을 볼 수 있었습니다. 이 특별한 후원이 단 한 번도 경험해 보지 못한 이들에게는 평생 잊을 수 없는 인생의 체험이 될 수 있기에 진심으로 감사만 드렸습니다. 입으로만 사랑한다고 말하는 것보다 실제적으로 필요한 도움을 주는 것이 사랑이라고 믿기 때문에 큰 사랑을 실천해 주신 여러 후원자님들께 감사의 인사를 드릴 수밖에 없었습니다.

작지 않은 비용과 잊을 수 없는 이웃의 섬김으로 아이들은 한층 더 씩씩하고 성숙한 모습을 보였습니다. 얼마나 큰 사랑인지 모릅니다. 그 크신 사랑을 베풀어 주신 여러분들께 하나님의 이름으로 축복만 드립니다.

- 지역 내 봉사자들

어디서나 용기 있게 좋은 방향으로 인도하려는 선한 목자와 같은 역할을 하는 사람이 필요합니다. 제멋대로 가려고 하는 양 같은 사람들의 본성을 잠시 자제시키는 중요한 역할을 담당하므로 아주 중요한 사람입니다.

지역 내에서 학생들을 잘 이끌어주는 좋은 선생님이 계셨습니다. 학생들의 장단점을 잘 파악하고 조언을 해 주며 많은 학생들에게 봉사를 통하여 이웃을 보살피는 마음을 가지게 만드셨습니다. 말로 다할 수 없을 정도로 헌신적이셨습니다. 그 선생님은 우리 기관을 홍보하기 위해 다양한 방법을 활용하시고, 학생들의 작은 용돈을 쪼개어 학생들의 잠재능력을 우리 기관에 다 쏟아주셨고, 학생들에게 봉사의 기쁨을 심어주셨습니다. 자신의 시간을 쪼개어 학생들을 바로 이끌어주려고 수고를 다

하시는 모습을 보면서 참으로 흐뭇했습니다. 앞날에도 어디서든 귀하게 쓰임 받는 선생님이 되실 것을 믿고 우리 기관을 섬겨주신 학교장 및 모든 교직원들과 학생들 모두와 그 가정에 하나님의 무한하신 사랑과 축복이 함께 하시길 진심으로 원합니다.

두발은 시간마다 어김없이 자라납니다. 여자들은 머리가 길어도 그다지 흉하지 않은데 남자들은 머리가 어중간하게 길면 보기가 좋지 않습니다. 그리하여 미용 봉사단체에서 한 달에 한 번씩 쉬는 시간을 활용하여 봉사활동을 하러 오시는데 참으로 감사한 일입니다. 귀한 섬김입니다. 하나님의 말씀을 실천하기 위하여 먼 곳까지 직접 찾아와 주시니 더욱 감사한 일입니다. 조기 축구회에서는 이른 아침에 모여서 축구를 하고 단합된 마음을 모아서 봉사를 하러 오시기도 합니다. 봉사도 감사하거늘 꼭 바지 주머니 속에 숨겨둔 돈을 꺼내어 후원에 보태라고 전해주시기까지 하십니다. 다들 사는 모습이 비슷비슷하여 넉넉하지 않을 텐데도 넉넉한 마음으로 후원해 주십니다.

따뜻한 이웃들의 사랑이 감사하기만 합니다. 그들 모두를 하나님의 이름으로 진심으로 축복합니다.

"올해도 어김없이 함께 운동회를 하는 거지요? 어떤 종목으

232

로 함께 할까요?"

"올해도 저희들을 초청해 주셔서 감사드립니다. 우리 학생들과 함께 손을 잡고 뛰고, 함께 힘을 모으는 그런 종목이면 좋겠습니다."

"잘 알겠습니다. 준비하겠습니다. 고맙습니다."

해마다 지역에 하나밖에 없는 귀한 초등학교에서 함께 운동회를 열자는 제의를 받습니다. 학생들과 교직원들과 우리 기관 식구들까지 다 모여도 300명도 채 안 되는 작은 마을인지라 우리의 참여와 응원이 어린 학생들에게 용기와 힘을 줄 수 있기에 해마다 참석하며 그동안 갈고 닦은 체력을 운동회를 통하여 과시하고 있습니다. 비록 장애의 몸으로 살아가지만 어린 학생들보다 나이도 많은 터라 학생들을 격려해 주어야 하는 입장이기에 이러한 마음을 우리 장애인들에게 심어주고 기도하자며 안내해 왔었습니다.

어김없이 돌아온 운동회! 어린 학생들의 손을 꼭 잡아주고 등을 두들겨주며 힘내라고 소리칩니다. 미래의 희망인 학생들에게 언니, 오빠의 마음으로 또는 이모, 삼촌의 마음으로 학생들을 힘껏 응원합니다. 기본 운동을 한 다음에 함께 뛰기 위한 운동장으로 순서대로 달려나갑니다. 어린 학생들에게 줄 팝콘과 핫도그와 시원한 오렌지주스도 준비합니다. 행동이 재빠른 어린 학생들에 비하여 어눌한 우리 장애인들은 학생들의 손에 이끌려 청백으로 나누어진 경기에서 최선을 다합니다. 그리고 청백으로 나누어진 경기에서 이기기 위하여 온 힘을 다합니다.

가끔씩 뒤처지거나 넘어지기도 하지만 다시 힘을 내어 손을 잡고 힘차게 뛰는 어린 학생들의 이마에는 총총히 땀이 납니다. 결승전 장면을 지켜보며 두근거리는 가슴으로 힘차게 응원을 합니다. 학생들과 한마음이 되어 경기를 하다 보면 어느 팀이 이기든 아무 상관이 없습니다. 단지 최선을 다하여 함께 뛰는 그 자체가 소중한 것입니다.

장애인이라고 하여 아무것도 할 수 없는 무능한 존재로 여기고 소외시키는 것이 아니라 무엇이든지 함께 해 보자는 마음을 어린 학생들에게 심어주는 학교장과 교직원들, 이런 학교의 방침을 존중해 주신 학부모님들과 함께 온 동네잔치가 끝나고 나면 서로가 만족해하며 아주 행복한 표정을 짓습니다. 작은 마을 전체가 운동회로 인하여 시끌벅적하고, 크게 웃게 됩니다. 지역주민 모두가 한 가족이 된 셈입니다. 아담하고도 큰 행복을 담고 내년 운동회를 기약하며 소중한 기억을 안고 헤어집니다.

- 남녀 학생 봉사자들

앞다투어 봉사하려고 아침도 먹지 않은 채 달려오는 아주 정이 가는 학생들이 있었습니다. 이왕 하는 봉사활동을 더 적극적으로 할 수 있도록 봉사정신과 약간의 선의의 경쟁심을 심어주었습니다. 학교의 명예를 걸고, 가문의 명예를 걸고 봉사를 하라고 전하였습니다. 그랬더니 학생들 사이에 재미있는 일이 일어나기 시작하였습니다. 봉사활동에 아주 진지해졌고, 봉사 후에 스스로에게 만족해하는 모습을 보여준 것입니다. 얼마나 흐뭇했는지 모릅니다. 억지로 봉사를 하면 지겹고 금방 지치기 쉬운데 약간의 경쟁 심리를 심어주었더니 한바탕 웃음까지 지으며 봉사를 하게 된 것입니다. 학생들은 학생들대로 봉사의 시간을 기쁘고 즐거운 마음으로 해냈고 나는 나대로 엄마의 마음으로 식사나 간식을 챙겨주었습니다.

학생들을 만나서 내가 들려주고 싶은 이야기를 전하고 학생들의 멋진 앞날을 지켜본다는 것은 돈으로 살 수 없는 귀중한 시간이었습니다. 봉사를 통해 학생들 삶에 각자 깨달은 바가 있어서 그들 개인에게 크나큰 울림이 있을 것을 기대하였습니다. 학생들 모두가 나의 자식들 같았습니다. 한 명 한 명이 너무나 소중하였고 그들 모두가 귀한 일꾼으로 우뚝 서기를 간절히 바랐습니다.

학생들은 모두가 하늘나라의 보물입니다. 계산할 수 없는 무한한 가치를 지닌 존재입니다. 미래를 책임질 학생들에게 아낌

없는 사랑과 지지를 보내는 것이 어른들의 책임입니다. 그들을 전적으로 이해하고 사랑하고 도움을 주고자 하는 어른이 많길 바랍니다. 어른들의 몫을 잘 나누고 살면 참 좋겠습니다.

남학생들과 달리 여학생들은 정적으로 봉사를 합니다. 청소도 아주 깔끔하게 하고 장애인 한 사람 한 사람을 대할 때도 아주 사랑스러운 눈빛을 보냅니다. 학생들의 순수하고 깨끗한 심성이 장애인들에게 고스란히 잘 전달될 때 아름다운 꽃이 피어남을 볼 수 있습니다. 학생들은 마치 별나라에서 온 공주님처럼 그들만의 분홍빛 사랑을 우리 기관 장애인들에게 고스란히 전합니다. 얼마나 아름다운지 모릅니다. 안아주고 도닥여주고 그림을 그려주며 노래도 불러줍니다. 어떤 학생은 어떤 장애인이 대소변 실수한 것을 얼굴 하나 찡그리지 않고 말끔히 청소합니다. 그리곤 얼른 목욕탕으로 그분을 데리고 가서 씻겨 주기도 합니다. 비누를 묻힌 손에는 부드러움이 넘칩니다. 그리곤 이렇게 속삭입니다. '괜찮아요.'

진정한 봉사의 모습입니다. 학생들의 모습을 보노라면 학생이 아닌 것 같습니다. 마치 이들의 보호자인 것 같아 보일 때도 많습니다. 학생들이 엄마처럼 보일 때도 있습니다. 간식을 먹여주고, 입을 닦아주고, 흘린 것들을 청소하는 모습을 보고 씽긋 웃어주기도 합니다. 천사가 따로 없습니다.

하늘나라에서 내려온 장애인 천사들과 이들을 아낌없이 사랑하려고 온 천사 학생들! 순식간에 우리 기관은 천사들이 가득 모인 곳이 됩니다. 그리고 천사들의 노래가 시작됩니다.

당신은 사랑 받기 위해 태어난 사람, 지금도 그 사랑 받고 있지요
당신은 사랑 주기 위해 태어난 사람, 지금도 그 사랑 주고 있지요

변함없이 그런 사랑만 오가는 삶이 되면 참 좋겠습니다.

– 최연소 후원자

"우리 아이가 후원을 하고 싶다고 했어요. 그래서 우리 아이의 의견을 존중하는 거예요."

"네? 아이가 몇 학년인데요?"

"초등학교 3학년입니다."

"3학년이라고요? 네, 잘 알겠습니다. 고맙습니다."

날씨가 싸늘해져서 감기에 걸리기 쉬운 계절이었습니다. 갑자기 걸려온 전화에 깜짝 놀랐지만 너무나 기쁜 내용이었습니다.

지역 내 초등학교는 전교생이 100명도 안 되는 작은 규모의 학교입니다. 초등학생이 우리 기관 장애인들을 만나면서 돕고 싶다는 마음이 생긴 모양입니다. 그동안 여러 행사들을 함께 해 오면서 제법 친숙해졌고, 같은 지역주민으로 도움을 주어야 하는 분들임을 학생들이 알게 된 것입니다. 마음에서 우러나와 서 자발적으로 돕고 싶은 사랑의 마음이 싹튼 것입니다.

그중에서도 가장 어린 학생이 후원을 하자는 제안을 했다는 것입니다. 그 학생의 부모는 학생의 의견을 존중하여 부모가 일하는 회사의 사장님께 부탁하여 후원을 하고자 한다는 것이 었습니다. 라면이 300박스나 되는 엄청난 사랑이었습니다. 우 리나라 속담에 말 한마디로 천 냥 빚을 갚기도 한다는데 참으 로 보기 좋은 아름다운 모습이었습니다.

어린아이의 따뜻한 사랑을 존중해 주신 그 부모님과, 그 부 모님의 의견을 존중해 주신 사장님! 누군가를 기억하고 도움이 필요할 것을 예상하여 사랑을 주고픈 마음이 어린아이에게도 있다는 것에 너무나 큰 감동을 받았습니다. 어른들이 미처 다 하지 못하는 일에 어린 학생이 직접 나서는 모습을 보며 이미 우리나라도 선진국가의 대열에 와 있는 듯하였습니다.

그동안 여러 사람들을 만나며 후원협조 요청을 해 보면 순수 하게 후원을 협조하는 사람들도 있지만 간혹 알만한 어른들 중 에도 이런저런 핑계를 대고 기피하는 사람들도 있어 왔기에 그 어린 학생의 진심 어린 따뜻한 사랑을 존중하여 큰 선물을 주신 사장님께 진심으로 감사를 드렸습니다. 어른으로서 자녀 앞에서 좋은 가정교육을 해 주신 그 부모님과 그 부모님을 존중해 주신 회사의 사장님께 머리 숙여 감사드리며 그 어린 학생의 자발적인 선의로 학교의 교육까지 새롭게 보는 계기가 되었습니다.

마태복음 25장 40절 말씀:
가장 작은 자 한 사람에게 한 것이 곧 나에게 한 것이니라, 아멘.

크리스마스와 부활절의 따뜻함

- 크리스마스

"올해는 큰 산타 양말 안에 과자를 듬뿍 넣어서 전교생 모두에게 선물해요!"

어린 학생들에게 지역의 언니, 오빠, 이모, 삼촌과 같은 연령의 장애인들이 크리스마스의 의미를 안내하는 것이 좋다고 생각하였습니다. 사랑을 받는 것에만 익숙하기보다는 작은 것이라도 함께 나누는 기쁨을 장애인들에게 심어주고자 한 것이었습니다. 장애인들의 자기실현의 욕구를 알아내어서 실천하게

끔 이끌어 내려고 한 것입니다. 장애인들에게는 그런 감정조차도 없을 것이라고 잘못 알고 있는 사람들에게 장애인도 비장애인과 똑같은 인격체임을 알리기 위해서이기도 합니다.

각자 준비한 선물을 직접 줄 때의 기분은 당사자만이 아는 즐거움이고 기쁨입니다. 장애인 개개인의 사랑을 담은 선물 전달은 자신들에게 아주 소중한 기억이 되며, 크리스마스카드를 준비하는 시간부터 들뜹니다. 사랑하는 사람을 위하여 무엇인가를 전하고 싶어하는 욕구는 누구에게나 다 있기 때문입니다.

해마다 크리스마스 선물을 서로 전하고 나눕니다. 학생들은 학생들대로 1년 동안 갈고 닦아온 재능을 언니, 오빠, 삼촌, 이모와 같은 장애인들 앞에서 선보입니다. 작은 고사리 손으로 차곡차곡 용돈을 모아 준비한 후원금을 건넵니다. 크리스마스카드에는 학생들 개인별로 진실한 사랑을 담은 카드가 전달되기도 합니다. 서로가 서로의 사랑을 나누는 참으로 아름다운 모습입니다.

학생들의 솜씨는 해마다 늘어갑니다. 갈수록 어린 학생들이 준비하는 내용들이 더 멋있어지고, 학생들도 이젠 특별한 언니, 오빠, 이모, 삼촌 앞에서 부끄럼을 타거나 머쓱해하지도 않습니다. 최선을 다하여 정성껏 준비한 그 학생들 마음이 보입니다. 천사의 마음입니다. 하늘에서 보내준 천사들! 천사들끼리 소통을 하는 것 같습니다. 그리고 가족 잔치를 하는 것 같습니다. 마치 한 가족이 된 것처럼 말입니다. 어린 학생들에게 이런 따뜻한 사랑이 있다는 것을 어른들이 배우는 기회가 되는 시간이기도 합니다.

우리 학생들이 이렇게 밝고 순수하고 아름답게 성장해 나갈 것을 믿고 하나님의 이름으로 축복합니다. 그리고 언젠가 온 동네가 떠나갈 정도로 마을 주민들이 함께 캐럴을 부를 수 있길 기대합니다.

– 부활절

해마다 부활절이 되면 지역주민들에게 장애인들이 직접 삶은 달걀을 나누어 주면서 전도를 합니다. 지역주민들이 사랑의 마음으로 장애인들을 섬겨 주시기에 그 사랑을 되돌려주는 것입니다. 신앙심이 두터운 장애인분들에게 전도에 대하여 의견을 물어보면 자신이 하겠다고 나섭니다.

일반인이 전도할 때에는 쑥스럽게 받아들이는 주민도 있지만 장애인의 전도에는 착한 마을 주민들이 한결같이 착한 대답만 해주십니다. 우리의 수고가 헛되지 않도록 말입니다. 마음에서 우러나오는 따뜻한 말씀들입니다. 참으로 눈물이 나는 감격스런 장면입니다. 이런 모습을 지켜보면서 또다시 감격의 눈물을 흘리며 축복기도를 합니다.

전도를 한 장애인들도 아주 흐뭇해하며 자신의 한 일이 아름다운 열매가 맺길 기도합니다. 해마다 부활절 행사를 이렇게 행하고 있었고 해마다 아름다운 일이 많기를 기대합니다.

존경하는 낡

- 국제결혼 하신 송 권사님

첫째아들이 미국에서 대학입학 때까지 홈스테이한 곳은 한국 가정으로, 미국인과 결혼하여 사는 송 권사님 댁이었습니다. 송 권사님은 지금까지도 저와 아이들의 안부를 묻는 등 인간적인 관계를 유지하고 도움을 주시고 있습니다.

친정의 첫째 외삼촌께서 송 권사님을 소개해 주셨습니다. 송 권사님의 외국인 남편분은 지체 장애를 가지고 계셔서 송 권사님이 지극정성으로 내조했고, 남편분은 자상하게 아내 사랑을 실천하셨습니다. 신앙도 있고 좋은 가정의 모습을 볼 수 있는 기회가 될 것이라는 외삼촌의 말씀에 송 권사님 댁에 첫째아들을 보냈습니다.

여러 번 홈스테이 가정의 사정상 장소를 옮기고, 전학을 여러 번 하는 등 환경적인 변화로 정신적·심리적·물질적으로 어려움을 겪은 첫째아들에게는 안정이 필요하였습니다. 그리고 자상한 가장의 모습을 보고 배우는 가정교육은 너무나 오랫동안 절실했습니다. 그래서 송 권사님 가정에서 따뜻한 가정의 온기를 느끼고 배우게 되었다고 믿고 있습니다.

다른 사람의 요구나 말은 구분하여 듣더라도 나의 말이나 부탁은 언제든지 신뢰해 주시는 송 권사님께서는 항상 나와 두 아들을 위하여 축복기도를 해 주십니다. 그러던 송 권사님의 남편께서 별세를 하셔서 장례를 마친 뒤 잠시 한국에 다녀가시게 되었습니다. 긴 세월을 행복하게 사셨던 부부인데 한 사람이 먼저 하늘나라로 가게 되면 남은 사람의 삶이 얼마나 힘든지 송 권사님을 보면서 느끼게 되었습니다. 평소 다정다감했던 삶에 큰 슬픔을 만난 송 권사님께 무슨 위로의 말이 필요할지 몰라 난감하였습니다.

신앙을 가진 믿음의 사람들답게 이 세상에서의 모든 수고를 마치고 슬픔·걱정·염려가 없는 곳에서 언젠가 모두 함께 만날 것이기에 잠시 먼저 이별을 하는 것이라고 표현하지만, 그래도 사람인지라 어제까지 보이던 사람이 당장 눈에 보이지 않으면 큰 충격에 빠지게 됩니다. 한 번도 송 권사님의 남편을 만나본 적은 없지만 그 가정에서 나와 아들에게 따뜻하게 대해주신 일들로 인하여 함께 울고 위로해 드렸습니다.

먼 이국에서 언어 문제로 의사소통도 잘 되지 않지만 열심히 살아가는 국제결혼한 여성분들은 참으로 억척스럽습니다. 온갖 궂은일도 겪어야 하고 하소연할 만한 곳도 찾기 쉽지 않은 것이 보통이기에 송 권사님의 삶을 보면서 도움이 필요한 국제 결혼 가정이나 다문화 가정도 관심과 사랑으로 돌봄이 필요함을 알게 되었습니다. 지금까지의 시련들이 이러한 다양한 삶이 있는 세상에서 더 큰 생각을 가지고 살아가라고 하시는 전능하신 하나님의 계획 속에 있었던 것이라 믿으니 두 아들의 앞날에 빛이 비추는 것 같습니다. 처참한 고통들은 축복을 받기 위한 필수 과정으로 여기게 되고, 고난의 시간이 흐른 뒤에 더 감사할 수 있는 앞날이 열리는 것이라고 여기게 되었습니다.

고국을 떠나 먼 타국에서 장애를 가진 남편을 한평생 내조하며 살아오신 송 권사님의 삶의 과정을 잘 알기에 값으로 매길 수 없는 헌신이었음을 압니다. 사랑이었습니다. 송 권사님께서는 퇴직 후 노년에 어려운 이웃들을 위한 선교에 비전이 있다 하시니 믿음의 사람으로서 아름다운 인생의 마무리를 하리라 믿습니다.

먹을 것이 없어서 굶어 죽는 수많은 생명들이 아프리카나 아시아 지역에 몰려 있고, 예측하지 못하는 질병이 발병하여 약이 없어서 죽거나 고생하고 있습니다. 아무런 잘못이 없는 어린 생명을 살려낼 수 있는 시간을 놓치게 되면 이는 외면한 어른들의 잘못입니다. 힘든 상황에 있는 사람을 보고도 못 본 척한다면 양심이 있다고 볼 수 없습니다. 비록 작은 것이지만 어려움을 겪고 있는 사람의 입장을 이해하고 도우려는 마음을 가지는 것이 사람다운 덕목이라고 생각합니다.

주변을 둘러보면 우리의 사랑이 필요한 곳과 사람들이 보일 것입니다. 사람답게 살면서 아름다운 향기를 드러내는 참사람이라면 얼마나 좋을까요. 그 사람의 이름만 들어도 기분 좋은 그런 사람이 나 자신이라고 생각하면서 살아가는 것은 축복입니다. 여러 힘든 상황 속에서도 웃음을 잃지 않고 믿음을 가지고 오늘도 용기 있게 살아가며 꼭 필요한 사람이 되는 일에 앞장서면 좋겠습니다.

- 네덜란드 이유리 씨의 삶

어느 날 우연히 보게 된 신문에 어릴 적에 해외로 입양된 분의 삶이 소개되어 유심히 읽게 되었습니다. 언젠가부터 나도 모르게 입양과 관련된 기사에 더 많은 관심이 가는 것은 어찌할 수 없는 일이었습니다. 입양인과 관련된 내용에 나도 모르게 동병상련의 마음으로 집중하게 됩니다. 신문기사에서 어릴 적 네덜란드로 입양되어 가신 분께서 그곳에서 남편 없이 자녀들을 훌륭하게 양육하고 있는 여성들을 인터뷰한 내용을 책으로 만들었다고 했습니다. 마음이 아프면서 더 관심이 가기 시작하였습니다.

가부장적인 전통을 앞세우며 이혼녀에 대한 차가운 시선이 많은 우리나라에 이런 책을 들고 와서 우리의 오랜 관습과 낡은 생각을 호통치고 있다는 생각에 든든한 위로가 되었습니다. 우리 국민들이 해외입양으로 외국생활에서 고독함과 외로움을 겪었을 이들의 아픔들을 잘 끌어안고 위로해 주어야 하는데, 오히려 챙겨주지 않고 버렸습니다. 그럼에도 혼자서 자녀를 양육하는 여성들을 위하여 우리나라 국민들이 해내지 못하는 일을 하고 있어서 가슴이 더 저려오기도 하였습니다. 위로받아야 할 사람이 오히려 위로해주고, 함께 울어주고, 이해해주어 그분의 남다른 역할에 무슨 말로 감사를 해야 할지 모르겠습니다.

우리나라 국민들의 따뜻한 관심이나 위로가 절실한 혼자 사는 여성들을 위하여 이토록 적나라하게 위로한 사람이 없었습니다. 그동안 우리나라에서는 혼자 사는 여성과 그 자녀들에 대하여 사회적 책임은커녕 보이지 않는 무시와 차별을 해 왔고, 보호자 없는 고아처럼 내팽개치는 일도 있어서 심각한 사회문제가 아닐 수 없었습니다. 이런 상황에서 읽게 된 이 책은 마치 나에게 들려주는 격려와 용기의 메시지인 것 같았습니다. 현재의 역경을 이겨내어 반드시 승자가 되라는 말로 들렸으며 그렇게 될 것을 믿게 하였습니다.

홀로 사는 엄마의 대단한 자녀 양육법! 혼자서 날마다 두 아들을 잘 양육하려고 발버둥 치며 신앙으로 어려움을 극복하자며 성경 말씀을 암송하게 하고 꿈을 심어주던 터라 나에게는 더 마음에 와 닿았습니다. 작가분을 만나고 싶어져서 신문기자를 통하여 연락처를 알아내어 나 자신을 소개하고는 만남을 가지게 되었습니다. 첫인상이 아주 좋았습니다. 호탕한 성격의 아들을 한 명 키우는 여성으로 아주 씩씩해 보였습니다. 그분은 자신의 삶을 아주 솔직하게 소개해 주셨습니다. 말로 다 표현 못하는 그분의 아픈 삶의 이야기를 들을 때는 함께 눈시울을 적시기도 했습니다. 하지만 그 숱한 고생을 경험하였음에도 불구하고 시련들이 만들어 낸 시간들로 인하여 자신감은 넘쳐나 보였습니다.

고국을 떠나 먼 나라에서 지금까지 잘 살아온 것에 대하여 칭찬을 해주고 싶었습니다. 그리고 책을 출판하기까지의 수고와, 책에 나와 있는 훌륭한 정신을 맘껏 응원해 주고 싶었습니다. 우리나라 사람들보다도 더 우리나라의 고통 받는 여성들을 위하여 괴로워하고 있는 그 마음에 감동을 받았습니다. 외국에서 오히려 더 애국자가 된다는 사실을 다시 확인하였습니다. 얼마나 아름다운 일을 했는지 고개가 저절로 숙여지기도 하였습니다. 또한 해외에서 자신의 생각을 담은 재단을 만들어서 남편 없이 경제적 문제를 해결하며 사는 여성들을 옹호하고 지지하는 모임을 가지고, 서로를 격려하고 살아간다는 것에 큰 박수와 지지를 보내고 싶었습니다.

우리나라에도 남편이나 시댁으로부터 학대받고 힘들게 살면서 경제적 도움은커녕 더 큰 어려움을 겪는 여성들이 많이 있습니다. 이런 삶을 잘 헤쳐나가기 위하여 남편 없이 혼자 사는 여성들에게 더 큰 어려움이 없는 사회 전반이 되도록 경종을 울려야 한다고 생각하였습니다. 이혼이라는 심각한 상처로 인해 정신적으로 너무나 힘든 삶의 경험을 가진 사람을 위로하고 도와야 함에도 오히려 더 큰 상처를 주는 일은 우리사회에서 고쳐져야 합니다. 가혹한 말이나 업신여기는 태도로 함부로 이혼한 여성들을 무시하면 안 됩니다. 이혼을 원하여 결혼을 하는 여성은 단 한 명도 없기 때문입니다.

남다른 아픔을 겪은 이혼 여성들과 자녀들을 보듬어 안고 도움을 주는 사회가 되어야만 진정한 복지국가가 될 수 있습니다. 사회적 약자에게 차별 없는 세상을 만들어 주기 위하여 건강한 사람들이 앞장서야 합니다.

도움을 요청하기 이전에 먼저 나서서 도와야 인격적이며 성숙한 사회라고 말합니다. 여러 가지 관심과 지원으로 자신 있게 살아갈 수 있도록 도와야 합니다. 그리하여 이혼으로 혼자 사는 여성들이 자녀들을 양육하며 살아갈 때나 미혼모로서 자녀를 직접 키워야 하는 경우, 우리나라도 선진국처럼 더 많은 관심을 가지고 사랑으로 지원해주길 원합니다. 이번 기회에 힘든 삶을 살아가는 우리나라 이혼 여성들이나 미혼모들의 앞날이 밝아지는 계기가 되었으면 합니다. 아픔이나 슬픔을 경험하고도 오히려 무시당하거나 더 짓밟히는 삶이 아닌, 자신감 넘치고 당당한 삶, 더는 억울한 고통이 없는 앞날이 열리길 기대합니다.

여러 삶의 모습

장애인의 여러 낯

- 일반 가정 체험

자녀가 없는 어떤 가정에서 잠시라도 우리 장애인과 함께 지내는 기쁨을 누려보고 싶다고 말해왔습니다. 자녀가 없어서 적적하게 살아온 그들의 삶에 보람과 기쁨을 누려보고자 한다는 것이었습니다.

그 생각을 존중하였습니다. 시설에서 지내는 무연고자 장애인들에게는 특별한 체험의 시간도 되기도 하고, 때로는 그런 인연이 한 가족으로 실현되기도 하기 때문입니다. 그리하여 만남을 주선하고는 사랑과 보람이 넘치는 시간이 되길 기대하였습니다.

장애인 입양은 경제적으로 부유한 입장의 가정에서만 가능한 것이 아니고 변치 않는 진심의 사랑만 있으면 가능하다고 믿고 있습니다. 아무리 시설이 쾌적한 환경을 제공해 준다 해도 시설에서 살아가는 것보다는 일반 가정에서 사랑을 받고 살아가는 것이 더 중요합니다. 그래서 일반적인 가정의 모습을 모르는 이들에게 일반 가정을 체험할 수 있는 기회가 제공된다는 것은 얼마나 중요한 일인지 모릅니다.

삶 속에서 특별한 마음을 내어 준 두 부부가 그토록 귀할 수가 없었습니다. 그들은 소중한 시간을 내어 특별한 사랑을 심어 주었고 장애인은 가정 체험의 특별한 경험을 하게 되었습니다. 각자 조금 더 넓은 세상을 알아가고 배워가는 기회가 된 것입니다.

사람들마다 유난히 마음이 끌리는 사람이 있습니다. 말을 건네고 싶고 표정 하나하나가 사랑스러워 보이는 분이 있습니다. 이분을 위하여 특별한 사랑을 가지고 시간을 내어 맛있는 것을 준비하여 방문하고, 필요한 것을 나누는 분이 있었습니다. 아무나 이런 마음을 낼 수 없습니다. 왜냐하면 자신의 귀중한 시간과 정성과 물질이 드는 일이기 때문입니다. 하지만 자신도 주체할 수 없는 특별한 마음이 우러나오는 것이라면서 아깝지 않다고 말하셨습니다. 그리곤 가진 것이 많다면 더 주고 싶다고 덧붙입니다.

순수한 마음으로 사랑하고자 하는 마음만 있다면 무엇이 아깝겠습니까. 생명 그 자체가 아름다운 것입니다. 외모가 달라도, 표현을 못 해도 사랑을 주고자 하는 마음이 생겨서 자연스럽게 끌리는 대로 아낌없이 다 주고픈 마음이 드는 것입니다. 이런 사랑을 받는 사람은 참으로 행복한 사람입니다. 누구나 다 이런 사랑을 받고 싶습니다. 특히 사랑이 절대적으로 필요한 가장 낮은 자들에게는 말입니다.

이런 사랑! 누구나 다 할 수 있지 않겠습니까. 미루지 말고 지금 당장 말입니다.

하나님의 사랑은 조건 없는 사랑이기 때문입니다.

- 암 투병 환자

아픈 곳이 있어도 어디가 어떻게 아프다고 표현을 잘 못하는 장애인들에게는 심한 고열이 나지 않는 한 아픈 부위를 정확히 찾기 어렵습니다. 아무리 철저하게 몸을 살핀다 하더라도 정확히 파악하기가 힘듭니다. 그들 나름대로 지금까지 살아오면서 여러 가지 상처와 아픔의 스트레스가 병의 원인이 될 수 있으며, 정확히 모르는 가족력의 유전적인 부분들이 병의 원인이 되기도 합니다. 발병 시에 원인을 파악하여 필요한 조치를 해야 하는 것이 우리의 임무이기에 최선을 다하여 원인을 알아내고자 합니다.

아무 말도 못하는 가운데 암 증세를 가진 분이 있을 땐 참으로 마음이 무겁고 아픕니다. 그들만의 외롭고 힘든 삶을 당사자 본인이 아니고는 아무도 모르기 때문입니다. 누구나 고통이 있다지만 표현할 수 있는 사람과 표현을 잘 못하는 사람 간에는 분명히 차이가 있기에 그들의 억울함이 없도록 대변자 역할을 해야 하는 것입니다.

암 증세를 가진 분은 항암치료 과정에도 참으로 해맑은 웃음을 지으며 평소와 다름없이 잘 지내고, 한 움큼씩 빠지는 머리카락을 보면서도 그저 말없이 바라보기만 하였습니다. 자신의 육체적 고통을 받아들이며 말없이 이겨내고 있는 모습에 더 마음이 아파 크게 안아주었습니다. 가족이 없는 그분에게 사랑을 주는 것만이 암을 극복하는 길입니다.

– 자신을 사랑하는 분

자신의 모습에 만족하는 사람들이 얼마나 있을지 잘 모르겠습니다만, 항상 자신에 대하여 흡족한 마음을 가지고 살아가는 사람이 있습니다. 비록 가족들과 함께 살지는 않지만 항상 자신에 대한 사랑과 자존감을 지니고 살아가는 분입니다. 무엇보다도 자신을 가꾸는 일에 관심이 많아서 치장도 하고 자신의 미모에 대한 다른 사람들의 관심어린 말을 듣고 싶어 합니다. 누구나 관심을 받고 싶어 하듯이 말입니다.

자신의 체형에 대하여 그리고 머리스타일에 대하여 아주 민감합니다. 그래서 여러 가지 운동을 열심히 하고 식사조절도 합니다. 거울도 자주 보고 자신의 머리스타일도 자주 바꾸면서 온갖 노력을 다합니다.

그분을 볼 때마다 부끄럽습니다. 자신을 가꾸는 일에 아주 게으른 나 자신과 비교되기 때문입니다. 여성은 늘 가꾸어야 하나 봅니다. 가꾸는 것도 삶을 아름답게 살아가는 한 면이라고 봅니다. 자신을 가장 아끼면서 자존감을 세우는 일은 가장 중요합니다. 자신이 없으면 이 세상의 모든 것도 아무 소용이 없으니까 말입니다. 오늘도 주변 사람들을 통해 깨닫고 배웁니다.

- 누워서 생활하는 분

의사표현도 잘 못하고 사지도 움직일 수 없어서 누워만 있는데도 너무나 아름다운 분이 있습니다. 대소변을 받아내야만 하는 삶인데도 너무나 아름답습니다. 자주 병원에 입원해야 하는 상황을 만드는데도 너무나 소중하게 여기고 싶은 분이십니다.

가족들을 잘 알아보지 못하는 건지 아니면 자신의 사정을 알고는 답답하여서인지 말도 안 하고 눈을 잘 맞추지도 않지만 그 눈빛은 아름답기만 합니다. 사람들과의 눈 맞춤이 부끄러운 듯 어색해 하며 얼굴을 살짝 찡그리는데도 그 모습이 너무나 아름답기만 합니다.

사랑을 하고 싶은 사람의 눈에는 상대방의 모든 것이 아름답기만 합니다. 그래서 사랑하는 것입니다. 아무런 조건이나 이유 없이 말입니다. 이런 사랑을 받는 사람이 많으면 좋겠습니다. 그래서 아낌없는 그 사랑에 서로 살아가는 존재의 이유를 알면서 행복해 하면 좋겠습니다. 말을 못하고, 의사표현이 어눌하고, 잘 움직이지 못하고, 언어나 문화나 관습이나 역사가 다르더라도 사랑의 위대함만을 자랑하면 좋겠습니다.

- 재활의지의 꿈을 가진 분

오래 살지 못할 것이라고 단정 받은 생명이 있습니다. 건강이 좋지 못하여 아주 힘들게 살아온 분입니다. 여러 가지 재활치료를 받고 회복을 위한 약을 먹으면서 호전되고 있는데도 잦은 입원을 해야 합니다. 자신의 건강상태로 짜증이 날 만한데도 만날 때마다 환한 미소로 인사하는 모습은 참으로 아름답습니다. 이런 상황 속에서도 어디서 그런 환한 미소가 나올 수 있는지 그저 사랑스러울 뿐입니다.

그분의 취미는 독서입니다. 다양한 책들을 통하여 마음의 안식과 새 힘을 얻는 것 같습니다. 오늘도 성경책을 넘깁니다. 꼼꼼히 읽지 않았는데도 마치 뜻을 다 파악한 것처럼 다음 페이지로 넘깁니다. 마음이 편안해질 때까지 계속 책장을 넘깁니다. 행여 누군가와 눈이 마주치면 환한 미소로 자신의 존재를 알립니다. 어려움 속에서도 웃음을 보이면서 현실을 초월하고 있는 자세는 닮고 싶은 모습입니다.

아름다운 천사입니다. 오래오래 살기를 간절히 바랍니다.

- 매일 자신감이 생겨나는 분

아무것도 못한다며 일을 꺼렸는데 점점 자신감이 생기기 시작하더니 기대 이상으로 능력을 발휘하는 분이 있습니다. 잠재능력 개발을 위하여 책자를 만들고 그것을 접목시키는 운영을 했더니 놀랍게도 하루가 다르게 자신감이 생기면서 효과를 보인 것입니다.

지금은 직접 설거지도 하고 간단한 음식도 만들며 운동도 자발적으로 꾸준히 잘 하고 있습니다. 도움이 필요 없을 만큼 스스로 해내려는 의지와 자신감이 생긴 것입니다. 한 단계 더 나아가 도전하는 모습을 보이며 누가 시키지도 않았는데 도움이 필요한 사람들을 돕기도 합니다. 이제 독립을 해도 될 만큼 매사에 자신감이 생긴 모습을 보니 참으로 뿌듯합니다.

또 다른 자신감 넘치는 일을 수행했다고 자랑하는 소식을 기대하며 기다립니다. 아무것도 못하는 존재가 아니라 뭐든지 다 잘 해내는 능력 있는 사람으로 성장하고 있습니다. 그래서 인정해 주며 칭찬만 합니다. 앞으로 여러 가지 다양한 시간의 체험을 해 볼 기회도 줄 예정입니다.

인간 승리가 따로 있는 게 아닌 것 같습니다. 못할 것 같은 일을 이루어 나가는 과정을 보며 하물며 비장애인인 우리는 어떠한 자세로 살아가고 있는지 다시 되돌아보게 됩니다.

- 자립을 원하는 분

뒤늦게 가족을 만난 아이는 만나자마자 시작된 부모의 간섭이 싫어졌습니다. 그토록 가족을 그리워했음에도, 그동안 만나는 사람들에게 가족이 있다고 자랑을 했음에도 말입니다. 그동안 어떻게 살아왔는지 묻는 가족 앞에서 가족들과 떨어져 낯선 곳에서 지내왔던 일들이 아마도 속상하고 싫어서일 것입니다. 그 아이의 잘못은 하나도 없는데도 말입니다.

가족들이 함께 살아갈 것을 약속하며 사랑으로 안심을 시키고 새로운 생활을 시작합니다. 아이는 자신의 근원을 알았으니 더는 방황할 필요도 없고 안심이 되어 힘이 생깁니다. 누군가의 사랑 속에 있음을 알고 더는 혼자가 아니라는 생각으로 모든 슬픔들을 극복한 것입니다. 자신이 생기고 울타리가 생겨 두려움이 없어진 것입니다.

지금은 다른 또래 아이들처럼 자신이 원하는 일을 찾아서 해내고 있습니다. 이전보다 더 성숙해 보이는 웃음에는 자신감이 넘쳐나고 있어서 참 보기가 좋습니다. 아름다운 삶의 향기를 드러내는 모습입니다.

- 가족 찾기를 원하는 분

가끔씩 TV에 가족들끼리 행복해하는 장면이 보입니다. 이 장면을 보며 자신의 처지를 비교하다 가족 찾기를 날마다 조르는 분이 있습니다. 가족이 없는 사람들에게는 가족끼리의 행복한 장면만 보아도 부러운 것입니다. 자신이 가지지 못한 것들을 바라는 마음, 자신의 솔직한 마음과의 대화입니다.

자신의 존재에 대하여 잠시 눈시울이 뜨거워지기도 하는 모습을 보입니다. 가족은 큰 우주이며 큰 울타리입니다. 그리하여 그 우주와 울타리와 같은 자신의 근원을 알고자 하는 것입니다. 아무리 가족을 대신한 큰 사랑을 주어도 가족이 그립고 필요하다고 말합니다.

가족을 찾기 어려울 경우, 가족을 그리워하는 사람들에게 가정을 만들어 주는 일이 필요합니다. 직접 낳지 않았다 하더라도 얼마든지 사랑으로 낳는 방법이 있으니까 말입니다. 그러한 가족 찾기는 이제 점점 바람에 꽃씨가 날리듯 먼 곳으로까지 희망을 가지고 날아갑니다. 그립고 보고 싶던 가족의 이름으로 만날 때까지 말입니다.

입양의 여러 낱

사람들은 누구나 건강한 상태에서 행복하게 살길 원합니다. 그러한 행복을 추구하는 방법은 다양하며 선택은 각자 자유입니다. 사람들이 행복을 느끼는 행복지수 또한 각자 다르며 자유입니다. 어떤 사람은 누군가를 도울 때 가장 행복하다고 말하고, 어떤 사람은 사랑을 받을 때 가장 행복하다고 말합니다.

각자 행복 추구를 위해 다른 선택을 하며 살아갑니다. 그리하여 행복에 대한 정의는 각자가 선택하는 것입니다. 자신이 원하는 것을 하는 것이 행복한 일입니다. 그러한 행복을 찾아서 사람들은 살아가고 있습니다.

무엇보다도 모두가 가장 추구하는 것은 외롭지 않게 살고자 하는 것입니다. 사랑을 서로 주고받으며 살고자 하는 것입니다. 그리하여 각자 추구하는 그 행복을 얻으려고 다양한 방법을 선택합니다.

다양한 삶이 있지만 가장 평범한 것을 누리지 못하여 가족과 함께 평범하게 살아가기를 간절히 바라는 가정이 필요한 사람들이 있습니다. 여러 이유로 부모와 함께 살아가지 못하고 부모로부터 일찍이 버림을 받고 시설이나 다른 가정에서 살아가야 하는 삶인 경우에는 더더욱 안정된 가정에서 살아가길 희망합니다. 남들이 경험하고 누리는 그 평범한 행복을 누려보고 싶은 것입니다.

그리하여 간절히 가정의 안정을 필요로 하는 사람들에게 가정이 주어지는 일이 있습니다. 법적으로 가족의 일원이 되는 일입니다. 남들처럼 평범한 가정 속에서 가족의 구성원이 되는 것입니다. 입양은 그런 것입니다. 가정이 필요한 아이에게 가정을 제공하는 일이며 가족의 구성원이 필요한 가정에게 가족의 일원이 되도록 연결시켜 줌으로써 행복하게 살아가도록 돕는 일입니다.

그리고 입양은 또 다른 삶을 선택하는 일로서 참으로 아름다운 일입니다. 용기 있고 칭찬받아야 할 일입니다. 왜냐하면 그토록 간절히 바라던 가정이 필요한 이들에게 가족이 되어 주는 남다른 일이기 때문입니다. 입양이라는 또 다른 삶의 방법을 선택하여 한 생명을 가족으로 만들기 위하여 노력한 사람들은 행복한 선택을 한 것입니다. 그리고 선택을 받은 사람 역시 얼마나 바라던 행복인지 모릅니다. 쉬운 결정이 아니기에 더욱 칭찬 받아야 하는 일입니다.

생명을 돌보는 일은 지극한 사랑이 필요합니다. 남들이 하지 못하는 수많은 사랑과 정성과 수고의 노력은 값으로 계산하지 못합니다. 온갖 노력과 최선을 다하여 양육하여 좋은 앞날을 만들어 주려고 합니다. 사람을 키우는 일은 쉽지 않으니 특히 좋은 사람으로 양육하고자 많은 것을 희생하며 투자한 입양부모의 삶인 경우에는 더더욱 칭찬해 주어야 합니다. 왜냐하면 친부모의 양육책임을 대신하여 그들이 다하지 못하는 수고를 대신하게 됨으로써 사람다운 윤리적인 일을 하였기 때문입니다.

입양부모는 입양이라는 절차를 통하여 새로운 생명을 얻고 스스로 삶의 행복을 선택한 것입니다. 그리고 기꺼이 스스로 선택한 행복의 대가를 지불하고자 선택한 일에 최선을 다합니다. 이것이 곧 사랑입니다. 이 사랑으로 인해 입양인에게는 새로운 삶이 열리게 됩니다. 사랑이 필요한 이에게는 이보다 더 좋은 일이 없습니다. 행복을 아는 사람은 행복을 계속해서 추구하고자 합니다. 행복을 만들어 내는 발전소와 같은 것입니다. 행복한 모습을 보는 사람들은 그런 모습에 덩달아 행복한 일을 하고자 합니다. '행복' 바이러스는 전염성이 강한 좋은 것입니다.

2003년 부모님과 함께

– 불임 가정의 입양

"결혼한 지 10년이 되어도 아직 아이가 생기지 않네요. 이걸 어쩌죠? 친정과 시댁에서는 다들 여간 걱정하는 게 아니고요."

"큰일이네요. 무슨 방법이든 다 써봐야 하지 않겠어요? 보약 같은 건 드셔보셨나요?"

"별별 방법을 다 사용하였어요. 그런데도 아직 소식이 없으니 하루하루가 초조하고 불안하여 정신적으로 너무 힘드네요."

"그렇겠네요. 인공수정 같은 것도 해 보셨나요? 아니면 입양도……."

"아이고, 무슨 말씀이에요. 친정과 시댁 양가 집안사람들이 입양 같은 건 아예 말도 못 꺼내게 하래서 지금까지 계속 노력 중인데 세월만 가고 있고."

"아직도 그렇군요."

불임 가정의 걱정은 생각하는 것 이상으로 심각하고 힘들다는 것을 알게 되었습니다. 불임 가정 대부분은 직접 아이를 낳을 수 있는 방법으로 애를 쓰느라 세월만 흐르고 아이를 양육할 체력은 점점 떨어지게 됩니다. 결혼을 하면 동시에 그 집안의 대를 잇는 임신 소식부터 기다리는 우리나라의 풍조로 부담과 강압을 받습니다. 이 때문에 오히려 더 큰 정신적인 스트레스를 받습니다. 임신이 잘 되지 않는 여성들은 스트레스 속에서도 그러한 아픔들을 잊고 임신에 성공하기 위해 몸부림을 칩니다.

생각 외로 임신이 잘 안 되는 여성들이 많습니다. 시간이 흐를수록 남편과 시댁의 얼굴빛이 달라집니다. 때로는 우연히 듣기 싫은 대화도 엿듣게 되는데 여성의 입장에서는 온갖 모욕을 당하는 기분입니다. 그래서 하루빨리 임신하기 위해 지인들로부터 임신이 되는 방법에 대한 정보를 모으기 시작합니다.

하지만 항상 입양에 대한 관심은 최후의 선택이 되는 게 일반적입니다. 온갖 방법을 동원하고 많은 비용을 들이는 동안 입양이라는 절차를 통하여 새 생명을 안고 키웠더라면 벌써 초등학교 학부모가 되어 있을 수 있습니다. 결국 세월은 흐르고 아이를 낳지 못하는 여성이라며 보이지 않는 은근한 학대와 무시를 받습니다. 안타까운 가정들을 보고 있노라면 마음이 아픕니다.

- 남자아이 입양

"우리 부부에겐 딸이 하나 있는데 아들이 하나 더 있었으면 해서요. 그래서 직접 낳기보다 먼저 입양을 결정하였어요. 양가 어른들도 흔쾌히 허락해 주셨어요. 얼마나 감사한 일인지 몰라요. 축하해 주세요."

"그럼요, 그런 훌륭한 결정을 하시다니……. 직접 아이를 낳을 수도 있는데 입양을 하신다니 놀랍네요! 멋지십니다. 그런데 왜 하필이면 아들이에요? 그러다가 나중에 어쩌시려고요? 딸인 경우엔 결혼해 버리면 그만이지만 아들이라고 재산을 넘보기라도 하면 안 되니까 잘 알아보고 결정하세요."

"염려 고맙습니다만 우리에겐 별로 재산도 없고 하여…… 나중에 또 내 자녀가 자연스럽게 생기면 그때 가서 또 낳을 거구요. 안 생겨도 괜찮아요. 그런 문제를 염려하면서 아이를 입양하는 게 아니니까요."

보수적인 전통사회의 관습에 따라 남자만이 대를 잇는 가장이 될 수 있다고 하여 남아를 선호하다 보니 남자아이 입양을 아직까지 꺼리는 사람이 있습니다. 아이가 커서 재산권에 대한 행사를 할까 봐 꺼리는 것입니다. 남자아이를 입양한 그 가정은 성별을 구별하지 않고 동등하게 대한 인격적인 가정으로 볼수가 있었습니다. 성숙한 사회로 나아가는 좋은 모습입니다.

- 입양자녀 자랑

"또 자랑하려고요? 이제 그만 좀 자랑하세요. 그렇게 잘 키우셨으니 다 잘할 수밖에 없지요."

"아니, 글쎄 어쩜 이렇게 뭐든지 다 잘하는지 모르겠어요. 내가 직접 낳아도 이런 아이는 못 낳아요. 그리고 이 아이처럼 잘 할지 어떻게 알 수 있겠어요?"

"무슨 그런 말씀을요. 진심으로 그 아이를 사랑하시나 봐요."

"그럼요. 아직 우리 아이는 입양된 사실을 모르니까 우리가 죽을 때까지 이 사실을 모르게 할 거예요. 그러니 입조심해 주세요, 아시겠죠?"

"네. 저는 절대 말 안 해요. 하지만 언제까지 비밀을 유지하시려고요?"

"아이가 모르는 이상 절대로 알게 해선 안 되는 거예요. 누군가가 알리는 날엔 끝장이에요."

"네, 더 조심할게요."

어떤 입양 가정에서는 아이의 입양 사실을 비밀에 부치고 그 사실이 알려질까 봐 늘 노심초사합니다. 주변사람들의 입소문으로 입양 사실이 당사자에게 알려질까 봐 늘 불안해하며 살아가는 모습도 종종 볼 수 있습니다. 법적인 친자녀가 되었기 때문에 부모로서 입양이라는 단어를 듣는 것조차도 꺼리는 것입니다.

비밀입양은 친척들과 가족 모두가 끝까지 비밀을 잘 유지해 준다면 좋은 일인데 그렇지 않은 경우가 종종 있습니다. 입양 사실이 드러날 경우, 혈육을 중요시하는 우리나라의 사회풍조로 인하여 일부 사람들의 부정적 편견으로 아이가 심각한 상처를 받으며 살아가야 하는 일도 있습니다. 아무런 잘못 없이 단지 핏줄이 다르다는 이유 하나만으로 말입니다. 그래서 이중적으로 아픔을 주기도 합니다.

때로는 입양부모가 입양을 선택하고 그 내용을 친척들과 가족의 동의를 구한다거나 알리는 일이 잘못되어 입소문으로 퍼져나가는 등의 예측 못할 일이 발생하기도 합니다. 때문에 입양가족을 위하여 조심스러운 태도를 가지는 것이 바람직합니다. 그래서 비밀입양을 원하는 분들 중에서는 끝까지 아이의 입양 사실을 숨긴 채 알 만한 사람이 없는 곳으로 이사를 간다든지, 알 만한 사람들을 피해서 접촉을 꺼리고 살아가기도 합니다.

입양된 아이의 입장으로 본다면 끝까지 비밀 유지가 되지 못할 바에는 차라리 적당한 시기에 웃으면서 솔직히 말해주는 것도 나쁜 것은 아닌 것 같습니다. 입양이라는 것이 나쁜 일이 아니기 때문입니다. 아무것도 모른 채 살아가다가 다른 사람을 통하여 자신의 입양 사실을 알고 충격을 받느니, 당당하게 입양부모가 입양 사실을 당사자에게 솔직히 알려주는 것도 좋을 것 같은데, 이는 입양부모 당사자가 결정을 해야 할 것 같습니다. 무엇보다도 입양 사실을 전해 듣는 충격을 고려하여 최대한 당사자의 입장을 고려하는 것이 중요합니다.

- 가난한 중에도 두 자녀를 입양

교회의 잘 아는 분께서 입양한 아이들 때문에 늘 화기애애한 모습입니다. 아이가 생기지 않자 결국 입양으로 자녀를 삼게 되었다는 데는 큰 의미가 있어 보였습니다. 경제적으로 넉넉한 형편도 아닌 것 같아 보였는데 아이들 이야기만 나오면 늘 자신감이 넘치는 모습입니다. 아마도 당신들의 기대 이상으로 건강하게 잘 자라고 있기 때문일지도 모르지만 무엇보다도 숱한 역경을 이겨낼 수 있는 힘을 아이들이 제공하기 때문일 것입니다.

맛있는 것도 사주고, 장난감도 더 많이 사주고 싶은 마음에 궂은일도 포기하지 않고 열심히 살면서 아이들을 양육하는 모습이 참으로 고귀합니다. 누가 시키지 않았는데도 자발적으로 우러나오는 마음으로 사랑과 축복의 말로 심으니 아이들이 잘 자라게 되는 것입니다. 가진 것이 없다고 하여 입양을 못 하는 것이 아님을 알게 되었습니다. 단지 자녀에 대한 극진한 사랑 하나만으로도 신뢰를 받으니 입양을 하고서도 너무나 잘 양육하는 것입니다.

입양 모임에서도 입양자녀 이야기로 온갖 이야기꽃을 피우

기도 합니다. 공개입양된 아이들은 그들끼리 공개입양인임을 스스로 드러내기도 합니다. 물론 아직은 어린 나이인지라 사춘기를 지나 성인이 되면서 또 다른 감정의 변화가 있을 수 있겠지만 지금은 너무나 행복한 아이들입니다. 입양인들 모두에게 비밀입양이니 공개입양이라는 말이 없는 세상이 오면 좋겠습니다. 이미 법적 자녀인데 그런 말이 왜 필요하며 굳이 공개와 비밀이라는 말이 왜 필요할까요. 다만 모두가 행복한 선택을 한 일에는 법적 부양자로서 책임만 잘 지면 좋겠습니다. 자녀들에게 사랑의 기도와 축복의 말만 전하면 좋겠습니다. 아름다운 일들이 많이 일어나는 세상이면 더 좋겠습니다.

- 까다로운 입양 절차

"입양이 왜 안 된다는 건데요? 우리가 무슨 불법자인가요? 아이가 없는 우리 입장을 알고 말씀하시는 건가요?"

"그게 아니라 법적인 절차가 필요합니다. 시간을 두고 천천히 진행하시면 되니 조금만 참고 기다려 주세요."

"이미 시간이 많이 지났잖아요? 얼마나 더 기다려야 한다는 말씀인가요? 무슨 절차가 그렇게 까다롭나요?"

"아이의 인생 전체가 걸린 문제라서 쉽게 진행되는 것은 아닙니다만, 이번 경우는 제법 시간이 많이 걸리네요. 죄송합니다."

입양은 누구나 원한다고 해서 진행되는 일이 아닙니다. 입양이 될 아이의 인생 전체가 달린 문제이기에 입양을 원하는 입양부모의 모든 조건과 신뢰성, 책임감, 경제적 안정도까지 꼼꼼히 파악하여 입양을 통보하게 됩니다. 그리고 가정에 이미 자녀가 있을 때에는 입양될 아이가 그 가정에서 잘 적응할지의 여부까지도 고려하여 얼마간 만남의 시간을 정하여 적응시간을 두고 결정하게 합니다. 입양부모의 선택도 존중하지만 입양될 아이의 인격도 존중하는 법적 절차입니다.

옛날엔 아침에 자고 일어나보니 대문 앞에 아기가 이불 포대에 싸여 버려져 있어서 주워서 입양했다고 하지만, 지금은 그런 이야기를 자주 들어볼 수 없습니다. 입양특례법이 마련되어 입양을 원하는 입양부모에게 까다롭게 법적 양육책임 여부에 대하여 신뢰할만한지를 구체적으로 검토하기에 쉬운 일은 아닙니다. 하지만 되도록 입양에 대한 관심을 높이게 하기 위하여 불필요한 절차를 간소화시키려 하고 있습니다.

입양에 대한 막연한 기대나 꿈을 가지는 사람이 없도록 하기 위하여 절차가 까다롭나 봅니다. 하지만 진정으로 가정이 필요한 아이와, 아이를 간절히 원하는 부모를 위하여 빠른 시일 안에 점검과 관찰을 끝내고 서로가 행복할 수 있는 시간을 주는 것이 좋을 것입니다. 특히나 입양하려는 가정에 지나친 의심이

나 불안감을 조성하여 신뢰감을 잃게 해서는 안 됩니다.

– 장애인 입양

"뭐가 어때서요? 왜 그런 눈으로 바라보는 거지요? 내 아이 문제에 지나치게 간섭하지 말아요!"

"왜 하필이면 이런 아이를 입양했어요? 건강한 아이들도 얼마나 많은데, 쯧쯧."

"뭐가 어쩌고 어째요? 그 입 다물지 못해요?"

"내가 뭐 틀린 말을 한 건 아니잖아요. 그쪽이 걱정되어서요."

"듣기 싫으니 당장 나가요. 가서 일봐요."

우리나라 국민들 중에 얼마나 많은 사람들이 입양에 대하여 관심을 가지고 있는지, 입양하려는 분들이 있는지 모르겠습니다만, 외국의 경우엔 일부러 건강한 아이보다는 장애가 있는 아이에게 더 많은 관심과 사랑을 주려고 다가갑니다. 그리고 가장 장애 정도가 심한 아이를 입양하기로 결정합니다. 얼마나 놀라운 일인지 모릅니다. 그런데 우리나라의 사람들은 그 의미와 가치를 잘 모릅니다. 그리고 왜 하필이면 장애가 있는 아이를 입양하느냐고 반문하고는 이상한 눈길로 바라보기까지 합니다.

우리나라의 장애아들을 잘 보듬지 못하여 외국의 국민들이 직접 한국까지 와서 아이를 잘 키워주겠다니 얼마나 감사한 일인지 모릅니다. 우리나라 사람으로서 머리가 숙여지는 부끄러움을 잠시 가지게 됩니다. 대부분의 한국 가정에서는 입양을 선택할 때 건강하고 예쁜 아이를 선호하다 보니 덜 건강하고 덜 예쁜 아이들은 똑같은 인격체를 가진 존재이건만 늘 뒷전으로 밀려나게 됩니다. 그래서 아이에게 알게 모르게 큰 상처가 됩니다. 외모지상주의의 세상에서 우리의 할 일들을 다시 되돌아봐야 합니다.

장애아를 입양한 입양부모에게는 더 많은 사랑과 정성이 필요합니다. 이전 인생과는 완전히 다른 삶을 살아야 되는 일입니다. 지극한 사랑의 보살핌으로 장애아를 돌보고 귀중한 것을 아낌없이 나누기도 합니다. 아무것도 아까울 게 없는 고귀한 사랑을 나눕니다. 그것은 당신이 직접 낳은 자녀로 삼았기 때문입니다. 그러다 보니 자녀의 장애를 대신 아파하고 함께 울고 함께 웃는 삶입니다. 얼마나 아름답고 본받아야 할 삶입니까.

얼마나 많은 사람들이 이런 삶을 살아가는지 모르지만 적어도 장애자녀를 둔 가정에 상처를 주거나 무례한 말로 간섭을 해서는 안 됩니다. 입양한 부모에게 장애로 인하여 얼마나 많은 수고가 필요한지를 잘 안다면 사랑의 눈으로 말하고 도와야 할 것입니다. 사랑은 무한한 것입니다. 변함없이 계속하여 사랑하는 것은 고귀한 것입니다. 그런 사랑을 입양부모가 실천하고 있는 것입니다. 아무것도 아까워하지 않으면서 말입니다. 모든 어른들이 본받아서 우리의 자녀들에게 실천해야 할 것입니다.

장애아를 입양한 가정에서는 남다른 관점으로 아이의 장애 증세를 조금이라도 정상에 가깝게 만들려고 온갖 노력을 다합니다. 그리고 다양한 방법으로 장애극복 정신을 심어주기도 합니다. 때로는 굳건한 정신력을 키워주기 위해 채찍을 가하기도 합니다. 중간에 포기, 단념, 불평을 하면 강압적인 자세로 당장 이루어 내라고 다그치기도 합니다. 이런 상황이 발생하면 장애아 입장에서는 너무나 슬픕니다. 적당히 해도 살아갈 수 있는데 왜 그토록 강한 훈련을 시키는지 이해할 수가 없습니다. 하지만 시간이 흐를수록 어렴풋이 이해를 합니다. 사랑하는 자녀이기 때문에 자녀를 위한 부모의 애끓는 마음으로 험한 세상에서 살아남을 수 있는 훈련을 시켜야 했기 때문입니다.

적당히 일하면서도 살 수 있는 비장애인들이 모인 세상에서 그들보다 더 열심히 일을 해야 조금이나마 인정을 받을 수 있는 장애인들의 세상! 참으로 서글픈 현실입니다. 그럼에도 장애를 가진 사람들을 칭찬하기보다는 적당히 일하는 비장애인들의 말을 들으려고 하는 세상입니다. 이러한 세상을 잘 알기에 어른들이 입양 장애인을 훈련시키는 것입니다. 냉혹한 현실에서 당당히 인정을 받으라는 뜻입니다.

패럴림픽이 한창 열리고 있는 경기장에서는 이러한 혹독한 훈련이 소중한 시간이 되어 드러나기도 합니다. 사람들의 박수 소리가 작아도 좋습니다. 오랜 세월 눈물을 머금고 시도해온 대가를 드디어 발휘하게 되는 순간을 맞이했기 때문입니다. 당당하고 자랑스러운 순간입니다. 환호성이 터져 나오고 여기저기서 카메라 플래시가 환하게 비쳐 옵니다. 그들은 할 수 있다는 믿음 하나를 가지고 이를 악물며 지금까지 달려온 것입니다. 지금의 이런 순간을 맞이하려고 그토록 숱한 세월 동안 밤잠을 설치며 살아오게 한 사람들을 떠올립니다.

"이런 내용이 점자로 언제쯤 나올까요? 알고 싶어요. 영화관에서 영화를 보아도 귀로만 들을 수 있으니……. 좀 더 생생하게 알고 싶은데 말이에요."

"아, 네. 그렇지요? 곧 책으로 나올 거예요. 기다려 보세요."

"우리 같은 시각 장애인들을 위한 책들이 아직은 많지가 않거든요. 그래서 참 많이 불편합니다."

"맞아요! 속히 개선되어야 할 내용들이네요."

시각장애인을 입양한 가정에서 현실의 답답함을 호소하고 있습니다. 자신을 닮은 시각장애를 가진 아이를 자녀로 삼고 그 아이에게 더 많은 사랑을 주기를 원하나, 현실의 사정은 불편하고 부족한 것뿐입니다. 자신의 장애로도 살아가기 불편하고 힘든 상황이지만 남들이 하지 못하는 입양을 선택한 것입니다. 그것도 자신과 똑같은 처지로 살아가야 하는 시각장애를 가진 아이를 입양했습니다. 어떤 마음을 가지고 살면 이러한 선택을 하게 되는지 알 길이 없지만 많은 비장애인들을 숙연하게 하는 일임은 분명합니다.

하나님의 사람이 아니고서는 이런 결정을 할 수 없다고 여겨집니다. 그 모습을 바라보는 자체로도 마음이 너무 부끄럽습니다. 현실적으로 당신들의 삶을 유지하는 일에도 필요한 것이 많을 텐데, 입양한 아이를 잘 양육하고자 필요한 것은 많은데 구하기 어려우니 이들의 답답함을 잘 알면서도 도움이 잘 제공되지 않는 현실에 참으로 안타깝습니다. 이들이 자신감과 용기를 잃지 않도록 사람들이 계속 관심을 보여주고 사랑으로 돕기를 원합니다.

"어머나? 아깝지 않으세요?"

"뭐가요? 내 자식을 위하여 부모로서 당연히 해야 할 책임을 다하는걸요."

"그래도요. 정말 대단하시네요. 그 많은 비용을 들여서 정성
껏 자녀를 위해 희생하시니 본받을 점이 많아요."

"희생이라뇨? 내 자식한테 그런 말을 사용하는 것은 합당치
않지요. 자식한테 희생으로 하는 부모가 어디 있나요? 당연히
해야 할 책임과 의무를 다해야 하는 것이에요. 그리고 하나님
께서 주신 자녀예요. 그러니 하나님 앞에서 부끄럽지 않게 최
선을 다해야지요."

"부끄럽네요. 이 세상의 모든 부모가 당신처럼 한다면 자녀
들은 참 행복하겠어요."

장애인 입양을 꺼리는 가정들이 대부분인데 비하여 장애인
입양을 하는 외국 가정의 모습은 참으로 보기에 아름답습니다.
일반 가정에서도 잘 해낼 수 없는 지극한 정성과 어마어마한
비용과 시간을 들여서 감동스러운 양육에 최선을 다하기 때문
입니다. 하나님의 사랑이 아니고는 불가능한 일입니다. 마음만
가지고는 해내지 못하는 어마어마한 정성과, 경제적 비용을 아
까워하지 않는 것에 놀랍기까지 합니다.

부모로서 말과 행동에 모범을 보이며 사랑으로 양육합니다.
비록 어리지만 인격적인 존중을 하며 어른이랍시고 어린 자녀
에게 무례히 대하지 않습니다. 이러한 사랑을 받고 자라난 자

276

녀는 다른 사람을 사랑할 수 있게 됩니다. 부모의 사랑은 그런 것입니다. 사랑하는 자녀에게 아무것도 아까울 게 없는 것이 사랑입니다. 당장 사랑이 필요한 자녀에게 '나중에'라는 말을 한다거나 외면한다면 그것은 사랑이 아닙니다. 그래서 사랑은 주는 것이라고 말합니다. 아낌없이 주는 것입니다. 하나님께서 주신 자녀에게 주는 것이 아까울 게 없다는 마음을 가지는 것이 하나님의 사랑입니다. 아가페의 사랑이며 무조건적인 사랑입니다.

우리나라 속담에 '눈에 넣어도 안 아프다'는 표현은 그래서 나온 것입니다. 조건 없는 부모의 사랑입니다. 부모가 자녀를 잘 양육하여 다음 세대를 이끌어가게 하고, 또 다음 세대가 대를 이으며 그렇게 아름다운 사랑의 모습을 전수하는 것입니다. 사랑을 표현하는 것은 사랑을 받은 자만이 해낼 수 있습니다. 사랑의 힘은 아주 크며 그렇게 흘러갑니다. 하나님 안에서만 가능한 일입니다. 사랑에는 한계가 없어 계속해서 주고 싶은 마음이 하나님의 마음입니다. 하나님의 마음은 사랑의 눈으로 바라보고 이해하기 때문입니다. 아파서 고통 가운데 있는 자의 슬픈 마음을 위로하고자 하기 때문입니다. 그리고 그 눈물을 닦아주고 싶어 하는 마음이 있기 때문입니다.

- 해외로의 입양

한국아이들 중에는 가정이 필요한 아이들이 있습니다. 해외로 입양되는 일을 줄이기 위하여 국내 입양을 장려하고 있음에도 아이의 건강과 행복을 위하여 입양을 원하는 부모에게 입양 보내기도 합니다. 그리하여 아직도 여전히 외국인들이 우리나라에 와서 아이를 만나 함께 입양기관에서 안내하는 수속을 밟기 위하여 최선을 다하는 모습을 볼 수 있습니다.

아이는 아이대로 부모가 생기게 되어 좋은 일이고, 부모가 되길 원하는 가정에서는 자녀가 생기게 되어 좋으니 상호 간에 기쁜 일입니다. 입양기관에서는 수많은 아이들 중 한 명이라도 가정이라는 울타리에서 살아가는 모습이 좋기 때문에 입양 결정을 하는 분들께 감사한 마음뿐입니다. 그래서 되도록 입양이 무난히 진행되도록 협조하고 있습니다.

한 명이라도 국내에서 입양이 되면 좋겠지만 해외 입양이라도 되는 것이 기관에서 지내는 것보다 좀 더 나은, 따뜻한 환경에서 살아갈 수 있으므로 자녀로 잘 양육할 가정을 만들어 주는 것을 권장합니다. 그동안 국내 후원자의 사랑을 듬뿍 받은 아이가 해외에서 살게 되었다면 언제든지 다시 고국으로 돌아올 수도 있기에 넓은 세상에서 맘껏 많은 경험을 하고 성장하길 바랄 뿐입니다.

278

입양을 선택하는 일은 자신의 개인적인 것들을 희생하는 일이기에 희생에 대한 보람은 반드시 기쁨으로 가져갈 것입니다. 순수한 아이가 자라는 것을 보는 자체가 기쁨입니다. 아이는 자신을 지극한 사랑으로 아껴주는 부모가 생기게 됨에 아이대로 기쁨과 행복을 누릴 것입니다. 인생은 이 자체로도 기쁨이고 행복이고 감사입니다. 이러한 행복과 기쁨과 감사를 누리면서 사는 사람들이 많았으면 좋겠습니다.

해외로 입양된 분들 중에는 본국에서 같은 처지의 입양된 아이에게 자신처럼 모국어를 잊어버리지 않게 하려고 안간힘을 씁니다. 집 근처든 조금 먼 거리에 있든, 모국어 지도를 하려고 최선을 다합니다. 사랑하는 아이에게 자신이 태어난 곳의 뿌리와 역사에 대하여 알리고자 하는 것입니다.

해외의 마을이나 도시의 규모가 중간 정도 되면 한국인들이 살고 있기에 주말마다 혹은 그곳의 형편에 따라서 한글학교를 운영하고 있습니다. 해외에서 살고 있는 한국인들은 그곳에서 태어났든 이민 2세든, 자녀에게 모국어를 심어주고 모국에 대한 문화를 이해시키려고 최선을 다합니다. 한글학교는 주로 교회 건물을 이용하여 운영되는데 모두 적극적으로 한글학교를 돕습니다. 매일 바쁜 직장생활을 끝내고, 주말의 안식시간에도 아이들의 한글지도에 대한 관심이 높아서 시간을 내어서 모국어 교육을 시킵니다.

한글학교에서는 자원한 어머니들이 교사가 되어 모국어를 지도하고 필요한 것들을 제공하기도 합니다. 그곳에는 한국사람만 있는 것은 아닙니다. 한국아이를 입양한 외국인 부부의 모습도 종종 볼 수 있습니다. 한국아이에게 한국에 대한 뿌리, 언어, 문화를 알려주고자 하는 모습을 볼 때는 흐뭇하기까지 합니다. 외국인 부모들은 자녀의 한국어 지도 교육에 더 열정적인 모습을 보이고 출석률도 높은 편입니다.

한글학교가 외국에 있다는 것을 우리나라 국민으로서 참으로 다행스럽게 생각합니다. 한글학교가 잘 운영되어서 해외로 입양된 우리나라의 아이들이 한국어를 잘 배우는 기회가 되면 좋겠습니다.

part.3

희망의
새 역사

낮은 자들

- 아이들의 가치

우리 사회의 어른들은 한창 자라나고 있는 아이들에게 조건 없는 사랑을 가지고 꽃을 키우는 마음으로 정성껏 사랑과 축복의 말을 건네주어야 합니다. 하지만 어른들이 이를 잘 알면서도 지키지 못하는 경우가 참으로 많습니다. 눈에 보이는 대로 표현하고, 맘에 내키는 대로 표현하다 보니 아이들은 어른들로부터 말할 수 없는 상처와 실망을 받고 살아가게 됩니다. 이러한 상처의 아픔은 결코 지워질 수 없는 기억으로 남아 오랫동안 아이들의 삶에 자리합니다. 아이들 앞에서는 찬물도 마시지 못한다는 속담이 있듯, 아이들 앞에서는 어른들의 모든 언행이 조심스러워야 합니다. 특히 도움이 필요한 사회적 약자 앞에서는 더더욱 조심스러운 부분임을 잘 알아야 합니다.

아이들이 잘못하는 일이 있다면 모두 어른으로부터 배운 것입니다. 문제 아동 뒤에는 문제 어른이 있습니다. 그래서 어른들의 각성과 뉘우침이 절대적으로 필요합니다. 왜냐하면 아이들은 머지않아 어른을 이어 이 나라의 수많은 어른들을 섬기고 책임지기 위해 노력해야 할 귀중한 존재들이기 때문입니다. 아이들을 잘 양육해야 할 책임이 어른들에게 있습니다.

하나님 앞에서는 그 어떤 작은 자들이라도 큰 자들입니다. 아이들도 영적인 존재입니다. 아이들은 잘 알고 있습니다. 그러니 어른들이 잘못을 미화하지 않길 원합니다. 어른들의 무관심과 외면이 아이들의 깊은 내면을 통째로 멍들게 하고 있습니다. 잘못된 표현을 한 적이 있다면 진심으로 뉘우치고 깨닫는 마음으로 사과해야 합니다. 진정한 어른이라면 진실한 사랑으로 아이들에게 존중의 자세로 대할 때 대접을 받을 수 있음을 알아야 합니다.

아무도 돌보지 않으려는 어린 소녀가 있었습니다. 너무나 아름다운 작은 자였습니다. 하지만 누군가의 눈에는 골치 아픈 존재로 여겨지고 귀찮은 존재로 간주되어 그녀의 말을 귀담아 들어주지도 않은 채 무시하고 따돌림을 시키며 집단적으로 폭행도 하였습니다. 다시는 일어서지 못하도록 여러 이유를 들이대며 놀려댔습니다. 심지어 그 소녀가 너무나 괴로운 나머지 스스로 자살까지 하도록 부추기는 일도 있었습니다. 누가 이런 일에 책임을 져야 하는지 어른들이 잘 되새겨 보면 좋겠습니다. 자라나는 아이들을 사랑하고 축복하는 언행을 습관화하면 좋겠습니다. 어른들로부터 좋은 것을 듣고 배워서 아이들도 그런 표현을 할 수 있도록 말입니다.

오늘도 어디에선가 쓰러져 가는 어린 소녀와 같은 아이들이 있을 텐데, 그곳까지 직접 달려갈 사정이 안 된다면 가장 가까이에 있는 사람들이 먼저 실천하면서 좋은 습관을 만들어 나갔으면 합니다. 사랑은 곧 실천하는 일이기 때문입니다. 가장 작은 자들에게 사랑을 실천하는 것은 곧 하나님께 하는 것이기 때문에 가장 낮은 자들이 힘을 얻고 용기 내어 살아가는 모습을 보기를 원합니다.

나를 아껴주시는 다른 지역의 기관 원장님께서 나의 평소의 생각과 관심을 잘 이해하시고 도움을 주려고 애를 쓰셨습니다.

그 기관에는 너무나 많은 어린아이들이 도움을 주는 분들의 사랑으로 지내고 있었습니다. 갓 태어난 영아부터 대학생 정도의 학생들까지 지내고 있었습니다. 그곳에 근무하는 직원들 중에는 기관 내 아이들을 직접 당신의 가정으로 입양하여 키우는 따뜻한 직원들도 있어서 참으로 감사하였습니다.

원장님은 그곳에서 지내던 많은 아이들이 국내외로 좋은 가정을 만나서 입양도 많이 갔다고 말씀해 주시면서 사랑이 필요한 남자아이를 소개해 주셨습니다. 시설에서만 지내는 아이들은 누군가의 관심으로 많은 것들을 배우고 느끼게 됩니다. 가끔 주말마다 아이를 만나게 된 나는 그 아이에게 꿈을 심어 주고 싶었습니다. 당장은 나의 여러 힘든 여건으로 잠시 그 아이와 외출하는 것으로 세상을 만나게 하는 도움만 줄 수 있었지만, 나의 사랑을 전함으로 그 아이가 많은 것들을 느끼기를 원하였습니다.

마치 오래전부터 잘 아는 사이인 것처럼 금방 친해질 수 있었고, 사랑스런 눈망울을 가진 그 아이는 금세 나를 따랐습니다. 마트에 가서 함께 물건들을 구경하고, 마트에 진열된 물건들의 이름도 가르쳐 주고, 근처 학교 운동장에서 산책과 달리기도 하면서 그 아이의 부족한 면을 채워주었습니다. 시간 가는 줄 모르고 아이와 나는 마치 엄마와 아들처럼 행복한 만남을 가지고 서로에게 위로를 하였습니다. 공원으로 소풍을 가서 맘껏 뛰어 놀게도 하고, 준비해간 음식을 맛있게 나눠먹기도 했습니다.

시간이 갈수록 정이 들었는데 아쉽게도 아이를 다시 기관으로 돌려보내야 할 때는 아이를 데려올 수 없는 나의 경제적 사정에 화가 났습니다. 주체할 수 없을 정도로 아이에게 미안한 마음이 들어 눈물만 흘렸습니다. 가정이 필요한 아이를 지켜주고 싶었는데 그러지 못했기 때문입니다. 시간이 흐를수록 그곳의 다른 아이들에게도 점점 관심을 가지면서 그곳 아이 모두를 위하여 진심으로 축복기도를 올렸습니다. 아이들 한 명 한 명의 생명이 얼마나 귀중하고 아름다운지, 모두를 품고 싶었습니다.

그렇게 점점 도움이 필요한 사회적 약자들이 많음을 눈으로 보고 확인하며 많은 것을 알게 되었습니다. 그리고 세상 사람들의 사랑의 실천이 있기를 간절히 기도하고 또 기도하며 만나는 사람들에게 당부하였습니다. 사회적 책임을 가진 어른이나 정치인이 정책을 만들고 지원을 할 때 좀 더 진지하게 사회적 약자들 편에 서서 도움을 주며 인격적으로 대하길 간절히 간구하였습니다.

어느 날은 잘 아는 동네 유치원의 원장님에게 전화가 왔는데 원내 아이 부모의 교통사고 건으로 아이의 어머니가 생사불명이라며 아이를 보살펴 달라고 했습니다. 아이의 아버지는 술주정꾼이라서 아이를 책임질 수 없다면서 말입니다. 그리하여 생각할 여유도 없이 거절 못하는 성격으로 당장 아이를 데리고 왔는데 어찌나 가엽고 마음이 짠한지 아이 앞에서 위탁모 역할을 못하겠다며 상처를 줄 수가 없었습니다.

그래서 아이와 함께 지내게 되었는데 겨우 4살 된 아이는 내가 묻지도 않았는데 자신의 가정환경과 부모님의 상황과 아버지의 행동에 대하여 상세하게 설명을 해주어서 오히려 내가 더 당황하였습니다. 아이들이 얼마나 정확하게 어른들의 행동을 파악하고 잘잘못을 판단하는지 알게 되어 놀라지 않을 수가 없었습니다. 아직도 아이들이라 하면 인격이 없는 것처럼 간주하기 쉬운 세상에서 이토록 자신의 느낀 그대로를 사실적으로 표현하는 것은 순수한 아이만이 가능한 일이라고 여기며 그 아이를 잘 품어 주었습니다.

아이는 약 2개월을 나와 함께 지낸 후 원 가정으로 되돌아가게 되었습니다. 나에겐 도움이 필요한 가정의 아이를 맡아서 키워볼 수 있는 소중한 좋은 경험이었습니다. 친부모로부터도 상처 받는 자녀들이 많음을 보면서 어른으로서의 책임에 대해 다시 생각해볼 수 있는 소중한 경험의 시간이었습니다.

- 여성의 권리

과거보다 여성의 가치에 대한 언급이나 사회 전반의 해석이 많이 나아지고 있어서 참으로 다행입니다. 시대적·역사적·환경적으로 억눌림을 받은 한국 여성들뿐만 아니라 같은 입장에 있는 모든 여성들에게 기쁜 일이 아닐 수 없습니다. 인간의 존엄성을 바탕으로 남성과 여성을 동등한 인격으로 다루고자 성별 구분이 없는 법적 해석을 내리는 점은 바람직한 사회적 현상입니다. 거기다가 과거 역사 중에 씨받이, 성노예 정도로까지 여성을 하락시킨 일까지 들추어내어 심판을 요구하는 현실을 보며 과거의 여성에 비하여 살기 좋은 시대를 맞이한 것도 사실임을 깨닫습니다.

하지만 아직도 남성 위주의 고정관념을 크게 벗어나지 못하여 여성의 가치를 남성보다 낮게 책정하는 경향이 있습니다. 여성의 직위가 낮고, 여성이 해내는 일에 대한 평가가 낮고, 걸맞은 급여도 턱없이 낮은 것이 현실입니다. 그리고 아직도 목소리가 크고 폭력적인 남성에게 관대한 모습을 보여서 씁쓸하기까지 합니다.

남녀를 평등한 존재로 인지하기 위해서는 가정이나 직장이

나 장소를 막론하고 법적인 해석하에 적용법이 마련되어야 합니다. 여성들이 가사에 육아와 직장생활까지 해내는 경우엔 직장생활에만 전념해온 남성과 다른 경제적 가치를 책정해야 합니다. 여성의 가사노동에 대한 경제적인 해석이 요구되어야 한다는 것입니다. 주부가 병원에 입원해 있거나 다른 사정이 생겨서 아이를 미처 돌보지 못할 때는 가사도우미를 부를 수밖에 없으며 그렇게 될 때 비용이 발생하듯이, 여성들의 가사를 대수롭지 않게 여기고 경제적인 가치를 부여하지 않는 것은 여성과 남성을 동등한 가치로 해석하지 않는다고 간주할 수밖에 없습니다. 평생을 주부 역할에 충실한 여성은 가사노동에 대한 대가로 재산권의 법적인 권리행사를 마땅히 해야 하는 것입니다.

사회가 불안할수록 가사와 육아에 전념하는 여성에게 더욱 경제적 가치와 의미를 제공해야 합니다. 특히 가사, 육아, 직장생활까지 같이 하는 여성은 높은 경제적 가치를 가진 자로 인정하고 법적 재산권 행사에서 남성에게 더 치중되는 일이 법적으로 없어져야 합니다. 여성의 역할에 대한 재해석은 이제 미룰 수 없는 일임을 남녀 모두가 알고 여성의 권리를 부각시켜야 합니다.

5년마다 발표되는 통계청의 보고에 의하면 하루 6시간 이상 가사와 육아 노동을 하는 미취학 자녀들 둔 전업주부는 평일 8시간 이상, 주말 7시간 이상 일을 한다고 합니다. 아직 우리나라 정부에서 공식적으로 주부의 가사노동에 대한 경제적 가치를 측정한 적은 없지만, 한국여성개발원의 연구 보고에 따르면 전업주부의 가사노동 가치를 2005년에 1인당 111만 원으로 책정했다고 하니, 10년이 지난 지금은 이보다 훨씬 더 높다고 봅니다. 여성의 가사노동에 대한 경제적 의미를 부여하지 못한다면 그 존재에 대한 인정을 하지 않는 것으로 간주되므로 이로 인한 여성의 인권침해는 커질 수밖에 없습니다.

유엔에서 주부들의 가사 역할에 대한 경제적 가치인 '가사 생산 계정'을 각 국가마다 GDP에 포함시킬 것을 권장하였으니, 여성의 생산적인 가사노동에 대한 경제적인 가치를 법적인 의미로 재해석해야 함은 두말할 필요가 없습니다.

아직도 수많은 전업주부들의 가치가 법적으로 제대로 책정되지 않았고, 남성의 수입에 의존하며 사는 여성들은 기가 죽고 인간적인 하소연을 할 곳이 없어서 남편으로부터, 시댁으로부터 받는 스트레스 등으로 인하여 우울증 혹은 심지어 심각한 정신불안 상태에 놓여 있습니다. 남성들이 여성에게 심한 불쾌감과 모멸감을 느끼게 한 것도 사회적인 방임과 묵인으로, 그 심각성이 사회 도처에 놓여 있습니다.

거기다가 여성으로서의 성적 수치감까지 불러일으키게 하고 있습니다. 직장생활까지 해야 하는 여성인 경우에는 남성 위주의 불안정한 고용환경과 성희롱, 성추행 문제에 쉽게 노출되어 그 피해는 막대하다고 볼 수 있습니다. 여성을 고용한 사업장 많은 곳에선 아직도 남녀고용평등법이 제대로 지켜지지 않고 있으며, 노동관계법령위반 등이 적발되고 있고, 야간이나 휴일 근무까지 시켜 그 피해가 더욱 가중되며, 출산 전후 휴가 및 육아휴직 관련 법규위반 등에 대한 지적이 계속되는 것으로 보아 사회 전반의 여성에 대한 경제적 가치에 대한 논의를 충분한 시간을 가지고 다양한 시각에서 다루어야 할 것입니다.

외국에 비하여 턱없이 부족한 여성의 정치 참여에 대하여 여성 정치인의 참여를 부추기면서도 또 한편으로는 특별한 이유 없이 여성의 리더십을 인정하지 않고 여성 정치인의 발언에 인색하게 반응하며, 여성 정치인들의 역할 확대에 공감을 하면서도 그런 환경 마련이 되지 않고 있는 것은 참으로 안타깝습니다. 이제는 인권존중사상하에 남녀평등이 이루어져 불필요한 에너지 소모를 그치고 합리적인 미래를 준비하였으면 합니다. 큰일이든 작은 일이든 서로 소통하며 아름다운 사회 구현에 이바지하기를 바랍니다.

이미 세계적으로 유명한 여성들 중에는 온갖 삶의 역경을 극복하여 영향력 있는 인물로 활동하는 사람이 많습니다. 우리나라 여성들 중에서도 영향력 있는 여성이 부각되어야 합니다. 특히 사회적 약자들 중에서 시대적·역사적으로 크게 쓰임 받는 여성이 많은 우리나라의 미래를 보고 싶습니다.

― 10대의 임신

갈수록 현대화·도시화 되어가는 자유민주주의 사회의 자유로운 연애와 사랑으로 발생되는 일 중에 하나는 어린 10대 여성의 임신입니다. 아기의 생명을 책임질 수 없는 어린 부모들의 섣부른 선택에 사회적인 관심이 몰리고 있습니다. 임신과 출산에 따른 책임감을 남자와 여자가 같이 가져야 함에도 불구하고 낙태를 쉽게 선택하거나 출산 후 아기의 양육에 대한 두려움 때문에 양육책임을 회피하려는 선택을 종종 하므로 이와 관련한 대책 마련이 시급합니다.

과거에 비하여 10대 임신에 대한 가정이나 사회의 시선이 조금씩 나아지고 있습니다. 임신부와 아기가 안전하게 보호되어 있고, 출산이 원만히 이루어지도록 보다 따뜻한 사랑의 눈으로 도우려 하고 있습니다. 10대 임신부모와 어린 생명이 유기되지 않고 살아갈 수 있는 삶의 환경을 만들려고 하는 사람들이 늘어나고 있는 것은 참으로 다행스럽게 생각됩니다. 하지만 법적인 양육책임을 회피하는 사람들이 더 늘어나지 않을까 하는 노파심 때문에 이러한 도움에 반대하는 입장의 사람들도 있습니다. 어린 미혼모에 대한 사회의 시선이 곱지 않은 것이 현실입니다. 그렇다 보니 아직은 이 사회적 문제의 지원법안이 잘 정비되어 있어도 실제로 제공해주지 못하고 활용도 잘하지 못하고 있습니다.

홀로 부모 된 사람은 자녀를 양육할만한 환경과 경제적 지원이 부족하고, 사회의 차가운 시선 등으로 인하여 아이의 양육책임을 다하지 못합니다. 이런 현실을 만든 사회·환경적인 부분도 배제할 수 없습니다. 여전히 시원한 해결방안이 없는 것이 참으로 안타깝습니다. 부모의 법적 양육책임을 보다 더 의무화하여 만일 한 사람이라도 이것을 어기거나 방치할 경우 엄한 처벌을 내려 법적으로 책임회피를 막도록 하는 것이 급선무라고 여겨집니다.

"아니, 이토록 배가 부를 때까지 말 한마디도 없이 어떻게 된 일이야?"

"너무 부끄러워요……. 차마 말을 할 수가 없었어요."

"그래도 말을 해야 알 수 있잖아. 얼마나 힘들었니? 아기 아빠는 누군데?"

"말할 수 없어요. 자기 아이가 아니래요……."

나이가 어린 산모인 경우에는 자신의 임신 사실을 숨기고 혼자서 임신과 출산 후 대책까지 준비하느라 말할 수 없는 고통 속에 살아갑니다. 두려움에 가족들에게조차 임신 사실을 알리지 못합니다. 특히 아기의 아빠에게 임신 사실을 털어놓아도 자신의 아이가 아니라면서 낙태를 권유하는 말을 들어야 하는 여성은 씻을 수 없는 정신적 상처와 심각한 스트레스 속에 살아가게 됩니다. 그러다 보니 임신 초기에 양육에 대한 자신감을 상실한 채 아기를 스스로 포기하려는 마음을 가지게 되기도 합니다.

이제는 임신한 여성과 아이를 보호하고 지켜야 하는 일을 당사자만의 문제라고 치부하지 말고 사회적 책임으로 여겨서 돌봐야 합니다. 가족들이 적극적으로 나서서 도움을 주어 부모가 된 여성이 아이와 함께 안정적으로 살아갈 수 있도록 해야 합니다. 앞으로 살아가야 할 삶을 위하여 자존감을 떨어뜨리거나 심한 모욕감을 겪게 해서는 안 되는데도 불구하고 경제적으로 열악한 환경이나 이러한 상황을 이해하지 못하는 환경의 입장에 처해있게 되면 알게 모르게 또다시 아픔을 겪게 됩니다.

그리고 법적 양육책임을 회피하는 남자로 인하여 상처를 입은 여성과 아이가 세상 속에서 당당하게 살아갈 수 있도록 정부가 직접 나서서 임신모의 자녀 출산을 도와야 합니다. 필요한 사회적 장비 및 제도를 구비하여 출산 후에도 제대로 양육시켜 이 나라의 국민으로서 떳떳하게 살아갈 수 있도록 해야 합니다. 양육비가 제대로 책정될 수 있도록 돕고, 임신부모가 학생일 경우에는 출산 후에라도 본인이 희망할 경우 다시 학교로 돌아갈 수 있도록 돕고, 취업 중인 상황이라면 재취업이 되도록 장려해야 할 것입니다.

이미 서구화된 우리의 사회 환경은 과거와 많이 달라졌습니다. 여러 가지 고민을 가진 젊은이들이 마음을 열고 터놓고 상담할 수 있는 장소가 많이 마련되어져 도움을 제공해야 할 것입니다. 오가는 대화 속에 따뜻한 이웃 사랑을 실천하고, 어른들이 먼저 도움이 필요한 사람을 찾아내어 나의 일로 여기며 잘 돌봐야 합니다.

고령화 시대에 접어들면서 저출산 문제가 심각한 시대에 아기의 울음소리는 축복의 소리입니다. 향후 노인 2명을 부양해야 하는 사회적 책임을 지고 태어나는 장래의 일꾼들입니다. 어른들이 감사하게 여기며 건강하게 클 수 있도록 책임을 져야 합니다. 오늘도 어디선가 아기의 울음소리가 더 우렁차게 들리도록 태어나는 아기들을 반갑게 맞이하고 임신부들을 다정하게 대하며 다독거려 주길 원합니다. 우리의 미래가 이들에게 달려있기 때문입니다.

"어떻게 하면 학교에 알리지 않고 아이를 키울 수 있을까요?"

"아이를 직접 키울 용기는 있나요? 아니면 입양기관에 양육을 부탁해 보실래요?"

"무서워요. 어떻게 하면 좋을지 모르겠어요. 도와주세요."

"생각해 보시고 결정하는 대로 도와드릴게요."

겁에 질린 10대 여성이 임신 사실을 학교 측에서 알까 봐 두려워 떨고 있는 가운데 용기를 내어 상담을 신청했습니다.

대부분의 10대 학생들은 인터넷, 잡지 등 성과 관련하여 여러 가지가 노출된 환경 속에 있습니다. 이러한 환경 속에서 성의식은 조숙한 데 반해 성교육은 제대로 이루어지지 않다 보니 아직도 10대 임신 사실에 대해 학생들조차 단정치 못한 모습으로 치부하는 분위기입니다. 그래서 임신을 솔직히 알릴 수 없고, 시원한 해결방안도 모르다 보니 임신 사실을 숨기거나 낙태를 선택하게 됩니다.

낙태 대신에 용기를 내어 아기를 직접 낳아 키울 생각과 입양을 생각하는 것은 그나마 다행스런 태도입니다. 우리나라의 낙태 인구가 150만 명이 되고 미혼모 출산이 만 명 정도 된다 하니 미혼모에 대한 바람직한 정책이나 지원제도가 잘 수립되어서 직접 낳아서 잘 키울 수 있는 분위기를 장려하는 것이 좋을 것 같습니다. 그리고 학생들의 성교육을 강화하고, 예비 부모들의 책임을 의무화하고, 제도적 장치를 강화해야 할 것입니다. 아무리 아이의 양육책임을 잘 지려고 해도 현실의 환경적 요인들이 뒷받침되지 못하는 이유로 쉽게 부양책임을 포기하는 일이 발생하지 않도록 각 가정 및 성숙한 사회의 책임도 요구됩니다.

한 나라의 복지수준 의식은 국민들의 자발적인 의식수준으로 평가하며 선진국, 후진국 국민으로 표현합니다. 미혼모에 대한 정책 수립 및 지원에 대한 정확한 점검하에 조속히 재정 비하여 미혼모들이 자신의 아이를 쉽게 포기하거나 입양을 보내겠다는 선택 이전에 스스로 아이와 함께 삶을 살아갈 수 있도록 대책을 마련해야 합니다. 이런 사회가 될 때에 10대 학생으로서 미혼모가 된 것에 스스로의 삶을 수치스럽게 생각하지 않고 각각 다른 삶의 방법을 선택한 것임을 인지시켜 줄 수 있습니다. 다른 학생들에게도 고충을 이해하고 따돌림도 없애고 이해하고 도우려는 인식변화가 일어나게 될 것입니다. 학생들이 보다 성숙한 마음으로 다른 입장의 학생을 바라보고 이해하는 모습을 보일 때 교육의 효과도 거둘 수 있게 될 것입니다.

학생들이 용기를 잃지 않고 미래의 꿈을 안고 살아갈 수 있는 사회환경은 어른들이 만들어야 합니다. 그런 사회적 책임을 외면한 채 불구경하듯 막연히 바라보는 태도는 반성해야 합니다. 지금 이 시간에도 우리의 미래를 책임질 인재 양성에 얼마나 많은 어른들이 제 역할을 다하고 있으며 부끄럽지 않은 태도를 갖추고 있는지 묻고 싶습니다.

– 다문화 가정의 고충

"이 시간까지 집에 안 들어가고 뭐하니?"

"엄마는 한국말을 잘 못해요. 아빠는 그런 엄마에게 잔소리도 많이 하고요. 그래서 집에 들어가기가 싫어요. 부모님은 이제 더 이상 함께 살지 않는다고 해요. 제가 어디로 가야 하는지 모르고요……."

"그렇구나……. 그런 사정이 있었구나. 그래도 지금은 너무 늦은 시간이니 그만 집에 들어가야지, 응?"

"싫어요. 집에는 정말 들어가기가 싫다니까요. 그만하세요. 제게 말 시키지 마세요."

아무리 장기화된 경기침체로 힘든 삶이라 해도 과거보다는 사회 전반의 수준이 갈수록 높아지다 보니 농촌 총각들의 배우자 구하기가 힘들어지고 있습니다. 농촌 총각을 배우자로 맞이하길 꺼려하는 국내 여성들로 인하여 외국 여성들을 배우자로 맞이하는 가정이 점점 늘어나고 있습니다.

낯선 우리나라 문화에 잘 적응하여 행복한 가정을 이루려는 좋은 가정도 있는 반면, 그렇지 않은 가정도 의외로 많이 있습니다. 그런 다문화 가정에서 자라나는 아이들은 적지 않은 상처를 안고 자라납니다. 문제의 발생 원인은 다양하지만 근본 원인의 대부분은 힘이 있다고 여기는 쪽에서 약한 자를 업신여김에서 발생되는 것입니다. 즉, 이러한 가정 내에서 가장 피해를 많이 보는 사람은 힘이 약한 여성과 아이입니다.

고국을 떠나 무작정 한 남자만 의지하여 한국까지 시집와서 살아가는데, 결혼에 대한 책임과 의무를 다하지 않으려는 남성들로 인하여 결혼에 대한 후회와 상처, 외로움 속에서 살아가는 여성들이 늘고 있습니다.

이런 다문화 가정의 문제를 지역사회가 앞장서서 도움을 주어야 합니다. 그리고 조금이나마 힘이 없는 외국 여성들의 입장을 이해하려는 노력과 함께 그 자녀들을 사랑으로 돕고 안정적인 삶이 이루어지도록 다각적인 사회적 환경을 마련해 나가면 좋겠습니다. 무엇보다도 다문화 가정 내에서 발생한 이혼으로 인해 여성과 그 자녀들이 오갈 데 없는 상황에 빠져있게 되거나 생계유지에 어려움을 겪지 않도록 도움을 주어야 합니다. 한국 내 일부 남성들이 만든 잘못된 이미지가 고쳐지는 계기가 되도록 다양한 지원책을 마련하는 것도 너무나 시급한 일입니다.

다문화 가정을 이룬 외국 사람이 낯선 환경에서 살아가는 고충을 잘 이해하여 세계화 시대를 잘 맞이했으면 합니다. 우리나라의 국민 한 사람으로서 지구촌 한 가족 시대임을 잊지 않길 바랍니다.

- 단기보호의 필요성

"아이를 맡길 곳이 없네요. 제가 병원에 입원하여 수술을 받을 동안은 아무도 아이를 돌봐줄 사람이 없어서요. 부탁합니다. 도와주세요."

"가까운 친척이 아이를 잠시 돌봐주면 안 될까요? 저희는 이런 케이스에 발생되는 비용 처리를 어떻게 해야 하는지 잘 몰라서요……."

"제발 도와주세요. 아이 아빠는 가출했고, 이런 상황이다 보니 제가 지금까지 혼자서 양육책임을 전적으로 졌어요. 1주일만 도움을 받을 수 있을까요?"

"사정이 무척이나 딱하군요. 의논하여 알려드릴게요."

홀로 장애 자녀를 둔 상태로 예상치 못한 건강상의 문제가 발생하는 경우에는 아이 문제로 어려움을 겪게 됩니다. 가까운 이웃이나 친척들도 장애인 자녀에 대한 특성을 이해하지 못한 상황에서 예상치 못한 긴급한 부탁에는 어찌할 바를 몰라 당황스러울 수밖에 없습니다. 평소에 가까운 이웃들과의 잦은 만남으로 서로에 대한 이해를 가지고 살아가는 것은 아주 중요한 일이 아닐 수 없습니다. 사회적 책임을 함께 공유해야 하는 일이 여실히 드러나고 있습니다.

갈수록 장애인 가족에게 다양한 돌봄이 필요하여 여러 가지 도움을 요청하는 경우를 만나게 됩니다만 우리나라의 현실은 사정에 맞는 개별적인 맞춤형 서비스가 제대로 지원되고 있지 못합니다. 당장 장애인들을 위한 복지에 행정적인 절차와 비용들을 따지면서 시간은 흐르게 됩니다.

기부문화 정착을 위하여

성경 말씀에는 부자가 하늘나라에 들어가는 것이 낙타가 바늘귀로 들어가는 것보다 더 힘들다고 말씀하십니다.

부자는 현재까지 물질적인 풍요로움을 누리는 사람을 지칭했으나 마음이 부유한 자도 부자입니다. 부자들이 지금보다 더 자신들의 사회적 책임을 직감하여 나눔을 실천하고 보람된 삶을 살며 기뻐하면 좋겠습니다. 아무런 잘못도 없이 태어나면서 부터 먹을 것, 입을 옷이 없는 사람들이 너무나 많기 때문입니다.

자본주의 민주주의 국가에서 흔히 볼 수 있는 부익부 빈익빈 현상이 오래 지속되고 있음에도 가난한 자들에게 도움을 줘야 하는 복지는 아직 먼 곳에 머물고 있고 관심과 사랑에 대한 필 요성은 말로만 이루어지고 있는 듯합니다. 너무나 많은 분야에 골고루 신경을 써야 하는 정부의 입장을 모르는 바는 아니지만 좀 더 유연성 있는 복지 지원을 이루어 내도록 실천해야 합니다.

기부문화 정착을 위해 단지 몇몇 사람들이나 신앙인들이 양 심적으로 실천하는 것이 아니라 내가 몸담고 있는 국가를 위한 일로 여기며 각각 자신의 역할에 책임감을 가져야 한다고 생각 합니다. 좀 더 많이 가진 자가 있다면 더 많이 베풀고, 작게 가 진 자가 있다면 작은 대로 성의껏 베푸는 것이며, 자발적으로 나눔을 실천하면 되는 것입니다. 내가 써야 할 곳을 조금만 줄 이면 배고픈 아이들이 먹을 수 있게 됩니다. 내가 조금만 더 돌 아보겠다는 마음을 가지면 안전사고도 줄이고 에너지도 절약 되는 것입니다. 수많은 예산과 인력이 낭비될 필요가 없습니다.

누군가를 돕는 일은 참으로 행복한 설렘이며 기쁨입니다. 단 지 물질적으로 돕는 일로만 생각하는 사람들이 있다면 또 다른 일들도 있음을 알기 바랍니다. 어떤 한 사람의 이야기를 들어

주고 공감하며 실천하는 일은 자신도 행복한 일이 되겠지만 사회 전반에도 도움이 되는 일이 됩니다. 개인의 실천으로 작은 행복이 쌓이게 되면 나중에는 아주 큰 행복으로 이어져서 보람된 삶을 살아갈 수 있게 됩니다.

도움이 필요한 사람들과 장소들을 알고 있음에도 직접 찾아갈 수 없는 것이 우리의 현실입니다. 어느 곳을 정하여 개인적으로 도움을 주기도 하지만 세상엔 후원단체들이 너무 많아서 오늘도 한 사람의 후원자를 애타게 기다리며 모집하고자 다양한 노력을 합니다. 사회는 오른손이 하는 일을 왼손이 모르게 선한 일을 하려는 자를 귀하게 여기고 있습니다. 그리고 더더욱 나눔에 대한 실천 여부를 눈여겨보게 됩니다.

우리의 단 한 번뿐인 삶을 보람되고 기쁘게 살아가는 방법은 어렵지 않다고 생각됩니다. 따뜻한 세상을 원한다면 누군가가 만들어

돕고 있는 후원단체

주길 기다리는 것이 아니라 자신이 직접 만들어 내야 하는 것입니다. 국민들 각자의 책임인 것입니다. 사회가 갈수록 이기적으로 바뀌고 선한 양심이 사라져 간다 해도 늘 우리는 사랑의 진실을 추구하고 실천해야 합니다.

직장인들 중에서 가장 모범을 보이는 직원은 꼭 있기 마련입니다. 남들이 모르게 선한 일에 관심을 가지고 누가 시키지도 않았는데 늘 직장을 빛냅니다. 애사심과 주인의식을 가지고 다른 동료들보다 더 많은 일을 해내려 애쓰고 늦은 시간까지 노력합니다. 이런 점이 뒤늦게나마 동료직원들에게 알려져 이에 동참하려고 하는 사람들이 한둘씩 서서히 생기게 됨으로써 좋은 바이러스가 옮겨지게 됩니다. 이렇게 선한 일을 앞장서서 하는 사람들이 있기에 사회는 여전히 따뜻합니다.

안 된다고 부정적으로 표현하거나 못한다고 단정 짓기보다는 일단 시도부터 해 보는 것이 자존감을 높이는 길입니다. 부정적인 단정이 결과를 만들어 내는 것이 아니라 긍정의 힘이 세상을 만들어 나가는 것입니다.

비영리단체로 우리나라의 기부문화 확산에 많은 기여를 하여 더 나은 미래를 만들고자 주도해 온 '아름다운 재단'은 아직도 외국에 비하면 턱없이 부족한 우리나라의 기부에 대한 관심이나 실천을 되돌아보게 합니다. 2001년에 국제기부문화 심포지엄이라는 브랜드로 한 나라의 기부에 대한 연구를 시작하여 기부문화를 매년 개인과 기업으로 나누어 체계적으로 연구하고 발표해온 '기빙코리아'를 통하여 알 수 있는 것은, 대기업의 기부지수가 높을수록 중소기업으로 확산되어 나간다는 것입니다. 이것은 궁극적으로 중소기업의 사회적 공헌을 활성화하는 기회와 전략이 될 수 있습니다.

그동안 정부의 예산으로 부족한 정책 반영에 기업가들의 사회적 공헌을 높이 평가함과 동시에 좀 더 통 큰 기부를 장려해야 합니다. 그러한 모습이 중소기업과 국민에게까지 이어지는 움직임은 아주 바람직한 우리나라를 만들어 낼 것입니다. 자선이나 동정의 심정이 아닌, 자발적으로 우러나는 양심으로 콩한 조각도 나누어 먹는다는 심정으로 가난하고 소외된 약자들의 상황들을 이해하고 돌아보는 것은 너무나 중요한 일입니다.

특히나 금액의 크고 작음을 떠나서 기부하려는 선한 뜻이 존중을 받게 하여 기부의 물결이 더 다양한 방법으로 흘러갈 수 있도록 도와야 합니다. 정치인들도 과거보다 더 많은 기부를 해야 합니다. 사회 전반의 여러 직종에서 일하는 많은 분들도 최선을 다하여 기부문화 확산을 장려하고 권장하며 최선을 다하여 도와야 합니다. 교육계는 세계 시민들과 겨루어야 할 학생들의 인성 지도 및 실력 향상을 위해 바른 자세로 안내하고 지도해야 합니다. 그 외 외교, 문화, 체육, 종교계 모두가 각자가 속한 지역과 사회, 궁극적으로는 우리나라를 위하여 섬기고자 하는 마음으로 나눔을 실천해야 합니다.

대접을 받고자 하는 지도자들이 기부문화 정착에 앞장을 서고 모범을 보여야 합니다. 어른들이 자신과 가족을 먼저 돌아본 후 주변의 이웃들도 긍휼히 여기는 마음을 가지면 좋겠습니다. 그러한 삶의 태도가 자신을 사랑하는 자세이기 때문입니다.

- 모임들

내가 근무하는 곳은 무연고자 중증 장애인들이 24시간 지내는 곳으로 여러 후원자들의 관심과 사랑이 필요한 비영리기관입니다. 정부의 보조금으로 운영되지만 턱없이 부족한 것이 현실입니다. 정부의 예산 집행이 사회 전반에 골고루 집행되다 보니 물가가 오르는 것에 비하여 운영 지원금은 늘 모자랍니다. 그리하여 많은 분들을 알고 지내며 그들의 후원을 이끌어내는 것은 매우 중요한 부분이며 기관 운영에 큰 도움이 되고 있습니다.

평소에 잘 모르던 모임일지라도 이곳저곳에 참석하며 우리기관이 도움이 필요한 기관임을 알리고 있습니다. 이런 나의 역할을 소중하게 여기는 사람들이 있는가 하면 어떤 이들은 가치 없는 일로 여기는 사람들도 있었고, 특히 알만한 어른들 가운데 부정적인 시각으로 보는 사람들이 꽤 있었는데 억지심정인 것 같아 보였습니다. 기부문화나 후원문화에 대한 홍보가 선진국과 외국에 비하여 부족한 사회이다 보니 사람들은 후원의 필요성을 잘 모릅니다.

물론 그동안 익숙하지 않은 일에 의혹이 먼저 앞선 것은 당연한 일인지도 모릅니다. 하지만 사정을 제대로 알려고 하지도 않고 외면하는 사람들의 모습은 이기적으로 보일 때가 많습니다. 우리나라 국민들 중에는 생각을 바꾸어야 할 어른들이 참많습니다. 그들이 좀 더 도움을 주려는 자세와 생각을 가지고 운영자의 고충을 이해해 주었으면 합니다. 열악한 환경과 안전사고의 위험도 개선되어야 하며, 종사자들의 근무자세는 더 분발해야 합니다. 그리고 바른 근무를 해 달라는 기관운영자의 요청에 방해를 하거나 어려움을 주어서는 안 됩니다.

요즘은 각 기관운영을 정부에서 평가하고 있습니다. 각 기관마다 점수를 매기고 있는 것입니다. 마치 학교, 병원, 각 기업에 매기는 평가들처럼 말입니다. 그래서 전문성을 가지고 차별화를 둔 경영을 하지 않으면 안 됩니다. 그래서 대학졸업자가 좀 더 나은 사회복지 정신을 가지지 않았을까 하여 대졸자 중심으로 직원을 채용하기도 했지만 꼭 사회복지 자격증이 있어야 더 나은 근무를 하는 것은 아니라고 경험하였습니다. 사회복지는 양심과 사랑, 마음, 태도에서 하는 것이기 때문입니다.

사회적 약자에 대한 따뜻한 마음이 있는 사람만이 이런 일을 해낼 수 있으며 그들을 진정으로 도울 수 있는 가능성이 큽니다. 이런 일을 하는 사람은 아무리 경기가 어렵다 해도 나오지 않는 젖을 물리는 심정으로 사랑을 모아야 하기 때문입니다. 사랑의 실천은 가장 가까이에서 먼저 실천되어야 합니다. 즉 가정에서, 마을에서, 그 지역에서 출발되어야 합니다.

우리나라가 외국의 선진국처럼 잘살 수 있는 것은 너무나 당연합니다. 잘 모르는 이웃 간에도 서로 인사를 나누며 함께 웃고 함께 우는 정을 가졌기 때문입니다. 그 정을 나누는 일은 이미 한국사람에게 오래전부터 내려오는 전통적인 미풍양속으로, 실천하기 쉬운 일입니다. 외국의 그 어떤 나라보다도 더 잘살 수 있는 기본적인 정서가 깔려 있습니다. 우리나라에서 태어나고 자라고 있는 후손들에게 어른들이 어떤 모습을 보여주어야 미래가 밝을까요. 먼저 가정, 직장에서부터 따뜻한 사랑을 직접 실천한다면 우리의 자녀들은 분명 세상을 위하여 크게 쓰임 받을 수 있을 것입니다. 시작은 나로부터 출발함을 모두가 잊지 않아야 합니다.

이 모임 저 모임, 각각 모임의 성격에 따라서 일회적인 기분 전환 모임도 있어서 거액의 비용이 하루 만에 다 사용되기도 합니다. 모임들마다 조금씩 불우한 이웃을 위하여 비용의 일부를 떼어놓고 모임을 가진다면 모임의 성격이나 목적이 더 빛날 수 있을 것입니다. 모임 비용에서 따로 후원금을 내고자 하는 생각이나 부담을 가지지 않아도 됩니다. 사랑은 바로 관심이며 지금 당장 실천하는 것입니다. 국민들에 의하여 따뜻한 사랑과 정이 넘치는 우리나라가 될 때 더는 외국 선진국을 부러워할 필요도 없어집니다.

- 후원자 발굴

기업에서 투자를 해야 수익이 발생하듯이 기관 운영에 도움을 주실 분들을 만나기 위한 후원자 발굴을 위하여 때로는 기관을 홍보하고 알리려고 개인의 돈도 투자하며 그들의 마음을 움직여야 합니다. 물론 도움을 달라는 말을 하지 않아도 자발적으로 후원하는 분들도 있지만 때로는 투자하는 만큼 또는 투자해야 그 이상으로 후원을 해주시기도 합니다. 그중에는 늘 자신도 어렵게 살면서 감동을 주는 따뜻한 마음을 가진 분들이 많습니다.

후원자 발굴에는 정해진 곳과 사람이 없습니다. 불특정다수인 셈입니다. 길을 가다가 자연스럽게 문을 열고 인사를 건네며 기부에 대한 안내의 말을 건넵니다. 그곳이 상점인 경우에는 꼭 필요한 것이 아닐지라도 물건을 구매하며 잠시 안내를 합니다. 작은 것을 심었더니 큰 후원자가 되어주신 경우도 많습니다.

서로 아끼고 위로하며 격려하는 마음입니다. 상대방의 힘든 상황을 알고 외면하지 않고자 서로 돕는 상부상조의 마음입니다. 가족도 아닌 아무런 관계가 아님에도 한국인의 유별난 정이 서로 통하게 된 것입니다. 상대방의 아픈 삶의 이야기를 듣고 알게 되면 자연스럽게 함께 울고 서로에게 조금이나마 도움이 되기 위하여 노력하며 용기를 주게 됩니다.

'인색함이 없는 마음으로 서로 돕고'라는 성경의 말씀이 참으로 와 닿습니다. 내가 가져오는 것 이상으로 더 큰 후원을 받으니 자연스럽게 감사한 마음이 우러나오기도 합니다.

– 지하철역 내 홍보부스

밤새 작업한 기관 홍보부스를 기관과 가까운 곳인 많은 사람들이 지나다니는 지하철역 내에 갖다 놓고 늦은 밤까지 후원자가 되어 달라는 안내를 며칠간 하였습니다. 특히 크리스마스를 앞둔 시점에는 다들 힘들게 살아가지만 주변을 돌아보려는 마음이 있기에 이때 기관을 알려 장애인들에게 작은 도움이 되도록 하기 위함이었습니다. 기관을 소개하는 부스를 설치하고 나니 지하철역 분위기가 꽉 찬 느낌이 들어 한결 좋아보였습니다. 특히나 내가 직접 구상하여 만든 것이라 그런지 꽤나 좋아 보였고 좋은 성과가 있길 기대하였습니다.

지하철을 이용하는 사람들 중에 바쁜 걸음을 잠시 멈춘 뒤 짧게나마 얼굴을 돌려서 관심을 보이는 사람도 있었지만 대부분은 아주 바쁜 걸음으로 힐끗 보고는 갈 길을 재촉했습니다. 해마다 연말이면 누구나 다 주변을 돌아보느라 바쁩니다. 어떤 사람들은 일 년 내내 사랑의 마음을 담아 여러 가지 모습으로 주변을 도울 마음을 준비하고, 또 어떤 사람들은 각자 삶에 집중하느라 바빠 12월 한 달만큼은 불우한 이웃을 생각합니다. 크리스마스의 의미를 되새기는 셈입니다. 모두들 한 해의 삶의 마무리를 보람되고 의미 있게 하고 싶은 것입니다.

거리마다 캐럴이 울려 퍼지고 구세군 자선냄비의 종소리가 성탄 종소리처럼 은은하게 울리면 한적한 시골에서 살아가는 사람들조차도 마음이 설렙니다. 마치 무엇으로 외로운 사람들에게 사랑을 전할까 하는 마음으로 살아가는 것처럼 보입니다. 모두가 산타가 된 것처럼 보입니다. 빨리 경기가 좋아져서 세계 경제가 살아나고, 그리하여 물질을 많이 가진 사람들이 많

이 베풀면 좋겠습니다. 성탄절과 같은 날들이 일 년 내내 이어
질 수 있도록 말입니다. 추위에 떨고 굶주리는 어린 생명들에
게 따뜻한 양식과 보금자리를 주기 위해서 말입니다. 캐럴을
듣고 구세군 자선냄비의 종소리를 들으며 자신의 기분에만 젖
는 것이 아니라, 누군가를 자발적으로 돕겠다는 사람들이 많아
서 다행입니다. 올해 성탄도 도움이 필요한 누군가를 돕고 자
신을 사랑하며 힘과 용기를 얻길 바랍니다.

　교회마다 아름다운 장식으로 아기 예수의 나심을 경배 드리
고 있습니다. 가장 낮은 곳 마구간에 오신 예수님을 빛으로 진
리로 생명으로 맞이하고 있습니다. 특히 부산 지역에는 고신대
학교의 크리스마스트리가 꽤나 유명해져 부산 지역 교회들이
참여하여 성탄의 불을 비추고 있습니다. 거기다가 광복동에는
각 상점들이 자발적으로 거리에 크리스마스트리를 장식하여
사람들의 발걸음을 끌고 성탄의 의미를 함께 생각하게 합니다.
모두가 자발적으로 만들어 내는 따뜻한 일입니다. 얼마나 감사
한 일인지 모릅니다. 이런 마음들이 일 년 내내 이어지는 아름
다운 삶이라면 참 좋겠습니다.

– 시장의 후원

　시장은 늘 훈훈합니다. 떠들썩한 분위기로 여러 사람들을 오

가게 하며, 상점마다 진열된 상품들에 눈이 팔려 시간 가는 줄 모르게 하며, 사람 사는 세상을 알게 하는 곳입니다. 오래전부터 시장에서 물건을 단체로 사야 하는 일이 자주 있다 보니 한 푼이라도 절약하여 더 큰 효과를 거두기 위하여 상인들에게 저렴한 가격으로 팔길 요청해오곤 하였습니다. 해를 넘겨 유행이 지나거나 팔리지 않는 물건들은 후원을 해 달라고 부탁을 하기도 했습니다. 물론 값을 깎지 않고 사면서 위신을 세울 수도 있겠지만 한두 푼이라도 더 이익이 생긴다면 누군가에게 도움이 되겠기에 늘 협조를 부탁드립니다. 상인들도 손해 볼 정도가 아니면 기꺼이 저렴하게 구매하도록 협조해 주십니다. 다들 얼마나 좋은 이웃들인지 모릅니다. 어느 날은 이름도 없이 후원 물품을 조용히 가져다 놓고 사라지는 사람들도 있으니 말입니다.

심리적으로 안정이 필요하다고 느낄 때는 어김없이 여러 방면으로 위로해 주시는 분들이 계셨습니다. 하지만 섬김에 대한 사랑의 인사를 따뜻한 커피 한 잔으로나마 전하고자 해도 한사코 사양하시며 늘 오른손이 하는 일을 왼손이 모르게 도와 주셨습니다.

- 주말 봉사활동

"일손이 부족한데 혹시 시간 되면 와서 도와주시겠어요? 봉사로 말이에요."

"그럴게요. 시간을 낼게요."

주말마다 시간이 날 때 장애인들의 일자리 마련과 그들 가족들을 돕기 위하여 도움을 달라는 부탁을 받고 봉사활동을 하러 갔습니다. 직장에서 봉사자를 받는 입장에서 직접 봉사자가 된 것입니다. 그곳은 교회의 카페로, 교인뿐만 아니라 지역주민들도 잠시 쉬어가기도 하고 또 더러는 사람들을 만나 차를 마시는 곳이었습니다. 그곳엔 이미 나와 비슷한 나이의 사람들이 봉사의 마음으로 시간을 낼 수 있을 때 교대로 나와서 차를 팔고 있었습니다. 도움이 필요한 사람들을 돕고자 하는 마음으로 임하다 보니 지치지도 않고 피곤함도 모른 채 보람된 시간을 보낼 수 있었습니다.

나 한 사람의 수고가 분명 누군가에게 힘을 줄 수 있기에 숨은 봉사를 하는 사람에 비하면 보잘 것 없고 부끄러운 일이었지만 아주 작은 사랑의 씨앗을 심었습니다. 살면서 주위를 돌아보니 따뜻한 마음을 가진 사람들이 많아서 자원하여 봉사활동을 많이 하고 있음을 알게 되었고 그런 사람이 많다는 사실에 다행이라 여겼습니다. 누구나 살면서 보람을 많이 느끼는 일은 도움이 필요한 사람을 외면하지 않고 시간과 물질을 나누면서 정성껏 돕는 일이 아닌가 생각됩니다. 이러한 따뜻한 사람들이 많은 사회는 밝은 미래를 보장할 수 있는 밑거름이 됩니다.

그럼에도 불구하고 아직 단 한 번도 봉사를 안 해 보고 부정적인 태도나 왜곡된 시선으로 바라보는 사람들이 더러 있기에 선진국처럼 기부나 봉사활동이 저조한 것도 사실이어서 안타깝습니다. 이를 극복하기 위해 가정이나 학교교육을 통해 자녀와 학생에게 바른 심성을 심어 주는 일이 우선되어야 할 것입니다. 먼저 어른들이 열린 자세로 봉사를 실천하는 모습을 보여주어야 한다고 생각되었습니다. 봉사하기도 전에 이익이 있는지 없는지 따지거나 계산하는 것이 아닌, 무조건적인 사랑의 실천으로 말입니다.

시민들의 관심을 요하는 일은 늘어만 갑니다. 현대사회의 민주시민이라면 우리 각자의 역할을 잘 깨달아 자신의 책임과 의무를 실천하는 것이 무엇보다도 중요하다고 생각됩니다. 그러기 위해 먼저 어른들이 자녀들에게 솔선수범하는 모습을 보여주는 것이 가장 바람직하리라 여겨집니다.

지금 우리는 어떤 어른인지 돌이켜보게 됩니다.

아름다운 세상을 위하여

이 시대에는 강자보다 약자들이 갈수록 늘어나고 있는 추세입니다. 동등한 인격을 갖춘 사회 구성원으로서 약자들에 대한 인권침해 문제는 아주 예민한 문제입니다. 과거 미국 역사를 볼 때 미국 사회는 흑인과 백인 사이에 큰 차이를 두고 구분되어 있어 노예에 대한 차별과 무시가 심했습니다. 이 때문에 발생한 남북전쟁 이후 흑인들의 권리 회복 사건처럼 현실도 사회적 약자들에 대한 보호와 옹호가 대세를 이루고 있습니다.

지금 이 시간에도 여전히 역사는 흐르고 있으며 약자들에 대한 권리 주장을 부르짖고 있습니다. 하지만 아직도 차별은 존재하고 있으며 보이지 않는 제약도 여전히 진행되고 있습니다. 이런 시간조차도 역사가 말해줄 것이기에 언젠가 심판이 필요하다면 심판이 있을 것입니다. 자유민주주의 국가에서 국민 된 자들로 해야 할 책임과 의무가 있음을 잘 알아야 할 것입니다. 정치인들에게 실천을 먼저 요구하기 이전에 국민들 각자가 먼저 실천해내는 성숙한 시민정신과 자세가 필요합니다.

우리 사회는 과연 사회적 약자들에게 어떤 잣대나 자세로 대하고 있으며, 정부의 정책과 지원은 제대로 이루어지고 있는지에 대하여 꼼꼼히 생각해 볼 필요가 있습니다. 이러한 반성과

각성과 성찰이 없는 한 말로만 그치는 복지현장이 될 것임은 너무나 분명합니다. 아무리 반복적으로 필요성에 대하여 부르 짖어도 무시하며 그 말을 제대로 받아들이지 않는다면 개선될 가망은 전혀 없기 때문입니다. 그리고 후진성을 갖춘 상태로 앞날의 심판을 면치 못할 것입니다.

열악한 환경에서 살아가는 사람들의 삶과 사각지대에 놓여 있는 사람들의 삶을 매일 점검해 주면 좋겠습니다. 그리고 국 민들의 고충을 외면하지 말고 직접 현장을 둘러보고 대책을 세 워주었으면 좋겠습니다. 그리하여 사회적 약자에게 차별이 없 다는 말이 나올 정도로 분명한 사회가 되길 원합니다. 좋은 면 은 현재 자라나고 있는 후손들에게 보여주고 물려줄 것을 기대 합니다. 온 세상의 사회적 약자들이 차별 받지 않고 살아가는 앞날이 열리면 참 좋겠습니다.

세계는 지금 온통 아픕니다. 여기저기서 예측 못할 사건사고 가 터져서 수많은 생명이 하루아침에 생을 마감했다는 안타까 운 소식이 쉬지 않고 들려옵니다. 뉴스를 통해 들려오는 무시 무시한 소식을 듣고 싶지 않은 마음도 듭니다. 거기다가 핵무 기의 위력을 앞세우며 불안을 야기하는 내용을 보면 아무리 긍 정적이고 낙천적인 사람이라 하더라도 온전한 정신을 가질 수 없는 나날입니다. 거기다가 마치 곧 전쟁이라도 일어날 것 같이 전쟁 운운하는 말을 들어야 하는 지금 이 시대를 살아가는 사람들에게는 참으로 서글픈 현실입니다. 전쟁과 상관없이 하루하루 먹을 것이 없어서 죽어가고, 더 잘 살기 위해 발버둥 치며, 먹고 살기 위해 자녀와 함께 목숨을 건 탈출도 하는 이러한 시대에 전쟁 이야기까지 듣고 싶지 않습니다.

전쟁이 모두에게 불행한 일임은 이 세상 모든 사람들이 잘 알고 있습니다. 인간의 힘으로 막을 수 없는 각종 자연재해, 사고들이 일어나고 있는 현실에 왜 그런 막대한 비용을 들여서 사람들에게 불안을 주는지 알 길이 없습니다. 핵무기에 소요되는 그 막대한 비용을 모든 국민들이 누리며 행복하게 살아갔으면 좋겠습니다. 그리고 엉뚱한 일을 벌이려는 사람들이 생기지 않도록 국민 모두가 스스로의 전쟁을 막으면 좋겠습니다.

정확하지도 꼭 필요하지도 않는 전쟁 이야기는 더는 없길 바랍니다. 가뜩이나 안정되지 않은 삶을 살아가는 사회적 약자들이나 힘이 없고 가난한 이들을 더더욱 움츠리게 만들기 때문입니다. 그리고 우리 모두가 원하지 않는 일이기 때문입니다. 오늘도 핵무기가 사라지는 세상을 꿈꿉니다.

엄마, 아빠를 만나기 위해 하늘로부터 준비되어 태어나는 아이들은 하늘의 뜻 가운데 살아갑니다. 생명을 가진 존재로 알려지기 시작한 순간부터 분주하게 배우는 것입니다. 물론 원치 않는 임신도 있고 불가피한 여러 사정들로 인하여 그 생명이 완전히 자궁 내에서 태아로 자리 잡지 못하는 경우도 있지만 말입니다.

출산된 아이는 전적으로 부모에게 기대게 됩니다. 자궁 내에서 영양분을 공급받았듯이 말입니다. 이 세상 모든 어른들이 자신에게 다가온 자녀를 소중히 해야 하는 이유는 어른들이 만들었기 때문입니다. 어른들이 만든 일에 책임을 져야 하는 것은 너무나 당연한 일입니다. 그래서 자신의 사랑하는 자녀를 피치 못할 사정으로 직접 양육하지 못하는 것은 참으로 안타깝고 슬픈 일입니다.

이 세상의 여러 가지 사건사고들 중에서 가장 반인륜적이어서 형량을 무겁게 두는 것은 고의적인 자녀학대입니다. 그 어떤 말로도 피할 수 없는 세상의 잣대입니다. 그런 부모에게서 학대받는 자녀가 이 사회 내에 존재하지 않도록 사회적 책임이 있는 다른 어른들이 잘 도와야 합니다.

최근 울산에서 발생한 계모의 자녀학대 사건에 대한 판결이 났는데 죄에 비해 형량이 미흡하다고 비판이 들끓었습니다. 사회에서의 교육도 중요하겠지만 가정과 학교교육을 통하여 양심과 책임 있는 자세로 살아가는 자녀들이 될 수 있도록 어른들이 먼저 사랑으로 자녀들을 끌어안고 양육해야 합니다. 어른들이 해야 할 의무이자 책임입니다. 양심을 가진 어른이 되어서 자녀들에 대한 책임과 의무를 잘 실천하기를 원합니다. 그리고 자녀를 고의적으로 학대하는 자는 중범죄로 다루어 우리 자녀들이 이루어 낼 미래의 꿈과 희망의 새 역사가 반드시 잘 이루어지길 바랍니다.

part.4

나의 자랑,
나의 기쁨
-두 아들

귀한 보물들

나의 자랑 두 아들인 남규와 준규!

귀한 보물들.

일반 가정과 다른 분위기에서 성장한 두 아들은 늘 신앙 안에서 건강한 정신으로 건강하고 반듯하게 살아가고 있습니다. 어느 가정이나 자녀를 잘 양육하고 자녀가 행복하기를 바라는 것은 마땅히 부모로서 가지는 생각입니다.

하지만 나의 두 아들에게는 이혼한 어미의 경제적 어려움으로 냉혹한 현실만 놓여 있었습니다. 등록금 마련과 생활비를 위하여 아르바이트를 하고 여기저기 모르는 사람들에게 돈을 빌리느라 마음고생과 고통으로 살아왔습니다. 낯선 곳에서 모르는 사람들의 도움을 받으며 고등학교 때부터 스스로 아르바이트를 하며 공부했고, 대출 빚을 갚으려 오늘도 최선을 다하여 노력 중입니다. 작은 수입으로 아무런 도움도 줄 수 없는 나에게 행여 부담을 줄까 봐 말 못하고 혼자서 고민하고 해결한 보기 드문 효자 중의 효자입니다. 효자라고 표현하기보다는 오히려 어미인 나를 더 걱정하는 나의 보호자라고 표현하는 게 나을 것 같습니다. 나의 건강을 더 염려하고 힘과 용기를 주는 아들들이기 때문입니다.

이런 두 아들에게 아무것도 도와줄 수 형편없는 어미라 평생 머리 숙여 미안해하고 부끄러워해야만 하는 입장입니다. 당장 도움이 필요한 시기에 아이들에게 누군가 따뜻한 손을 내밀어 주었다면 하는 안타까움과 아쉬움 속에 시간은 흐르고 있었습니다. 말로 다 표현 못하는 아픔의 시간은 나를 주저앉게 하였습니다. 정신이 온전할 수 없는 시기였습니다. 나의 경제적 무능함에 눈물을 흘리며 도움을 달라고 하나님께 기도하는 것밖에 아무것도 할 수가 없었습니다. 먹을 것이 없어서 굶기도 여러 번 하였을 아이들의 얼굴을 떠올리니 가슴은 찢어질 것처럼 아팠고 무슨 말로 어미랍시고 아이들에게 말을 걸 수 있을지 막막하였습니다. 하지만 아이들은 이를 악물고 더 꿋꿋하게 자라고 있었습니다.

그러던 어느 날 대출 한도액을 초과한 상태에서 아찔한 말을 들었습니다. 눈앞이 캄캄하여 아무런 말이 나오지 않았습니다. 정해진 날짜에 대출금 이자를 갚지 않으면 나의 삶과 업무에 지장을 줄 듯한 말을 거르지 않고 들어야 했습니다. 그런 상황에서도 여기저기 은행에 나의 낮은 신용정보를 들이대며 작은 금액이라도 대출받기 위하여 돌아다녀야 했습니다. 두통약을 쉬지 않고 먹어야만 버틸 수 있는 너무나 괴로운 나날이었습니다. 하루빨리 빌린 돈을 갚으라고 독촉하는 사람들과 그럴 수 없는 현실에 차라리 쓰러져서 다시는 일어나고 싶지 않았습니다. 나의 형편을 잘 아는 사람들은 이런 나를 보면서 고아나 거지처럼 여기며 은근히 무시하기 시작하였습니다.

그럴수록 두 아들의 어미로서 이를 악물고 당당하게 보란 듯이 일어서야 한다는 생각이 들었습니다. 지금 이대로의 나 자신을 스스로 사랑하지 않으면 안 되었습니다. 나를 철저하게 사랑하기로 마음먹고 나니 온갖 말도 덤덤하게 받아들일 여유가 생겼습니다.

어느 날 몸이 좋지 않아 병원에 들러 검진을 받았더니 건강

상황이 최악이라며 한 뭉치의 약을 주었습니다. 정신적·심리적 안정이 절실한 상황이었지만 그럼에도 낮은 자들을 향한 사랑의 끈을 놓을 수가 없어서 간절히 기도하며 힘을 내 보기로 하였습니다. 아는 지인이 화장품과 보험 일을 하면서 수입을 가져보라고 조언하여 시작하였는데 사람들의 반응은 싸늘하였습니다. 눈을 아래로 깔고 무시하는 모습을 보여 참을 수 없이 괴로웠습니다. 지인들조차도 아무런 도움을 주지 않고 구경만 할 뿐이었습니다.

단돈 일 원의 위자료도 없이, 앞날에 대한 아무런 대책이나 준비 없이, 벌거숭이로 내팽개쳐진 세 모자를 방관하는 사람들, 세 모자의 마음을 짓밟는 사람들을 도무지 이해할 수 없었습니다. 가장 참기 힘든 일은 막말을 하고 대못을 가슴에 박는 말을 스스럼없이 하는 사람들이었습니다.

하지만 이런 고통이 깊어질수록 나에게 주어진 업무에 더욱 최선을 다하였습니다. 나의 두 아들을 위하여 후회 없이 최선을 다하였습니다. 덕분에 아이들은 무난히 대학을 졸업하였습니다. 감사하게도 첫째 아들은 대학원에 진학하여 졸업을 앞둔 상태이며 자신의 재능 발휘를 위해 도전하고 있습니다. 둘째는 대학졸업 후 직장을 구했습니다. 대출 빚을 먼저 갚느라 아직은 대학원 입학을 하지 않은 상태이지만 곧 나의 기도를 이룰 것을 믿고 있습니다. 하나님이 하시는 기적이 아닐 수 없습니다. 우리 세 모자에게 감당할 만한 시험만 주신 하나님께 언젠가 지나온 고통들이 오히려 축복으로 인도되는 시간이었음을 말씀드리고 동행하여 주시는 하나님께 감사를 드릴 것입니다. 신앙이 없었더라면 지금의 내가 존재할 수 없었을 것입니다. 기적처럼 하루하루 살아온 날들이었습니다.

두 아들에게 나의 신앙을 전수하였습니다. 캄캄한 어둠의 인생길에서조차 믿음을 잃어선 안 된다는 중요한 메시지를 말입니다. 그리하여 두 아들은 그 메시지를 잘 지키고 살아갑니다. 자신을 가장 소중히 여기고 사랑하면서 살아가고 있습니다. 세상의 귀한 일꾼이 되어서 어른들이 다하지 못한 일을 해낼 것입니다. 사람의 힘으로 한계가 있겠지만 하나님의 도우심으로는 가능한 일이라고 믿으면서 무한한 잠재능력을 맘껏 발휘하라고 당부했습니다. 지금까지 고생만 한 두 아들에게 평범하지 않은 기도제목을 준다는 것은 가혹할 수도 있습니다만 두 아들은 묵묵히 나의 당부를 잘 지키려 노력하고 있습니다. 그래서 마음이 더 아프고 미안하지만, 우리는 하나님의 자녀들이기에 하나님의 자녀다운 면이 있어야 한다고 알립니다.

가장 낮은 자들을 향한 진실한 사랑의 실천과 차별 없는 세상을 만들기 위하여 기부문화가 정착되는 일에 앞장서야 한다고 말하고, 각종 사건사고의 발생을 줄여 평화로운 세상을 만들기 위한 노력으로 무엇이 있는지를 알려주고 있습니다. 그리하여 시대적·역사적으로 귀히 쓰임 받는 앞날을 두 아들이 만들기를 원합니다. 세상의 여느 엄마들과 남다른 나의 기도제목들로 미래의 주인공인 두 아들이 세상에서 꼭 필요한 일꾼으로 선정될 것을 믿고 있습니다. 삶의 숭고한 시간 속에 삶의 초점을 어디에 두면서 사는 것이 좋을지에 대하여 늘 기도하고 있습니다. 이 세상 모든 사람들이 건강한 가운데 자신의 삶의 목적을 깨달아서 행복하고 아름다운 세상을 만들어 나가면 좋겠습니다.

두 아들의 성장 과정

– 장난감

아이들은 시장에 가는 것을 아주 좋아하여 그날을 기다리곤 하였습니다. 유치원 근무를 마치고 나오면서 아이들을 차에 태워 장을 보러 갑니다. 카트 하나를 빼어 그 안에 아직 어린 둘째를 앉힙니다. 그리고 첫째는 나와 카트를 밀며 천천히 구경을 합니다. 진열대의 수많은 물건을 보며 금세 기분이 밝아진

1994년 미국에서 장난감 옷을 사 입고

아이들은 콧노래를 불러가며 장난감을 눈여겨보며 갖고 싶은 표정을 짓곤 합니다. 아이의 눈빛만 모아도 모든 것을 알 수 있기에 미운 짓이라고는 한 번도 하지 않았던 두 아들이라 기꺼이 기분 좋게 사주고 싶습니다. 어릴 적부터 두 아들은 단 한 번도 떼를 쓰거나 고집을 피운 적이 없어서 늘 자랑스러웠습니다.

누구나 어린 시절엔 장난감을 가지고 다툼이 생길만한데 둘이서 단 한 번도 싸워본 적이 없어 기특하고 자랑스럽기만 합니다. 아마도 나의 사랑의 기도와 축복의 말만 듣고 자라서 그런 것 같습니다. 돌아오는 차 안에서는 장난감의 매력에 빠져서 서로 장난을 칩니다. 웃음이 넘쳐납니다. 세상에서 가장 행복한 시간입니다. 작은 것에 기뻐하고 만족하는 아이들의 해맑고 순수한 웃음소리에 온몸의 피곤이 다 풀어집니다.

– 아이들의 집안일 도움

"얘들아, 오늘은 집 안을 대청소하는 날이야. 구석 먼지 하나 남기지 않도록 깨끗하게 청소하자."

"네!"

항상 집 안을 깨끗이 청소해도 기관지가 좋지 않은 나는 늘 감기를 달고 살았습니다. 그래서 집 안 구석구석의 보이지 않는 세균과 곰팡이로 인한 호흡기 기관증세가 발병하지 않도록 늘 신경을 쓰며 청소를 하였는데, 아이들의 교육상 청소를 함께 하도록 유도하였습니다.

"첫째야, 청소기로 이쪽을. 둘째야, 너는 여기를."

"참 잘했네! 이번엔 설거지도 같이 해 보자."

아직 어린 나이라 키가 작은 둘째는 작은 의자를 가져다 놓고 그 위에 올라가서 그릇을 닦았습니다. 노래를 불러가며 재미있게 그릇도 닦고 청소도 잘 해냈습니다.

아이들은 장난감을 가지고 노는 놀이에도 최선을 다하였습니다. 옆에서 놀아주지 않아도 혼자서 상상의 날개를 펼치며 장난감과 대화하고 창의적으로 작품을 만들어 내기도 하였습니다. 한참을 집중하여 자신만의 세계에 몰두하고 난 아이의 표정에서 자신감이 넘쳐납니다. 충분한 만족감을 누리면 어떠한 과제에서도 해내려는 의욕과 성취감이 생겨서 자연스럽게 받아들입니다. 그래서 아이들의 관심을 유도해내기 위한 어떠한 시도를 하기 전에는 반드시 아이들의 의사를 존중하여 원하는 것에 몰입하도록 지원해 주는 것이 참으로 중요합니다.

반대로 어른의 잣대로 틀 안에 억지로 끼워 넣으려고 하거나 무조건적인 순종을 요구하면 아이들은 쉽게 상처를 받아 그 일을 시도조차 해 보지도 못합니다. 그런 기억은 아주 오랫동안 남아서 상처가 되고, 유사한 문제를 만날 때에는 기피하고 싶은 감정을 드러내게 됩니다. 그러므로 아이들의 의사를 존중하는 것은 매우 중요합니다. 어떤 어른들은 아이들에게 무슨 인격이 있느냐는 식으로 막무가내로 가정교육을 하는데 나중에 아이들은 이 상황을 모두 기억하고 있습니다. 그래서 어린 나이라 하여 자녀를 존중하지 않은 채 막 대하거나 무시하면 안 되고 섬겨야 하는 것입니다. 특히 기독교인 가정일수록 자녀를

2002년 첫째아들과 제주도 여행

어머니,

아프지 마시고 건강히 잘 지내주세요.

하나님 늘 응원하오니 힘내시고.

기도 늘 하고 있습니다.

밤규 드림!

첫째아들이 보낸 응원의 엽서

더욱 섬겨야 합니다. 왜냐하면 자녀들은 하나님의 형상으로 지음 받은 하나님의 자녀이지, 부모의 소유가 아니기 때문입니다. 자녀의 입장과 생각을 존중할 때 자녀 역시 자신을 존중해 준 부모를 섬길 수가 있는 것입니다.

우리나라에서는 효를 실천해야 하고 윗사람을 공경해야 한다는 생각이 강하지만 상호 존중하는 모습이 아주 바람직하다고 생각됩니다. 그리하여 아이들에게 몸소 보여주며 지도하는 것이 더욱 효과적이라고 생각됩니다. 아이들은 어른들의 모습으로 알게 모르게 학습하였기 때문에 옳고 그름에 대한 분별력과 판단력도 가지고 있습니다. 독립된 인격체답게 말입니다. 어른들의 언행을 조심스럽게 하지 않으면 안 되는 분명한 이유가 있는 것입니다.

- 부활절과 성탄절

부활절을 앞두고 거실에 예쁜 토끼 인형을 준비하고 마트에서 구입한 알록달록한 달걀로 장식했습니다. 아이들에게 부활절의 의미를 설명하고 그 의미를 알리기 위하여 한 달 내내 장식해 두었더니 아이들이 너무나 좋아했습니다. 토끼를 끌어안고 달걀도 만져보는 등 재미있는 시간을 가지면서 성경이야기를 지도할 수 있었습니다. 첫째는 나날이 의젓해져 동생을 아

끼면서 형 노릇을 했고, 동생은 형이라면 어떤 말이라도 잘 따르며 형을 우상처럼 바라보고 모방하였습니다. 하다못해 형의 큰 신발을 꺼내 신고는 빨리 형처럼 되고 싶어 했습니다. 부활의 기쁨을 아이들이 좋아하는 물건들로 알리는 일이 참 좋았습니다. 어떤 교육이든 아이들의 눈높이에서 만든 교육재료나 물건들이 더 효과적임을 알 수 있었습니다.

온 동네가 들을 수 있도록 부활절과 관련된 종려주일곡 등의 찬양곡을 힘차게 연주하고 나면 예수님의 부활 장면이 눈앞에 펼쳐지는 듯합니다. 예수님과 함께 부활하는 것 같은 느낌입니다. 동네 사람들에게 복음을 전하는 방법으로 찬양으로 마음을 전하는 것도 아주 좋을 것이라 생각하였습니다. 우리의 영혼을 맑게 해주는 찬양곡이 지금도 울려 퍼지는 듯합니다.

성탄절을 앞두고는 아이들의 성탄 준비가 시작되었습니다. 성탄곡 메들리 찬양은 물론, 성극을 준비한다고 하여 첫째 아들은 동방박사 역을 맡았습니다. 교회가 집에서 제법 멀기에 주일예배 후 잠시 남아서 성극을 준비하였는데, 기억에 남는 유익한 시간이었습니다. 처음 어설프던 모습은 어디로 가고 막상 무대에 오르는 시간이 다가오자 제법 의젓해 보였습니다. 첫째는 동방박사 역을 맡아서 별을 따라서 예수의 탄생을 알리는 일에 아주 진지한 태도로 임하였는데 그것을 바라보면서 아주 흐뭇했습니다. 아이들의 기억에 오래 남을 시간이었습니다.

- 시카고에서의 세 모자의 해후

얼었던 코가 겨우 숨을 쉬었고 얼었던 입이 겨우 열렸습니다.

"너무 추워, 진짜로 너무 춥다! 이런 추위에 다들 어떻게 살지?"

시카고의 겨울바람은 냉랭하기만 하였습니다. 미국에 살면서 시카고의 추운 겨울을 잘 알면서도 잠시 잊고 지내던 터라 모처럼 느끼는 칼바람에 너무나 놀랐습니다. 온몸이 얼어붙어 따뜻한 차 한 잔으로 겨우 얼었던 입이 열렸습니다. 여기에 사는 사람들은 얼마나 춥겠냐 하는 생각으로 주변을 둘러보았지만 다들 이까짓 추위쯤이야 하는 모습으로 추위에 벌벌 떨고 있는 나를 오히려 안쓰럽게 쳐다보았습니다.

"엄마, 많이 추워? 여긴 원래 이래."

우리 세 모자는 아주 오랜만에 둘째 아들의 고등학교 졸업을 축하하기 위해 몇 년 만에 시카고에서 다시 만나게 되었습니다. 오매불망 만남을 기다리던 나에게 힘들게 기회가 온 것입니다. 추위만 아니었으면 손을 잡고 거리를 맘껏 휘젓고 싶은 마음이었습니다. 오랫동안 간절히 기다린 만남이라 실제인지 꿈인지 구분 못하고 두 아들의 얼굴을 번갈아 보고 있었습니다. 한자리에 함께 있다는 자체에 무한한 행복과 기쁨이었습니다. 두 아들도 나의 방문에 너무나 기뻐하며 들떠 있었습니다.

그동안 직업상 다른 사람들의 복지를 위하며 살아오느라 정작 우리 세 모자에게는 가장 기본적인 것들이 아무것도 채워지지 않고 있었습니다. 0점짜리 엄마라서 미안해하고 있는데 오히려 나를 섬기고 존중하는 아이들의 성숙한 모습에 미안할 뿐이었습니다.

말라기 3장 17절 말씀:

만군의 여호와가 이르노니 자기를 섬기는 아들을 아낌같이 내가

그들을 아끼리니, 아멘.

"너무 맛있어요. 훌륭해요! 이 요리 이름이 뭐예요?"

"갈비라고 합니다. 고맙습니다. 많이 드세요!"

둘째의 고등학교 졸업을 앞두고 큰 마당이 있는 어떤 가정에서 집을 내어 주어 학교 측의 주최로 졸업생 축하파티를 열었습니다. 그동안 학생들 지도에 최선을 다해 주신 교직원들과 졸업생들 가정이 모여서 그동안의 추억과 앞날에 대한 진로를 나누는 시간을 가졌습니다. 각 가정에서 특별한 음식을 하나씩 장만해 왔는데 나는 불고기와 갈비를 맛있게 만들어 우리나라 음식을 선보였습니다. 다들 얼마나 맛있게 드시던지 야외의 그릴에서 구운 불고기와 갈비는 금세 동이 나버렸습니다. 한 번도 이런 음식을 먹어본 적이 없다며 모두들 한국음식에 대해 좋은 평가를 해주셔서 무척이나 기뻤습니다. 우리나라에서 가져간 한국 전통 인형을 학교에 기증하면서 그동안 아들을 잘 지도해 주신 것에 대한 진심 어린 감사를 드리며 한국을 꼭 기억해 달라고 말씀드렸습니다.

둘째의 고등학교는 아담한 기독교 학교였습니다. 학생들의 표정에선 자유로움이 넘쳐 보였고 졸업식을 앞두고 졸업 가운을 입은 학생들의 표정에선 아쉬움과 후련함이 섞여 있었습니다. 다들 다소 들뜬 분위기 속에서 분주하게 움직이고 있었습니다. 키가 유독 큰 둘째는 어디서나 한눈에 들어왔는데 학교 규칙에 어긋나지 않으려 집중하며 진지한 모습이었습니다. 졸업앨범에는 피아노를 연주하는 모습도 담겨 있어 재능이 많은 아이로 기억될 것 같습니다. 두 아들이 모두 나의 유전적인 장점을 많이 닮고 있어서 참 감사한 일입니다.

이윽고 졸업식이 시작되는데 먼저 예배로 시작하는 전체 분위기와 함께 목사님의 설교 말씀으로 시작되었습니다. 목사님의 설교는 너무 감격스러워 지금도 다시 듣고 싶습니다. 졸업생들을 향한 용기와 격려를 주는 그 메시지! 장차 이 시대를 이끌어갈 미래 주인공으로서 믿음을 가지고 당당히 살 것을 당부하시는 그 힘찬 메시지는 앞으로 나아가는 학생 모두에게 꼭 필요한 말씀이었습니다.

어린 한 생명을 위하여 그토록 중요한 말씀을 해주시는 것에 엄마로서 멀리 떨어져 있었지만 이런 좋은 학교에서 신앙교육을 잘 받았다고 생각되어 염려가 없어졌습니다. 수많은 학부형들이 모여 그런 설교를 듣고 있는 자리에서 나는 잠시 흐르는 눈물을 훔치기도 하였습니다. 둘째 아들이 너무나 대견하고 자랑스러웠습니다. 졸업식을 마친 후 학생들은 마지막으로 그들이 머물던 교실, 친구, 선생님께 작별인사를 했고, 난 아들의 그런 모습을 말없이 바라보았습니다. 평소 과묵한 둘째 아들은 친구들에게 '나의 엄마야. 엄마는 피아니스트야.' 라고 말하며 아주 자랑스럽게 나를 소개했고 친구들은 나에게 공손히 인사해 주었습니다. 흐뭇한 미소로 아들과 아들의 친구들이 만들어 나갈 미래를 기대하게 되었습니다.

졸업식이 끝난 후 사람들은 어디론가 부지런히 움직였습니다. 우리도 잠시 몸을 녹이고 허기를 채우기로 하였습니다. 아들은 한국 학생들이 많이 가는 곳이라며 먼 곳에서 온 나를 데리고 줄을 서서 음식을 받는 곳으로 갔습니다. 수많은 사람들이 앉아서 식사를 하고 있는 아주 큰 레스토랑이었습니다. 무슨 메뉴를 정할 것인가는 중요하지 않았습니다. 어떤 음식을 누구와 함께 먹느냐에 따라서 맛이 달라지는 것입니다. 사랑하는 두 아들과 함께 기분 좋은 만남을 하고 맛있게 식사를 한다는 사실만으로도 배부른 상태였습니다. 음식이 입으로 들어가는지 코로 들어가는지 모를 정도로 허겁지겁 식사하는 두 아들의 모습을 바라보며 마음 한구석에서 또 진한 아픔과 서러움이 몰려오기 시작했습니다. 두 아들이 말은 안 했지만 얼마나 이런 시간을 기다려 왔었는지 알 수 있었기 때문입니다. 인내에 익숙한 우리 세 모자는 말없이 울음을 삼켜야만 했습니다.

식사를 마치고 소화도 시킬 겸 인근 지역을 산책하기로 하고 미시간 호수로 걸어갔습니다. 마치 부산의 해운대 바다를 바라보는 느낌이었습니다. 평화롭게 날고 있는 갈매기들을 바라보며 우리 세 모자의 고통에도 끝이 있을 것을 믿고 감사기도를 하였습니다. 간혹 호수 주변을 산책하거나 조깅을 하는 사람들, 자전거를 타는 사람들이 힐끗 우리 세 모자의 다정하고도 행복한 모습을 쳐다보는 듯했지만 그 눈을 의식하지 않고 우리 세 모자만의 따뜻하고 행복한 사랑을 나누었습니다.

나의 미국행 소식에 둘째의 홈스테이 가정에서 크리스마스 파티를 준비해주셨습니다. 둘째의 대학진학으로 더는 그곳에서 홈스테이를 할 필요가 없게 되어 겸사겸사 졸업축하와 그동안의 수고에 대한 감사의 시간을 가진 셈입니다. 홈스테이 가정의 가족 집은 집이 넓어 여러 사람을 맞이하기에 충분해 보였습니다. 그 집의 피아노 앞에서 둘째 아들은 크리스마스 캐

첫째아들이 준 크리스마스카드

럴을 아주 멋지게 연주하였고 우리는 그 반주에 맞추어 하나님께 찬양을 돌렸습니다. 물론 각각 준비해간 선물 교환의 시간도 잊지 않았습니다. 기독교인들이 이토록 멋지게 살아갈 수 있도록 인도해주신 하나님이 참으로 감사하였습니다. 밤새 성탄을 맞이한 아기 예수님을 영접하는 예배로 계속 찬양이 울릴 것 같았고 우리의 예배를 받으신 하나님이심을 믿었습니다. 우리 세 모자가 함께 보낸 특별한 크리스마스였습니다.

아들들아, 꿈을 이루거라

미국에서 지내는 두 아들에게는 자동차가 없었습니다. 미국에서는 차가 다리와 같아서 차가 없으면 많이 불편합니다. 두 아들은 기차나 버스를 이용할 수밖에 없었고 가까운 거리는 걷거나 다른 사람의 차를 얻어타며 생활하였습니다. 하지만 한국과 달리 미국에서는 다른 사람의 차를 함께 이용하려면 꽤나 복잡한 절차를 거쳐야 합니다. 차를 가진 사람의 입장을 먼저 알아보고 거기에 맞추어 이동해야 합니다. 웬만한 가정에서는 이러한 이유로 차를 사줍니다.

오랫동안 이런 불편한 생활을 한 아들들의 삶을 잘 아는지라 필요한 것을 사주지도 못하는 나의 형편을 늘 마음 아프게 생각했습니다. 다른 친구들보다 열악한 조건에서도 말없이 묵묵히 자신의 할 일을 잘해내는 아들들이 너무나 장하고 대견스러웠으며, 말할 수 없이 미안한 마음뿐이었습니다. 고난이 길고 깊을수록 하나님의 이름으로 매달리며 더 축복해 달라고 간절히 기도만 할 뿐이었습니다.

세상은 더 빠르게 변화하고 경쟁은 치열해지고 있습니다. 때로는 심각할 정도의 불필요한 경쟁도 있어서 문제가 되기도 합니다만, 조화로운 지구촌을 만들어 나가기 위해서는 각자의 생각을 내려놓고 좋은 결과를 이루기 위한 결정으로 나가는 것이 바람직합니다. 잦은 실수가 모이면 큰 사고가 나고야 말듯이 각자 맡은 작은 일에 순종하고 집중한다면 보다 좋은 결과를 만들어낼 수 있습니다.

젊은이들에겐 창의적인 아이디어가 넘쳐나서 때로는 어른들이 젊은이로부터 배워야 할 점이 많이 있기도 합니다. 젊은이들이 열정을 가지고 문제 상황에서 바른 판단을 하여 빠른 해결을 하는 등 우수한 젊은 인재들이 많아졌습니다. 그럼에도 수많은 과제를 안고 살아가는 국내 여러 분야들의 사정을 살펴보면 좋은 인재들의 의견을 경청하지 않고 있습니다. 제대로 된 한 사람이 수만 명, 수천만 명을 잘 인도할 수 있음에도 말입니다.

아무것도 자랑할 게 없고 대단할 것도 없는 나에게는 두 아들이 나의 기업이요, 재산입니다. 그리고 두 아들은 내 생명의 은인입니다. 입양 사실에 대한 충격 속에 남다른 결혼생활을 하면서 온갖 모욕과 아픔을 가지고 살았고, 위자료 없는 이혼을 하여 정신적·심리적·경제적으로 힘든 생활을 할 때 두 아들의 든든한 위로의 말과 사랑은 나의 삶 전체였습니다. 엄마가 입양인이라는 사실, 이혼한 가정의 자녀, 경제적 어려움 등의 상처로 격려와 용기가 필요한 두 아들들에게서 오히려 위안을 받은 것입니다. 어두운 나의 삶 속에 아들들이 희망이요, 미래였습니다.

아이들만 떠올리면 지금도 늘 눈물이 먼저 나옵니다. 엄마로서의 자격 없음과 미안함 때문입니다. 경제적인 어려움은 공부에만 집중해야 하는 두 아들에게 말로 다 표현 못할 불안함을 주었습니다. 그것도 자유로운 왕래가 가능한 고국도 아닌 외국에서 필요한 것이 더 많았을 상황인데도 말입니다.

어린 나이에 일찍이 독립한 아이들을 생각하면 어미로서 할말이 없습니다. 아직은 어른의 돌봄이 필요한 나이임에도 독립하게 된 것입니다. 나의 힘든 사정을 잘 알고 도움을 요청하지

1994년 시카고에서

못하는 착한 두 아들은 일찍이 자립하여 독립적인 존재로 자라고 있었습니다. 첫째 아이는 고등학교 때부터 아르바이트를 시작하여 우리 세 모자의 가정에 가장 아닌 가장이 되어 엄마를 책임지려 하면서 학업에도 최선을 다했습니다. 믿음을 잃지 않고 열심히 살며 건전하게 할 일을 알아서 해내었습니다.

언제나 나의 기도대로 두 아들이 잘 자라고 있으며 그들의 재능을 발휘하고 꿈의 실현을 위하여 열심히 살아가고 있습니다. 그 누구보다도 두 아들을 신뢰하고 있습니다. 변함없이 나의 후원자로서 힘을 내라고 용기와 격려를 아끼지 않는 두 아

2004년 시카고에서

들에게 감사한 마음만 있습니다. 우리 세 모자는 지금까지도 맡은 일에 묵묵히 최선을 다해 왔으니, 앞날에도 꿈을 향하여 꿋꿋하고도 당당하게 살아갈 것입니다.

그들에게 날마다 축복 기도하는 제목들이 있습니다. '세계적인 귀한 보물 아들들'이라고 말입니다. 나의 말대로 기도대로 될 것이라는 확신과 믿음 속에 매일 그러한 길로 나아갈 수 있도록 안내하고 있음을 그들도 이미 압니다. 이러한 일에 수많은 천군 천사들이 희망과 도움의 말로 함께하심도 압니다. 참으로 감사한 일입니다. 하나님께 감사할 날도 머지않은 것 같습니다.

342

우리 모두는 우리가 살고 있는 세상을, 그리고 내가 몸담고 있는 가정을, 직장을 아름답고 살기 좋게 만들어 나가야 합니다. 안전한 사회 환경을 만들어 더 많은 사람들이 건강하고 행복하게 살 수 있어야 합니다. 그래서 좋은 생각을 가지고 있는 사람들의 말을 들을 필요가 있는 것이며 실천에 옮기기 위하여 각자가 스스로 노력해야 함을 알아야 합니다.

　예측할 수 없는 위험에 대해 경각심을 가지고 늘 조심해야 합니다. 누가 말하지 않아도 스스로 알아내어 삶의 현장인 가정과 직장, 사회 전반에 접목시켜야 합니다. 하물며 책임자가 주의를 주고 바른 안내를 할 때는 따라야 하는 것이 기본입니다. 몇몇 사람들의 부주의로 한순간에 사고가 나서 수많은 사람들의 고귀한 생명을 잃는다면 어디서 다시 찾을 수 있겠습니까. 너무나 많은 사람들이 안전불감증에 빠져 안일하게 살아가고 있습니다. 그러한 태도에서부터 예측하지 못한 곳에서 사고가 발생하고 있는 것입니다.

　여기저기서 사건·사고들이 쉼 없이 일어나고 있습니다. 언제까지 알면서도 외면한 일들로 사람들이 피해를 입고 죽어가야 합니까. 그리고 가족과 재산을 한순간에 잃게 된 삶의 보상은 누가 해줄 것입니까. 모든 것을 잃고 슬픔에 빠진 그 삶을 우리는 얼마나 잘 이해할 수 있겠습니까. 그들의 입장을 이해해 보고 입장 바꾸어 생각해 본 적이 있는지 반성하고, 비용 발생 운운하면서 대책 마련을 미루지 말고 더 큰 비용 발생을 줄여나가는 습관을 가져야 합니다.

그래서 어떤 분야에서든 바른 전문가가 필요한 것입니다. 학식과 경험도 중요하겠지만 미래를 바로 볼 줄 아는 혜안이 필요한 것입니다. 가끔 바른 생각을 말하면 듣기 거북해하는 사람들이 있습니다만 그런 사람 대부분은 사고의 위험성을 가지고 있는 사람들입니다. 책임감이 결여된 사람들은 가끔씩 큰 사고를 만들어 내는 주범이 되기도 하기에 경각심을 가지도록 일깨워주어야 합니다.

단 한 번뿐인 우리의 소중한 삶에 우리가 살고 있는 지구촌 구석구석 모두가 골고루 균형 있는 성장과 발전 속에 안전과 기쁨만이 넘쳐서, 모두가 하나님을 찬양하며 살아가는 앞날이 되길 간절히 바랍니다. 자라나는 어린 생명들로부터 노인에 이르기까지 빛의 열매는 착함과 의로움과 진실함에 있다는 말씀(에베소서 5장 9절 말씀)을 실천하셔서 축복받는 삶들이 되시길 기도드립니다.